Federica de Cesco

Ein Pferdesommer voller Freiheit

Ebenfalls von der Autorin im Arena Verlag erschienen (Auswahl):

Shana, das Wolfsmädchen
Shana, das Wolfsmädchen, und der Ruf der Ferne
Der Ruf der Elefanten
Das Mondpferd
Im Wind der Camargue
Solal, das Feuerpferd
Pferde, Wind und Sonne
Melina und die Delfine
Tochter des Meeres
Weißer Kranich über Tibet
Die goldenen Dächer von Lhasa
Kel Rela – Im Herzen der Sahara
Tara und die Reiter des Windes
Aischa und die Sonne des Lebens
Hinani – Tochter der Wüste
Anahita – Im Land des Monsuns
Das Gold der Azteken
Der rote Seidenschal
Der Türkisvogel
Sonnenpfeil
Gefährliche Spurensuche
Die Schwingen des Falken
Pferde, Sehnsucht, Abenteuer
Der Schicksalsritt

Federica de Cesco

war von ihrer frühesten Jugend an immer mit Pferden zusammen und hat diese Liebe zu den edlen Tieren in viele ihrer Romane einfließen lassen. Ein weiteres wichtiges Hobby ist für sie das Reisen. Zahlreiche Länder auf verschiedenen Kontinenten hat sie bereits besucht und oft mehrere Monate in der Fremde verbracht, um verschiedene Kulturen kennenzulernen. Auch davon erzählen ihre Geschichten. Ihre Bücher wurden in zahlreiche Sprachen übersetzt. Für ihr schriftstellerisches Schaffen wurde Federica de Cesco mehrfach ausgezeichnet.

Federica de Cesco

Ein Pferdesommer voller Freiheit

Zwei Pferderomane in einem Band:

Mein Sommer mit Donnervogel
Ein Pferd für mich

Arena

FSC
www.fsc.org
MIX
Papier aus verantwortungsvollen Quellen
FSC® C110508

1. Auflage 2016

Einbandgestaltung unter Verwendung eines Fotos von
Christiane Slawik © slawik.com
Gesamtherstellung: Westermann Druck Zwickau GmbH
ISBN 978-3-401-45450-4

***

www.arena-verlag.de
Mitreden unter forum.arena-verlag.de

Mein Sommer mit Donnervogel

1. Kapitel

Die Geschichte, die ich erzählen will, habe ich nicht erfunden, sondern wirklich erlebt.

Wir waren damals in eine kleine Stadt am Bodensee gezogen und bewohnten ein Haus am Rande einer neuen Siedlung. In den letzten Jahren war in dieser Gegend viel gebaut worden und eine ganze Reihe Hochhäuser erhob sich mitten auf der Wiese wie Zahnstümpfe im Mund eines alten Opas! Sogar vor dem Schlafzimmer meiner Eltern türmten sich die scheußlichen Wohnblöcke auf und versperrten jede Fernsicht. Dafür aber wurde man im Wohnzimmer entschädigt: Hier war der Blick frei auf den See, einen großen Wald und auf die Berge.

Mein Zimmer hatte ich selbst eingerichtet. Großmutters alter Schrank war zwar nicht gerade schön, doch konnte ich allerlei darin verstauen. Meine Patin hatte mir eine echte Berberdecke aus Marokko geschenkt, die nun über meinem Bett hing. Mein ganzer Stolz war ein eigener CD-Player und mit wenig Liebe hatte ich am Fenster auch ein paar Kakteen gezogen.

Pferde waren meine Lieblingstiere und so hatte ich denn jeden freien Fleck meiner vier Wände mit Pferdepostern beklebt. Reiten zu lernen und selbst mal ein Pferd zu besitzen war mein größter Wunschtraum.

Ich wurde zwölf und sollte im nächsten Jahr ins Gymnasium gehen. Zum Glück würden Aline, meine beste Freundin, und ihr Bruder Michael ebenfalls mit mir aus der Realschule wechseln.

Dort, wo wir jetzt wohnten, gefiel es mir gut. Der Wald fing gleich hinter dem Haus an. Ein schmaler Fußweg führte zu einem Platz, wo sich ein Kaufhaus, eine Garage und die Post befanden. Gleich dahinter, auf dem Sportplatz, traf ich mich jeden freien Nachmittag mit meiner »Clique«. Wir spielten Basketball oder fuhren mit unseren Inlinern und die Größeren protzten mit ihren Mofas. Ich erinnere mich noch genau an jenen Mittwochnachmittag im Frühling. Die Bäume und Büsche standen in frischem Grün. Bienen summten in der Luft und über die Wiese schaukelten Schmetterlinge. Eigentlich wollte ich zum Sportplatz, aber da ich Zeit hatte, machte ich einen Umweg. Plötzlich überkam mich die Lust, das Gelände zu »erforschen«. Wir wohnten ja erst seit drei Monaten hier. So bog ich also vom Weg ab und zwängte mich durchs Gebüsch. Eine Weile stieg ich über Wurzeln und Baumstämme. Auf einmal lichtete sich der Wald: Vor mir lag eine mit Gänseblümchen übersäte Wiese. Vielleicht war ich schon mal im Winter hier vorbeigekommen, aber im Schnee sah natürlich alles ganz anders aus. Auf der anderen Seite standen blühende Apfelbäume. Ich ging über das weiche hellgrüne Gras.

Auf einmal versperrte mir ein Stacheldrahtzaun den Weg. Aha! Privatbesitz! Leider hatten Privatbesitze schon immer eine unwiderstehliche Anziehungskraft auf mich ausgeübt. Schilder mit der Aufschrift »Betreten verboten« interessierten mich brennend: Ich hätte immer zu gerne gewusst, was dahinter lag. Meine Neugierde hatte mir allerdings schon mal einen üblen Streich gespielt: Das war im vorigen Jahr gewesen. Ich war über eine Mauer geklettert, um eine Villa, von der ich nur das Dach sehen konnte, näher zu betrachten. Kaum war ich auf der anderen Seite heruntergesprungen, als sich mir ein bellender Schäferhund entgegenstürzte! Im gleichen Atemzug war ich wieder nach oben geklettert, aber nicht schnell genug; das Monster hatte nach mir geschnappt und sich in meinem Turnschuh verbissen. Zum Glück war mein Fuß aus dem Schuh gerutscht, sodass ich heil entkommen konnte. Da saß ich nun machtlos oben auf der Mauer und musste mit Herzklopfen zusehen, wie der Hund, knurrend vor Wut, meinen Turnschuh in Fetzen riss.

Da stand ich also neuerdings vor einer Abzäunung und wusste nicht recht: hindurchkriechen oder nicht? Schließlich konnte ich der Versuchung nicht länger widerstehen. Ich warf meinen Sportsack über den

Zaun, bückte mich und zwängte mich durch den Stacheldraht. Natürlich blieb mein T-Shirt an einer Stacheldrahtspitze hängen. Ich zerrte ungeduldig an dem Stoff und riss mir ein Loch in den Ärmel. Zerzaust und schwitzend richtete ich mich auf, packte meinen Sportsack und stapfte auf die Apfelbäume zu. Dann folgte ich einem Pfad, der sich durch hohes Gras schlängelte. Schließlich bahnte ich mir einen Weg durch Sträucher und blieb plötzlich wie angewurzelt stehen: Vor mir, auf einer Lichtung, weidete ein Pferd.

Ein wahres Prachttier – groß, rostbraun, mit einer glänzend schwarzen Mähne und einem langen Schweif. Mit gespitzten Ohren wandte es sich mir zu, als wollte es fragen: »Was willst du denn hier?« Dann senkte es wieder den Kopf und graste seelenruhig weiter. Ich wagte mich einen Schritt vor. Sogleich hob es wieder den Kopf und blähte die Nüstern. Behutsam näherte ich mich dem Tier und streckte die Hand aus, um es zu streicheln. Es schien nichts dagegen zu haben und drohte auch nicht, mir den Fuß abzubeißen. Die Pferdehaare blieben an meinen Fingern hängen. Ich klopfte seinen Hals und setzte dann meinen Weg fort. Sogleich wandte das Pferd sich um, folgte mir auf den Fersen und beschnüffelte meinen Sportsack.

»Tut mir leid«, sagte ich, »da ist nichts für dich drin! Wenn ich gewusst hätte, dass ich dich hier antreffen würde, hätte ich Salz mitgenommen!«

Der Pfad führte zu einem Gehöft. Durch die Äste einer Eiche schimmerte ein Ziegeldach. Als ich mich näher heranwagte, erblickte ich ein niedriges Natursteinhaus mit angebauter Scheune. Ein Hahn stolzierte über den Hof und ein paar Hühner scharrten im Sand. Geranien schmückten die Fensterbänke. Obwohl ich nirgends einen Hund sehen konnte, war ich auf alles gefasst. Da trat eine Frau mit einem Korb am Arm aus der Haustür. Sie sah mich und blieb überrascht stehen. Was macht man nur, wenn man auf einem fremden Grundstück ertappt wird?, fuhr es mir durch meinen hochroten Kopf. Ich setzte mein einfältigstes Grinsen auf.

»Guten Tag! Entschuldigen Sie, ich . . . ich habe mich verirrt!«

»Wo willst du denn hin?«, fragte sie.

»Zum Sportplatz!«, erwiderte ich. Schließlich war das keine Lüge.

»Der liegt genau in der entgegengesetzten Richtung«, sagte sie und schien nicht verärgert zu sein. Sie war klein, dünn und ziemlich alt; ihr freundliches Gesicht war dicht mit Sommersprossen übersät. Aber in ihren roten Jeans und dem zerknitterten Männerhemd wirkte sie dennoch jugendlich. Das dunkelbraune Haar war zu einem Knoten aufgesteckt und ein paar Strähnen fielen ihr ins Gesicht.

»Komm, ich zeige dir den Weg«, fuhr sie fort, stellte den Korb auf eine Bank und gab mir ein Zeichen, ihr zu folgen.

Ich ging hinter ihr her und versuchte unbefangen zu reden. »Ich habe vorhin ein Pferd gesehen. Gehört das Ihnen?«

»Ach so«, sagte die Frau, »dann ist dir Donnervogel begegnet.«

»Warum heißt das Pferd Donnervogel?«, wollte ich wissen.

»Weil es früher Roswitha hieß und wir den Namen nicht mochten«, erklärte die Frau.

»Donnervogel klingt besser«, sagte ich.

»Ja, das finden wir auch, mein Mann braucht sie nämlich für seinen Unterricht.«

Ich bekam wieder rote Ohren, aber diesmal nicht vor Verlegenheit, sondern vor Aufregung. »Für was für einen Unterricht?«

»Wir haben im Sinn, eine Reitschule zu eröffnen. Das Gelände eignet sich vorzüglich dazu.«

»Eine Reitschule?« Ich starrte sie an. »Kann ... kann da jeder mitmachen?«

»Natürlich.« Sie lächelte und nannte mir den Preis für eine Stunde, der mir nicht übertrieben hoch erschien. Das konnte ich sogar von meinem ersparten Taschengeld bezahlen. Dann musste ich aber auf die CDs, die ich kaufen wollte, verzichten. Aber war Reiten nicht schon immer mein sehnlichster Wunsch gewesen? Schließlich konnte ich mir ja die Hitparade im Radio anhören. Die Begeisterung musste in meinem Gesicht gestanden haben, denn sie fragte: »Hättest du auch Lust, zu kommen?«

»Ja, und ob!«, entfuhr es mir wie aus der Pistole geschossen.

»Wau, wau!«, ertönte es hinter mir.

Ich fuhr herum. Ein schwarzer, strubbeliger Cocker stürzte aus dem Scheunentor heraus. Die Hühnerschar stob gackernd nach allen Seiten auseinander. Ach, du Schreck! Da war also doch ein Hund! Ich wich zurück und wäre am liebsten auf den nächsten Baum geklettert!

»Hab keine Angst, der beißt nicht!«, sagte die Frau.

Hinter dem Hund trat ein großer Mann aus der Scheune. Er hatte eine mächtige Adlernase und sein Gesicht war voller Runzeln. Mit der Pfeife im Mund sah er genauso aus wie die Indianerhäuptlinge, die ich vom Fernsehen her in Erinnerung hatte. Die Federkrone fehlte ihm leider, aber immerhin hatte er ein Pferd, das Donnervogel hieß.

»Da ist ein Mädchen, das sich für Reitstunden interessiert«, rief die Frau ihm zu.

Der »Indianer« grüßte mich und nannte seinen Namen. Er hieß weder Luchsauge noch Pumakralle, sondern schlicht Herr Meier.

»Und wie heißt denn du?«, wollte er wissen.

»Sandra Blum«, sagte ich etwas verlegen, weil ich vergessen hatte, mich vorzustellen.

Er erklärte mir seinen Plan, eine Reitschule für Kinder zu eröffnen. Im Augenblick besaß er nur ein einziges Pferd, Donnervogel, aber er beabsichtigte, im Laufe des Monats mindestens noch zwei weitere Tiere anzuschaffen. Wahrscheinlich strahlte ich übers ganze Gesicht wie eine Glühbirne. Selbst der Cocker, der meine Beine beschnupperte, wurde mir sympathisch. Ich kraulte ihn hinter den Ohren.

»Wie heißt er?«

»Tommy«, gab Frau Meier zurück.

»Wann möchtest du denn die erste Reitstunde nehmen?«, fragte ihr Mann.

Am liebsten hätte ich gesagt: »Sofort!« Aber ich dachte an Aline und Michael, die mich auf dem Sportplatz erwarteten. Außerdem war mir die Schule im Weg. »Am Freitagnachmittag!«, rief ich kühn entschlossen.

»Werden denn deine Eltern damit einverstanden sein?«, fragte Frau Meier.

Ach ja, die Eltern! An deren Erlaubnis hatte ich natürlich nicht gedacht. Das war mal wieder typisch: Ich rannte immer mit der ganzen Tür ins Haus. Aber da machte ich mir keine Sorgen: Mit meinen Eltern konnte ich reden. Ich musste nur eine Möglichkeit finden, um ein bisschen mehr Taschengeld zu kriegen.

»Die werden schon nichts dagegen haben!«, sagte ich überzeugt.

»Wunderbar!«, sagte Frau Meier. »Dann wirst du also unsere erste Schülerin sein.«

Wir einigten uns auf drei Uhr nachmittags und ich verabschiedete mich. Frau Meier wollte mir noch den Weg zeigen. Ich hatte schon ganz vergessen, dass ich mich angeblich »verirrt« hatte. Sie fragte mich, ob ich denn das erste Mal reiten würde.

Ich verneinte und erzählte ihr, dass ich vor drei Jahren in den Ferien auf einem dicken Ackergaul ausgeritten sei. »Das Pferd war nicht mehr gut zum Reiten, es war schon viel zu alt. Ich rutschte immer wieder wie ein Kartoffelsack von einer Seite auf die andere.«

Sie lachte. »Das hatte mit dem Pferd nichts zu tun! Wenn du reiten willst, musst du zuerst die Balance beherrschen.«

»Was ist denn das?«

»Das ist ein Fachausdruck und heißt so viel wie ›Gleichgewicht‹. Mein Mann wird dir das am Freitag erklären.« Sie streckte den Arm aus. »Da vorne ist das Tor!«

»Ich kann auch unter dem Stacheldraht hindurchkriechen!«, sagte ich zerstreut.

»Das ist natürlich der kürzeste Weg«, antwortete sie, »aber dabei zerreißt du dir leicht deine Sachen!« Sie zeigte auf das Loch im Ärmel, kniff schmunzelnd ein Auge zu und ließ mich stehen, bevor ich eine passende Antwort fand.

Ich ging durch das Tor hinaus.

2. Kapitel

Ich kam außer Atem auf dem Sportplatz an. Meine Freundin Aline hatte schon ihre Inliner angeschnallt und drehte mit weit ausholenden Schritten graziös ihre Runden.

Aline war vier Monate älter als ich, hatte einen Wuschelkopf und Augen wie schwarze Brombeeren. Ihr Bruder Michael glich ihr nur wenig, obwohl sie Zwillinge waren. Er hatte zudem die Angewohnheit, seine weichen, glatten Haare, die ihm immer in die Stirn fielen, mit einer ruckartigen Kopfbewegung zurückzuwerfen. Die Stupsnase und seine lachenden Augen fand ich richtig süß.

Die beiden Geschwister gingen natürlich in die gleiche Klasse, aber Aline erzählte immer voller Stolz, dass sie eine halbe Stunde älter sei als Michael.

Ich mochte Michael sehr, sogar mehr noch als Aline. Vielleicht war ich ein bisschen in ihn verliebt, denn jedes Mal, wenn ich ihn sah, war es mir ganz komisch zumute, und wenn ich einen bestimmten Disco-Song hörte, kam mir immer nur Michael in den Sinn. Ein Foto hatte ich auch von ihm; eigentlich war es ein Klassenfoto, das die Lehrerin, Frau Walter, auf einer Schulreise geknipst hatte. Der Zufall wollte es, dass ich neben Michael saß und wir uns herzlich anlachten. Meine Eltern durften das Bild nie sehen. Warum, weiß ich eigentlich auch nicht, vielleicht war es so etwas wie mein Geheimnis.

Michael schrie nicht so blöde herum wie die anderen Jungen, die sich wichtig machen wollten. Mit Aline stritt er sich viel. Sie warfen sich dauernd Schimpfworte an den Kopf, nannten sich »Esel« und »dumme Kuh«, aber irgendwie spürte man, dass sie das nicht ernst meinten und sich im Grunde sehr gern mochten. Einmal bekam Aline Mandelentzündung und zwei Tage später hatte Michael auch Fieber und musste zu Hause bleiben. Sie erzählten dann später, das sei so bei Zwillingen, die würden immer zusammen krank. Ich glaube, sie hatten sich ganz einfach gegenseitig angesteckt.

Ich sah Lea ankommen und winkte ihr zu. Sie reagierte nicht, das war mal wieder typisch: Lea war kurzsichtig wie ein Maulwurf. Sie hatte immer Angst, wie die anderen zu toben, weil sie fürchtete, ihre Brille könnte dabei kaputtgehen. Schon ein halbes Dutzend Mal hatte sie sich draufgesetzt und die Bügel verbogen.

Fast im selben Augenblick sauste Thomas auf seinem Fahrrad die Böschung herunter. Ich konnte ihn nicht ausstehen. Jungen mit kurz geschorenen Haaren sehen aus wie nasse Mäuse, vor allem, wenn sie abstehende Ohren haben. Ich mag es viel lieber, wenn sie die Haare lang tragen, so wie Michael zum Beispiel.

»Mensch, wo hast du denn gesteckt?«, rief mir Aline schon von Weitem zu.

Ich setzte mich atemlos hin, schnürte meinen Sportsack auf und schnallte die Inliner an. »Ich habe eine Entdeckung gemacht . . .«

Sie starrten mich erwartungsvoll an. »Los, erzähl doch endlich!«

Ich holte tief Luft und verkündete feierlich: »Am Freitag werde ich reiten!«

Sie rissen Mund und Augen auf und Lea rief: »Sag mal, spinnst du?«

»Ganz und gar nicht!«

»Wo willst du denn das Pferd hernehmen?«, fragte Aline.

Ich berichtete ihnen von meinem Erlebnis. Alle waren sehr beeindruckt. Nur Thomas begann laut und auffällig zu gähnen. Er gab sich Mühe, so gleichgültig wie möglich zu wirken, aber ich spürte, dass ihn die Sache interessierte. So fuhr ich großspurig fort: »Herr Meier hat gesagt, ich sei für den Reitsport außerordentlich begabt. Er meinte . . .«

Das Hohngelächter von Thomas schnitt mir das Wort ab. Und was mich vor allem in Wut versetzte: Es klang wie ein Wiehern. »Das sieht man ja schon beim Turnen! Wenn du Weitsprung machst, dann wackeln die Fensterscheiben! Warte nur ab, bis du in weitem

Bogen von deinem Mustang fliegst ... Das Loch in der Rennbahn kannst du dann allein zuscharren!«

»Und du erst! Du würdest schon gar nicht aufs Pferd raufkommen!«, fauchte ich ihn an. »Es würde dich vorher in den Hintern beißen!«

Das saß und ich hatte die Lacher auf meiner Seite.

Michael fuhr mit seinen Inlinern rückwärts eine weite Kreisbahn und gesellte sich wieder zu uns. Diese Kunst beherrschte er gut. »Was kostet denn die Stunde?«, fragte er.

Ich nannte den Preis.

Er pfiff durch die Zähne. »Schade, da kann ich nicht mitmachen!«

»Wir haben ja bald Geburtstag!«, rief Aline. »Wir können uns ja von der ganzen Verwandtschaft Geld für die Reitstunden wünschen!«

»Ich kann mir schon fünf Stunden leisten«, sagte ich.

»Und dann?«, fragte Aline.

Ich hob die Schultern. »Dann werde ich weitersehen!«

»Reiten ist sowieso ein blöder Sport«, meinte Thomas. »Ich spiele lieber Fußball. Heute wird ernsthaft trainiert.«

»Ja, dann streng dich mal an!«, gab ich ihm spitz zurück.

»Was sagen denn deine Eltern dazu?«, fragte mich inzwischen Aline.

»Oh, die ...«, stotterte ich, »die wissen es noch gar nicht!«

Brüllendes Gelächter war die Antwort. Selbst Michael lachte derart, dass er sich an die Wand lehnen musste, um nicht der Länge nach hinzufallen.

»Na, dann sieh nur zu, dass du die Erlaubnis kriegst!«, höhnte Thomas. »Zuerst gibst du haushoch an und dann heißt es womöglich: ›Ich darf nicht!‹« Er äffte mich nach.

Ich bin in Italien geboren und habe einen Akzent. Wenn man sich darüber lustig macht, werde ich wild. So sprang ich auf und warf meinen Sportsack nach ihm. Thomas aber bückte sich blitzschnell und der Sportsack traf Michael mitten ins Gesicht. Er taumelte und versuchte verzweifelt, sein Gleichgewicht zu behalten.

Rot wie eine Tomate entschuldigte ich mich: »Ich ... ich hab das nicht gewollt ...«

»Ist schon in Ordnung«, sagte Michael verständnisvoll und rieb sich die Nase.

Ob er wohl ahnte, dass ich in ihn verliebt war? Die anderen hatten es jedenfalls schon längst bemerkt, denn alle kicherten und Thomas kreischte vor Vergnügen. »Sie entschuldigt sich ... ach, wie lieb! Gleich heult sie obendrein noch los!«

»Hör doch nicht auf diesen geschorenen Affen!«, rief Aline, die Thomas auch nicht ausstehen konnte.

Thomas wusste nun, dass es reichte, schwang sich auf sein Fahrrad und fuhr jaulend den Weg hinunter.

»Wetten, dass ich reiten darf!«, schrie ich ihm herausfordernd nach.

»Toll«, sagte Lea hinter meinem Rücken, »hoffentlich kriegst du die Erlaubnis. Wenn deine Eltern einverstanden sind, dann dürfen wir vielleicht auch mitmachen!«

So rannte ich mit gemischten Gefühlen nach Hause, denn ich hatte alles so schön selbst entschieden.

Was meine Eltern dazu sagen würden, das war eine andere Sache.

Ich fand Papa unten auf dem Parkplatz. Er war mit unserem Fiat beschäftigt. Neben ihm auf dem Boden stand der Werkzeugkasten.

»Papa«, rief ich aufgeregt, »ich muss dich was fragen!«

Papa tauchte unter der offenen Motorhaube auf. Er hatte die Hände voller Schmieröl. Papa ist sehr groß und mager. Wenn er sich hinsetzt, klappt er wie ein Taschenmesser zusammen und man sieht seine spitzen Knie durch den Hosenstoff. Er hat dichtes, krauses Haar und viele Lachfalten im Gesicht. »Hallo, Sandra, ist denn das so eilig?«, fragte er.

Ich nickte, erhitzt und außer Atem. »Ich . . . ich möchte gerne Reitstunden nehmen!«

»Reitstunden?«

Papa sah mich beinahe so entsetzt an, als hätte ich gesagt: »Ich will Fallschirmspringen lernen!« Ich sprudelte die ganze Geschichte heraus. Papa ist irgendwie wie Michael; er verliert selten die Ruhe. Auch diesmal hörte er mich geduldig an und wischte sich die geschwärzten Hände an einem Lappen ab. Schließlich sagte er: »Ich persönlich habe nichts dagegen. Aber Mama hat auch noch ein Wort mitzureden.«

Ich jubelte vor Begeisterung und flog ihm um den Hals. Er lachte und hielt mich zurück. »Pass auf! Ich bin voll Schmieröl!«

Er tauchte wieder im Motorraum unter. Ich rannte ins Haus und nahm den Lift bis zum vierten Stock. Mama war in der Küche und bereitete das Abendessen zu. Es roch gut. Ravioli!, dachte ich sofort. Ich lief in die Küche und trug meine Geschichte zum dritten Mal vor. Ich redete noch schneller als sonst und brachte alles durcheinander. Das tat ich bewusst, denn Mama ist immer ein bisschen ängstlich. Sie machte ja auch die Hausarbeiten immer so langsam und entsetzlich gründlich, wenn sie mittags vom Büro nach Hause kam. Ich möchte nie so werden wie sie, das geht mir auf die Nerven.

». . . Papa hat gesagt, dass ich von ihm aus darf«, beendete ich meinen Wortschwall. »Aber ich soll dich vorher auch fragen. Du bist doch einverstanden, nicht wahr? Ich darf?«

Mama war völlig überrumpelt, so heftig war ich mit der Tür ins Haus gestürzt. Sie brauchte einige Augenblicke, um sich zu fassen und ihre Einwände vorzubringen: »Und wenn du herunterfällst und dir die Knochen brichst?«

»Wenn ich die Balance beherrsche, dann kann mir gar nichts mehr passieren, hat mir Frau Meier erklärt!«, entgegnete ich.

»Warum kann dir dann nichts mehr passieren?«, seufzte sie, als sähe sie mich schon mit einem Gipsbein im Krankenhaus liegen.

»Das ist ein Fachausdruck«, sagte ich stolz und erklärte ihn meiner Mutter.

Aber das nützte wenig, denn nun begann Mama, alle möglichen und unmöglichen Gefahren des Reitsports aufzuzählen. Ein wahrer Hagelregen von Bedenken ging auf mich nieder, so war es immer, wenn ich mit neuen Ideen zu ihr kam.

»Was geschieht, wenn das Pferd plötzlich mit dir

durchgeht? Und wenn du auf den Kopf stürzt und dir eine Gehirnerschütterung zuziehst? Außerdem ermüdet das Reiten und du bist sowieso mit der Schule überlastet. Vergiss nicht, dass du aufs Gymnasium sollst . . .«

Das war eine schöne Rede, aber ich wusste, wie ich Mama zu nehmen hatte und ging sofort zum Gegenangriff über.

»Mama, bitte! Tu mir den Gefallen! Ich verspreche dir, in Zukunft mein Zimmer immer selbst aufzuräumen. Ich werde Papa beim Abwaschen helfen und für dich einkaufen gehen. Und die Zähne putze ich nun jeden Tag, ohne dass du mich mehrmals dazu auffordern musst. Auch meine Schularbeiten werde ich mit mehr Fleiß und Sorgfalt machen . . .«

Das war ein bisschen viel auf einmal. Ich tanzte um sie herum, bettelte und schmeichelte und hätte ihr das Blaue vom Himmel herunter versprochen, wenn es nötig gewesen wäre. Hauptsache, ich bekam meinen Willen.

»Halt, halt!« Mama lachte – das war ein gutes Zeichen. »Versprich nicht, was du nicht halten kannst. Ich kenne dich.«

»Darf ich? Sag, Mama, darf ich?«, drängte ich.

Mama holte tief Luft. Ich hatte mit meiner Zungenfertigkeit ihren Widerstand gebrochen. »Also gut, du kannst ja mal eine Stunde nehmen. Ob du dann weitermachen darfst, hängt davon ab, wie du dich aufführst.«

Hurra, das Spiel war gewonnen! Ich kreischte vor Freude, jagte durch alle Zimmer, warf mich auf sämtliche Betten und strampelte mit den Füßen in der Luft herum.

Mama lief hinter mir her. Sie hatte Angst, dass ich etwas umwerfen würde. »Wann lernst du endlich, dich zu beherrschen? Wie oft habe ich dir schon gesagt, dass du nicht so laut schreien sollst. Und wälze dich nicht so auf dem Bett herum, du verknautscht mir ja die ganze Steppdecke!«

Ich kam rot und zerzaust wieder auf die Beine, hob feierlich die Hand und sagte: »Ich verspreche dir, Wort zu halten!«

Daraufhin tat ich so, als ob ich auf den Boden spucken würde, um mein Versprechen zu besiegeln, was Mama natürlich leicht zusammenfahren ließ.

»Wenn das nur wahr würde!«, seufzte sie ziemlich illusionslos.

3. Kapitel

Die zwei folgenden Tage krochen dahin wie zwei klebrige Schnecken. Ich konnte das große Abenteuer kaum erwarten und war auch zu nichts Nützlichem zu gebrauchen.

Endlich war der Freitag da. In der Nacht hatte ich kaum geschlafen. Infolgedessen saß ich am Morgen todmüde auf der Schulbank und döste mit offenen Augen vor mich hin. Wir hatten Rechnen. Frau Walter erzählte etwas von einem Kreis mit einem Durchmesser von 73 Zentimetern.

In meinem Kopf wurde er natürlich sofort zur schönsten Rennbahn. Ich sah nur noch Pferde: Rappen, Füchse, Schimmel; grasende, trabende und galoppierende!

Aline, Michael und die anderen waren sehr gespannt, wie meine erste Reitstunde verlaufen würde. Ich musste versprechen, ihnen alles ganz genau zu erzählen. Thomas kuschte. Es beeindruckte ihn wohl, dass ich entgegen seinen Foppereien von meinen Eltern die Erlaubnis erhalten hatte.

Endlich läutete es. Ich raste nach Hause. Ich erinnere mich noch gut, was es zum Mittagessen gab: Hackfleisch mit Reis und Erbsen. Das mochte ich nicht besonders. Ich würgte aber doch ein paar Bissen hinunter. Nachdem ich Papa beim Abwaschen geholfen hatte – versprochen ist versprochen! –, machte ich mich auf den Weg. Herr Meier erwartete mich schon. Er trug Reithose und Stiefel. So sah er aus wie Sitting Bull und ich hätte ihn am liebsten gefragt, warum er keinen Federschmuck trug. Er hatte doch genug Hühner, um sich einen zu basteln!

Donnervogel stand gestriegelt und gesattelt vor dem Haus. Herr Meier reichte mir die Zügel. »Du kannst sie selbst führen!«

Ich schielte auf Donnervogels feuchtes Maul. Sie hatte lange Barthaare und zwischen den schleimigen Lippen glänzten große gelbe Zähne. Ein bisschen Angst hatte ich schon, aber ich wagte doch nicht zu fragen, ob sie beiße. Ich wollte mutig sein und Herrn Meier keinen Anlass geben, über mich zu lächeln. Also packte ich die Zügel und ging würdevoll neben meinem Reitlehrer her. Donnervogel hatte sich gleichzeitig mit uns in Bewegung gesetzt. Ich staunte: Sie war ja folgsam wie ein Lamm.

Hinter dem Gemüsegarten lag ein großes offenes Gelände. Die Erde war locker und weich. Herr Meier richtete Donnervogels Steigbügel, indem er die Gurte an meiner Armlänge maß. Mir wurde plötzlich klar, dass ja ich die Reiterin sein sollte, und aus einem unerklärlichen Grund begannen meine Knie zu wackeln.

»Finden Sie nicht auch«, fragte ich Herrn Meier zaghaft, »dass Donnervogel ein besonders großes Pferd ist?«

»Wie kommst du darauf?«, antwortete dieser. »Donnervogel ist eine ganz normale, mittelgroße Stute.«

Er erklärte mir, wie ich aufsteigen musste, und ich verstand kein einziges Wort. Ich hatte einen trockenen Gaumen und feuchte Hände. Es war wirklich beschämend, solche Angst zu haben! Zum Glück sah mir niemand von der Clique zu!

»Hast du verstanden?«, fragte schließlich Herr Meier.

Ich sagte: »Ja, ja«, aber ich hatte keine Ahnung, worum es ging. Es war genauso wie heute im Rechenunterricht.

»Komm«, fuhr Herr Meier fort, »ich helfe dir in den Sattel!«

Ich schluckte leer, ergriff die Zügel, die er mir reichte, und versuchte den Fuß in den Steigbügel zu setzen. Herr Meier stützte mich. Ich brach in Schweiß aus. So mühsam hatte ich mir das Aufsteigen dann doch nicht vorgestellt! Wie machten das bloß die Cowboys im Film? Die schwangen elegant das Bein, und hopp, saßen sie oben. Mein Hintern schien mit Blei belastet.

Der Sattel war hart, unbequem und wackelig. Ich versuchte, die Zügel so zu halten, wie Herr Meier es mir gezeigt hatte. Vorsichtig stieß ich meine Absätze in Donnervogels Bauch. Donnervogel machte einen Sprung vorwärts und ich quietschte vor Schreck.

»Hilfe! Sie geht mit mir durch!«

Herr Meier schüttelte lachend den Kopf. »Nur ruhig bleiben! Donnervogel hat eben gemerkt, dass du eine Anfängerin bist. Halte die Zügel straff. Nicht zu sehr . . . Jawohl, gut so! Und denke an deine Haltung: immer schön gerade sitzen!«

Ich reckte die Schultern, zog das Kinn ein und drückte die Absätze in Donnervogels Flanken. Nichts, es geschah nichts! Donnervogel glich einem Standbild auf einem Sockel und rührte sich nicht vom Fleck. Und jetzt? Da fiel mir ein, irgendwo mal gelesen zu haben: »Mit einem Zungenschnalzen brachte er sein Reittier in Gang.« Also schnalzte ich mit der Zunge. Es klang, als hätte ich eine Flasche entkorkt, doch Donnervogel, statt sich in Bewegung zu setzen, spitzte nur die Ohren. Ich schnalzte noch einmal: »Plop!«, doch Donnervogel ließ nur ein gelangweiltes Rülpsen hören.

Das war zu viel! Ich verlor die Geduld, hob beide Beine und knallte sie in Donnervogels Bauch. »Nun renn doch endlich los, du blödes Vieh!«

Das wirkte. Donnervogels Rücken spannte sich. Der Sprung, mit dem sie vorwärtsschnellte, nahm mir das Gleichgewicht. Fast wäre ich aus dem Sattel gekippt! Ich kreischte vor Angst und riss die Zügel an mich. Sofort blieb Donnervogel stehen und schüttelte mit verärgertem Schnauben den Kopf. Ich schien ihr furchtbar auf die Nerven zu gehen.

»Anfänger machen alle den gleichen Fehler«, sagte Herr Meier. »Sie wollen sofort galoppieren. Das hat überhaupt keinen Sinn. Du musst zuerst traben, um die Balance zu lernen.«

Er packte Donnervogels Zügel, schnalzte mit der Zunge – genau wie mein Romanheld –, und siehe da: Es klappte! Donnervogel setzte sich in Trab. Ich rutschte von einer Seite zur anderen und hatte das Gefühl, dass alle meine inneren Organe durcheinanderhopsten.

»Das Kreuz locker machen! Ganz locker!«, forderte mich Herr Meier auf. »Verkrampf dich nicht! Lass dich hin und her schütteln. Stell dir vor, du seist ein alter Waschlappen. So, schön locker . . . locker!«

Das war ich also, ein alter Waschlappen. Und ich dachte, ich sei Wildwest-Annie oder Turga, die Prinzessin der Mongolen!

»Locker . . . ganz locker!«, hörte ich Herrn Meiers Stimme neben mir, während ich schwitzend und stöhnend im Kreis trabte.

Gegenüber dem Haus wurde das Gelände von einer Rosenhecke abgeschlossen. Als Donnervogel zum zehnten Mal da vorbeitrabte, blieb sie mit einem unerwarteten Ruck stehen, streckte den Hals vor und begann seelenruhig von den grünen Blättern abzurupfen.

Turga, die Prinzessin der Mongolen, hing blöde im Sattel und wusste nicht, was sie machen sollte.

»Hab keine Angst!«, rief mein Reitlehrer. »Zeig ihr, dass dein Wille stärker ist! Halt die Zügel straff! Vorwärts!«

Wildwest-Annie hatte keine Angst, aber das Pferd, das sie ritt, war dickschädeliger als sie. Sie stieß mit den Absätzen, zerrte, schob, wurde rot im Gesicht wie ein gekochter Hummer. Schließlich riss ihr der Geduldsfaden: Sie drehte sich im Sattel um und versetzte Donnervogel einen Schlag mit der flachen Hand auf die Kruppe. Sie hätte genauso gut auf einen Zementblock hauen können.

»Au!«, rief ich und presste die schmerzenden Finger gegen den Mund. Donnervogel bewegte leicht ihren Schweif und kaute weiterhin Rosenblätter, als sei ich aus Luft.

Schließlich kam mir Herr Meier zu Hilfe: Er packte die Zügel und schnalzte mit der Zunge. Donnervogel wandte sich von der Hecke ab und folgte ihm wie ein Lamm. Es musste irgendein Trick dabei sein, den ich nicht bemerkte. Wildwest-Annie fühlte sich sehr beleidigt!

Am Samstagmorgen schlief ich bis neun. Als ich erwachte und die Füße auf den Boden setzte, brach ich beinahe zusammen: Mein ganzer Körper war wie gerädert. So sehr hatten meine Glieder noch nie geschmerzt. Ich spürte wirklich jeden Knochen.

Wimmernd schleppte ich mich ins Badezimmer und wusch mir das Gesicht, »Au!«, putzte mir die Zähne, »Ai!«, und kämmte mich, »Ui, ui! . . .«

»Was ist denn mit dir los?«, rief Mama verblüfft, als sie mich wie eine schwabbelige Ackerschnecke in die Küche kriechen sah.

»Au!«, jammerte ich. »Ai! Ui!«

Papa hob den Kopf über den Rand der Samstagszeitung und fragte mit gespielter Überraschung: »Du hast doch nicht etwa Rückenschmerzen?«

»Aaaaaa!«, stöhnte ich.

Mama stellte mir einen Becher mit heißer Milch hin und ich gab zwei Löffel Schokoladenpulver hinein.

Papa zwinkerte mir zu. »Du, Sandra, es regnet! Hast du nicht Lust, heute Morgen mit mir die Garage aufzuräumen?«

»Bääääää!«, blökte ich.

Mama röstete Toast und fügte in beiläufigem Ton hinzu: »Du hast mir versprochen, im Haushalt zu helfen. Du bist so lieb und fängst nach dem Frühstück gleich an, die Betten zu machen!«

Ich biss mir auf die Lippen und gab keinen Mucks mehr von mir. Da hatte ich mir ja etwas Schönes eingebrockt!

4. Kapitel

Am Montag hatte ich immer noch Muskelkater, aber ich konnte wenigstens wieder gehen, ohne bei jedem Schritt Urlaute auszustoßen.

Wie an jedem Morgen traf ich Aline, Michael und Lea vor dem Kiosk. Sie waren immer als Erste da, obwohl sie einen längeren Schulweg hatten als ich.

»Los, erzähle! Wie war's?«, bedrängte mich Aline sogleich.

Ich schielte zu Michael; er trug diesen Morgen einen kornblumenblauen Pulli.

Was war schon dabei, wenn ich noch das Blaue vom Himmel herunterschwatzte – jetzt nur nicht das Gesicht verlieren!

»Fantastisch war's! Ich konnte beim ersten Mal schon traben und galoppieren!«

Aline blieb der Mund offen. »Mensch! Wie fühlt man sich denn auf einem Pferd?«

Ich setzte ein Lächeln auf, das zugleich überlegen und bescheiden wirken sollte. »Wie soll ich es erklären? Das Gefühl ist einmalig. Ein Pferd ist schließlich ein starkes Tier, ähnlich stark wie . . . wie . . .«

»Wie ein Elefant?«, meinte Lea.

»Ja, ungefähr so, wie ein Elefant! Und trotzdem tut es genau das, was man will. Ich kann es nach rechts, links, vorwärts und rückwärts lenken!«

»Du bist rückwärts geritten?«, krähte jemand hinter mir.

Ich fuhr herum. Thomas hatte sich mit seinem Fahrrad von hinten herangeschlichen und musste meine letzten Worte gehört haben. Ich wurde rot wie eine Tomate. »Nun ja . . . ich hätte es wenigstens gekonnt, wenn ich gewollt hätte!«

»Und warum hast du es nicht gewollt?« Thomas wackelte mit den Ohren. Das tat er immer, wenn er jemanden in Verlegenheit bringen wollte.

»Aber doch nicht gleich beim ersten Mal!«, gab ich wütend zurück.

»Aber du hast doch gerade gesagt, dass du . . .«

»Ach, halt die Klappe!«

»Kann einem beim Reiten wohl die Brille herunterfallen?« Das war Lea. Ich war dankbar für die Ablenkung.

»Die rutscht dir höchstens ein bisschen tiefer auf die Nase.«

»Wann hast du deine nächste Reitstunde?«, fragte Michael.

»Am Mittwoch!«

Er tauschte einen Blick mit seiner Schwester und Aline sagte: »Wir wollen schauen, dass wir auch mitkommen können!«

»Ich auch!«, rief Lea.

Thomas radelte im Zickzack vor uns her. »Ihr spinnt ja alle. Reiten braucht man doch nicht zu lernen. Man setzt sich einfach auf das Ross und hü!«

»Du kannst ja mal einen Versuch machen«, sagte ich.

»Was sollte ich mit deinem lahmen Sonntagsgaul anfangen? Mich interessieren nur ungezähmte Mustangs!«

»Bravo!«, sagte ich. »Die lassen sich auch am besten rückwärts lenken!«

Am nächsten Tag kamen Aline, Michael und Lea freudestrahlend in die Schule. Sie hatten ebenfalls die Erlaubnis erhalten, Reitstunden zu nehmen. Ich freute mich zwar, dass sie mitkamen, aber warum musste es schon jetzt sein? Nun konnte ich ihnen nichts mehr vormachen.

Wildwest-Annie wurde auf einmal sehr kleinlaut. »Eigentlich ... im Grunde bin ich in der ersten Stunde nur getrabt. Herr Meier sagte, das sei wichtig, um die Balance zu lernen.«

»Du bist also noch nicht galoppiert?«, fragte Lea, ganz enttäuscht.

»Doch ... das heißt ... Donnervogel galoppierte ein bisschen. Ich meine ... sie hat das von selbst getan ...«

Michael kam mir zu Hilfe. »Ich finde das cool, wenn wir alle zusammen reiten lernen. Sonst reiten die einen gut und die anderen schlecht und dann macht die Sache viel weniger Spaß.«

Wildwest-Annie fand die Bemerkung sehr weise. Sie wäre ihm am liebsten um den Hals gefallen und auf einem ungezähmten Mustang mit ihm losgeritten. Aber zuerst musste sie die Balance beherrschen.

Am Mittwochnachmittag machten wir uns also auf den Weg: Aline, Michael, Lea und ich. Herr Meier war hoch erfreut, als er uns zu viert anrücken sah. Er erzählte uns gleich, dass er noch drei andere Pferde gekauft habe, die nächste Woche eintreffen würden.

»Toll!«, rief Aline. »Dann können wir alle gemeinsam bei Ihnen Unterricht nehmen.«

Michaels Augen leuchteten. »Dürfen wir dann richtig ausreiten?«

Herr Meier kaute an seiner Pfeife und lachte. Er hatte ebenso gelbe Zähne wie sein Pferd. »Geduld, Geduld! Das gestatte ich erst, wenn ihr gute Reiter seid!«

Neugierig blickte ich nach allen Seiten. »Wo ist denn Donnervogel?«

In diesem Augenblick erschien Frau Meier mit dem Sattel über dem Arm in der Stalltür. Sie trug wie üblich Jeans, Gummistiefel und ein Männerhemd. Tommy, der schwarze Cocker, kam wedelnd auf uns zu und ließ sich streicheln.

»Donnervogel ist im Stall«, antwortete Frau Meier auf meine Frage. »Komm! Du sollst heute lernen, dein Pferd selbst zu satteln.«

»Ist denn das nötig?«, fragte ich blöde.

»Ein guter Reiter sattelt sein Pferd immer selbst«, warf mein Reitlehrer ein.

Er führte uns in den Stall, in dem es nach Staub und Heu roch. Donnervogel stand in ihrer Box. Ein paar Fliegen krochen auf ihrer Nase herum. Als sie uns sah, hob sie den Kopf und ihre Ohren drehten sich vor und zurück.

Lea sah zu Herrn Meier empor und piepste kläglich: »Finden Sie nicht auch, dass Donnervogel ein auffallend großes Pferd ist?«

»Quatsch!«, antwortete ich an seiner Stelle. »Sie ist nur eine mittelgroße Stute!«

Unterdessen erklärte mir Herr Meier, wie ein Pferd richtig gesattelt wurde. Warum musste denn alles so schwierig sein? Indianer hatten es viel einfacher, da sie meistens ohne Sattel ritten. Ich kroch unter der Stange, die die Box aufteilte, durch und versuchte, Donnervogel das Zaumzeug umzulegen. Donnervogel schüttelte verärgert den Kopf und zeigte ihre großen speichelnassen Zähne.

»Ist das nicht gefährlich?«, fragte Aline. »Sie beißt ja!«

»Ein Pferd beißt nur, wenn es sich bedroht fühlt«, belehrte sie Herr Meier.

Inzwischen war es mir gelungen, das Zaumzeug anzubringen und festzuschnallen. Der Sattel war so schwer, dass ich ihn kaum halten konnte. Ich musste meine ganze Kraft darauf verwenden, ihn hochzuheben und auf Donnervogels Rücken zu werfen. Als ich den Gurt anzog, kam ich ins Schwitzen: Donnervogel blähte den Bauch so stark, dass er plötzlich wie ein Bierfass aussah.

»Warum tut sie das bloß?«, fragte ich keuchend.

Herr Meier lachte nachsichtig. »Das ist nur ein Zeichen von schlechter Laune. Du musst versuchen, sie abzulenken.« Er streichelte ihr den Hals.

Ich zog mit aller Kraft an dem Gurt und brach mir dabei zwei Nägel ab. Schließlich gelang es mir, ihn zu befestigen.

Herr Meier nickte zufrieden. »Nicht schlecht für das erste Mal!«

Ich warf den anderen einen triumphierenden Blick zu. Dann führte ich Donnervogel aus dem Stall. Jetzt kam der große Augenblick: Ich musste aufsitzen und die anderen gafften. Wie konnte sich Wildwest-Annie nur das Mitleid oder den Spott der Zuschauer ersparen? Herr Meier hielt den Steigbügel. Ich zählte im Kopf »eins, zwei, drei«, nahm einen kurzen Anlauf und sprang. Ich weiß nicht, wie ich es fertig brachte, aber schon saß ich im Sattel und hielt die Zügel fest.

»Gratuliere!«, murmelte Aline.

Michael hatte den Mund leicht offen und Lea blinzelte hinter ihren Brillengläsern. »Du . . . wie macht man das?«

»Training!«, erwiderte ich leichthin.

»Bravo!«, sagte Herr Meier. »Jetzt bist du schon viel gelockerter als das erste Mal.«

Turga, Prinzessin der Mongolen, warf ihm einen schiefen Blick zu. Diese Bemerkung hätte er sich verkneifen können.

Die Reitstunde begann. Herr Meier ließ mich zuerst die Runde der Koppel im Schritt zurücklegen. Ich hielt den Rücken kerzengerade und starrte würdevoll auf die Horizontlinie. Mein Körper folgte geschmeidig den Bewegungen des Pferdes. In Gedanken sah ich Fahnen im Wind flattern und hörte das respektvolle Murmeln der Reitknechte, das meine Leistung begleitete.

»Und jetzt das Ganze noch mal im Trab!«, befahl Herr Meier. »Nimm die Füße aus den Steigbügeln und kreuze diese vorne auf dem Sattel.«

Die mongolische Steppe zerplatzte – pffft! – wie eine Seifenblase.

»W . . . was?«, stotterte ich.

»Du sollst ohne Steigbügel traben, damit du die Balance völlig sicher zu beherrschen lernst.«

»Beherrsche ich die denn noch nicht?«, erwiderte kleinlaut Turga, Prinzessin der Mongolen.

Scheinbar nicht! Wie eine Ertrinkende klammerte sie sich an die Zügel, rutschte auf dem Sattel hin und her und kam sich vor wie ein Mehlsack.

»Traben! Traben!«, befahl Herr Meier unbarmherzig.

»Ui, ui!«, stöhnte ich. Meine Muskeln litten Qualen.

»Das nächste Mal«, rief Michael, »muss Thomas unbedingt mitkommen!«

»Interessiert sich der ebenfalls für Reitstunden?«, fragte Herr Meier.

»Ja, aber eigentlich nur, wenn er auf einem ungezähmten Mustang reiten kann!«

Herr Meier klopfte seine Pfeife an seinem Absatz aus und brummte: »So, so!« Mehr sagte er nicht.

Ich ritt immer noch im Kreis, ächzte und schwitzte.

»Traben! Traben!«, rief Aline.

»Schnauze!«, fauchte ich unhöflich zurück und schlug zerstreut meine Absätze in Donnervogels

Flanken. Die Stute wieherte und jagte pfeilschnell davon. Ich quietschte wie ein Spanferkel und riss die Zügel an mich. Donnervogel blieb plötzlich wie angewurzelt stehen und senkte den Kopf. Turga, Prinzessin der Mongolen, flog im hohen Bogen über ihren Hals hinweg und landete im Gras. Sterne funkelten vor meinen Augen. Alle kamen herbeigerannt und halfen mir wieder auf die Beine.

»Au!«, jammerte ich. »Ai!«

»Hast du dir wehgetan?«, fragte Herr Meier besorgt.

Ich betastete meine Knochen. Die schienen alle heil zu sein. Mein Kopf auch. Nur mein Ehrgefühl war angeschlagen.

Indessen hatte Herr Meier Donnervogel zurückgeholt. »Dann also los, steig wieder auf!«, befahl er.

Ich glaubte, ich hörte schlecht, und jaulte vor Empörung. »Oh nein! Für heute habe ich genug!«

»Ein guter Reiter«, belehrte mich Herr Meier, »steigt unverzüglich nach einem Sturz wieder in den Sattel.«

»Aber warum denn das?«, maulte ich. Der Mann fing langsam an, mir auf den Wecker zu gehen.

»Für den Anfänger« – das war ich leider – »ist es von größter Bedeutung, augenblicklich das Vertrauen in sein Reittier wiederzufinden. Es geht jetzt darum, deine Abneigung gegen das Pferd zu überwinden. Also hopp! In den Sattel!«

Ich spürte diese Abneigung sehr deutlich. In meinen Augen war Donnervogel nicht mehr die mittelgroße Halbblutstute, sondern eher eine widerliche Mischung zwischen einem Nashorn und einem Feuer speienden Drachen. Ich hatte Lust, einen großen Bogen um sie zu machen.

Nimm dich zusammen!, sagte ich zu mir. Zeig, dass du kein Angsthase bist!

Also biss ich die Zähne zusammen, setzte den Fuß in den Steigbügel und zog mich unbeholfen am Sattel hoch.

»Gerade halten!«, befahl Herr Meier.

Er ließ mich noch einige Runden im Schritt reiten. Mein Hintern brannte, als würde die Haut mit einem Reibeisen abgeschabt. Endlich war ich erlöst. Jetzt kamen die drei anderen an die Reihe. Herr Meier war sehr großzügig. Er sagte, dass sie diese erste Stunde nicht zu bezahlen brauchten, da er ja nur ein einziges Pferd besaß und sie so lange warten mussten, bis sie drankamen. Zuerst kam also Lea an die Reihe, dann Aline und dann Michael. Lea saß auf Donnervogels Rücken wie eine dünne Libelle und die Brille rutschte ihr ständig auf die Nase. Aber Herr Meier sagte, dass sie sehr lockere Gelenke hätte und bald eine gute Reiterin sein würde. Leas Gesicht wurde vor Freude ganz glühend und ihre Brille beschlug sich. Das war immer so, wenn sie aufgeregt war. Aline und ihr Bruder machten ihre Sache auch gut. Vor allem Michael erhielt ein großes Lob. Herr Meier behauptete, dass er für den Reitsport ganz besonders begabt sei.

»Wie können Sie das denn jetzt schon feststellen?«, fragte Aline verblüfft.

Herr Meier schmunzelte. »Der Junge ist sehr ausgeglichen. Pferde lieben es, von ausgeglichenen Menschen geritten zu werden.«

Ich fand, dass Herr Meier ganz schön feinfühlig war, wenn er den Charakter der Leute an der Art, wie sie im Sattel saßen, beurteilen konnte. Ich hätte gerne gewusst, was er von mir hielt. Aber ich schämte mich, ihn vor allen anderen zu fragen: Und ich? Was halten Sie von mir? Wie sollte ich reagieren, wenn er mich als Trottel bezeichnen würde? Also versuchte ich auf Schleichwegen seine Meinung zu erfahren. »Herr Meier ... glauben Sie wohl, dass ich bald galoppieren kann?«

Der Reitlehrer wusste sofort, was in mir vorging. »Du hast die Neigung, wichtige Einzelschritte überspringen zu wollen«, erwiderte er lächelnd. »Vergiss nicht, dass Geduld und unermüdliche Arbeit an sich selbst zu den Tugenden eines Reiters gehören.«

Das hatte ich nun davon! Das Wort »Tugend« war mir nie besonders schmeichelhaft vorgekommen.

Ich musste ziemlich dumm dagestanden haben, denn Aline kicherte. »Geduld ist nicht gerade ihre Stärke!«

»Sie hat einen festen Willen und wird es schnell lernen«, antwortete Herr Meier mit feinem Lächeln. Er war eben doch ein guter Psy. . . wie sagt man nun schon wieder? Psychologe!

5. Kapitel

Am folgenden Mittwochnachmittag erwartete uns eine Überraschung. Frau Meier winkte uns schon von Weitem zu. »Die Pferde sind gestern Morgen eingetroffen!«

»Wo sind sie denn?«, rief ich atemlos.

»Im Stall!«

Als wir uns voller Neugierde in den Stall drängten, sahen wir in den mit reichlich Stroh ausgelegten Boxen drei neue Pferde. Herr Meier, in Reithosen und Stiefeln, kam mit zwei Eimern Wasser in den Händen hinter uns herein und begann sofort mit der Vorstellung. »Das da ist Derby!«

Derby war ein neunjähriges Vollblut, mit breiter

Brust, langen Beinen und kurzem Rücken. Sein fuchsrotes Fell glänzte. Er stand da, mit erhobenem Kopf und geblähten Nüstern und verdrehte ein wenig die kaffeebraunen Augen.

»Er ist ein Wallach«, sagte Herr Meier, »und eignet sich besonders gut zum Reiten.«

»Oh, der gefällt mir!«, rief Lea voller Bewunderung.

Das nächste Pferd war ein Apfelschimmel und hieß Meteor.

»Er ist schon 15 Jahre alt und sehr gutmütig«, sagte Herr Meier. »Ich konnte ihn besonders preiswert erwerben.«

»Den möchte ich gerne reiten«, sagte Aline. »Ich mag Apfelschimmel. Sie sehen so unnatürlich aus.«

»Wieso unnatürlich?«, fragte ich.

»Na ja, ein weißes Pferd mit schwarzen Kringeln drauf, findest du das vielleicht natürlich?«

Jetzt blieb Herr Meier vor der dritten Box stehen. »Und das hier ist Gossip«, sagte er.

»Das ist aber ein komisches Wort!«, meinte Michael.

»Gossip ist ein englischer Name, man könnte ihn mit ›Geschwätz‹ übersetzen«, erklärte Herr Meier.

Seine Frau, die hinzugetreten war, bemerkte: »Mein Mann hat lange gezögert, dieses Pferd zu kaufen. Aber die Gelegenheit war so günstig, dass er das Angebot schließlich angenommen hat.«

Herr Meier nickte gedankenvoll. »Und jetzt bin ich gespannt, ob sich das Risiko, das ich einging, auch lohnen wird.«

»Warum ist denn dieses Pferd ein Risiko?«, fragte Michael.

»Weil es ein Rennpferd ist«, entgegnete Herr Meier,

»aber es kam in schlechte Hände und wurde nur selten geritten.«

Gossip war eine kleine perlgraue Stute, mit ungewöhnlich schmalem Kopf, einem samtenen Maul und feuchten, misstrauischen Augen.

Michael streckte die Hand aus, um sie zu streicheln. Sofort entzog sich Gossip seiner Berührung und begann, sich auf komische Art hin und her zu wiegen.

»Was ist denn mit ihr los?«, fragte Michael verwundert.

»Sie hat Angst«, sagte Herr Meier.

»Warum man ihr wohl die Mähne geschoren hat?«, wollte Aline wissen.

»Aus Zeitersparnis«, sagte Herr Meier. »Gossip kommt aus einem Gestüt von über hundert Pferden. Sie ist ein schönes Tier! Aber wir werden sie behutsam behandeln müssen. Gossip gehört zu jenen Pferden, die sich am liebsten von Kindern reiten lassen, weil sie mehr Zartgefühl als Erwachsene besitzen.«

»Die will ich reiten«, sagte Michael mit leuchtenden Augen.

Herr Meier legte ihm die Hand auf die Schulter. »Ich glaube, du wirst dich gut für diese Aufgabe eignen.«

So hatte sich jeder von uns spontan für ein Pferd entschieden. Für mich stand fest, dass ich weiterhin Donnervogel reiten würde; ich hatte mich an sie gewöhnt. Aber Herr Meier sagte, dass wir uns abwechseln müssten, damit wir mit der Eigenart verschiedener Pferde vertraut würden.

Mir fiel auf, dass Donnervogel die Neuankömmlinge misstrauisch beobachtete. Sie stand da mit gespreizten Beinen und angelegten Ohren, rollte böse die Augen und schien zu fragen: »Was sollen denn die da eigentlich in meinem Revier?«

»Die Pferde werden Zeit brauchen, um sich aneinander zu gewöhnen«, sagte Herr Meier.

Das leuchtete uns ein. Wir hatten ja auch Mühe, uns einzuleben, wenn wir umzogen oder die Schule wechseln mussten.

In den nächsten Tagen gebärdeten sich die Tiere ungefähr so wie die Nachbarn in einem Hochhaus: Sie waren nett und freundlich zueinander, solange die Distanz gewahrt wurde, aber sie teilten Hiebe aus, sobald der eine dem anderen zu nahe trat. Jetzt, da vier Pferde vorhanden waren, machten wir schnelle Fortschritte. Wir lernten traben und galoppieren. Ich bekam schon lange keinen Muskelkater mehr und schwelgte in Glückseligkeit. Das Galoppieren fand ich am schönsten: Ich saß auf Donnervogel wie auf einem Schaukelstuhl und hatte das Gefühl, zu schweben. Nur fand ich es blöde, immer im Kreis reiten zu müssen. Aber Herr Meier wollte uns nicht eher ausreiten lassen, bis wir die Technik auch wirklich gründlich beherrschten. Ich hatte einen kleinen Vorsprung und musste jetzt warten, bis die anderen auch so weit waren.

Lea, das stand außer Zweifel, war sehr begabt. Das merkten wir bald an der Art, wie sie Derby ritt. Sie war die Erste, die Springen lernte. Ihr einziges Problem war die Brille: Manchmal rutschte sie ihr von der Nase und flog ins Gras. Dann kreischte Lea auf: »Meine Brille!«, und saß auf ihrem Pferd wie eine blinde Maus, denn sie war tatsächlich furchtbar kurzsichtig. Ohne ihre Sehgläser war sie imstande, gegen einen

Baum zu prallen. Endlich kam sie auf den Gedanken, die Brille mit einem Gummiband hinter dem Kopf zu befestigen.

Meteor machte seinem Namen nur wenig Ehre. Er erinnerte mich an Herrn Müller, unseren Chemielehrer: ein furchtbar träger Kerl. Ob er geritten wurde oder nicht, war ihm völlig wurscht: Er hatte wichtigere Dinge im Kopf. Aline behauptete, er sei kein Pferd, sondern ein Sofa, das laufen kann. Man könnte sogar einen Mittagsschlaf auf ihm halten.

Gossip war dagegen ein ganz anderes Problem! Herr Meier hatte Michael zuerst ein paarmal mit Donnervogel traben lassen, bis er die Balance beherrschte. Dann durfte er endlich Gossip reiten. Ich erinnere mich noch genau an seinen ersten Versuch. Es war ein trüber, kalter Tag. In der Nacht hatte es in Strömen geregnet. Aber ein guter Reiter – so war uns eingeschärft worden – lässt sich auch vom schlechten Wetter nicht abhalten. Also machten wir uns im Regenmantel auf den Weg. Die Landschaft war in wattigen Dunst gehüllt, der Boden aufgeweicht und glitschig. Dicke Tropfen fielen von den Zweigen. Im Stall brannte Licht. Herr Meier trug Gummistiefel und ebenfalls einen Regenmantel. Er hielt Gossip Futter in einem Eimer hin.

»Sie ist schrecklich eigen«, seufzte er. »Aber sie frisst etwas besser, wenn ihr jemand den Eimer hinhält. Leg ihr inzwischen den Sattel auf!«, befahl er Michael. Dieser gehorchte. Tommy, der schwarze Cocker, zwängte sich durch den Türspalt. Er war nass und stank. Als er sich Gossips Box näherte, stieß das perlgraue Pferd ein Schnauben aus und wich nervös zur

Seite. Michael schreckte überrascht zusammen und plumpste gegen die Stallwand. Tommy zog den Schwanz ein und machte kehrt.

»Tommy, los, raus! Du hast hier nichts zu suchen!«, rief Herr Meier ungeduldig. Zu Michael gewandt, sagte er: »Vor allem darfst du keine Angst zeigen, sonst verliert Gossip das Vertrauen.«

Michael schluckte. »Ich . . . ich habe keine Angst.« Doch seine Stimme klang nicht sehr überzeugend und ich bekam heftiges Herzklopfen.

Wenn das nur gut geht!, dachte ich beunruhigt.

Herr Meier stellte den leeren Eimer umgestülpt auf den Boden. Dann holte er ein eigenartig geflochtenes Halfter und legte es Gossip um.

»Soll ich sie mit diesem Halfter reiten?«, fragte Michael erstaunt.

Herr Meier nickte. »Das Halfter kommt aus Südfrankreich – eine Handarbeit. Gossip hat ein ganz weiches Maul. Ich will nicht, dass sie die Gebissstange spürt.«

Wir führten unsere Pferde aus dem Stall. Die Hufe sackten mit schmatzendem Geräusch in den aufgeweichten Boden ein.

»Ein unangenehmes Wetter«, brummte Herr Meier. »Aber ich hoffe, dass wir trotzdem arbeiten können.«

Wir brachten die Pferde auf die Koppel. Alle Augen waren auf Michael gerichtet, der vorsichtig den Fuß in den Steigbügel setzte und sich auf Gossips Rücken schwang. Gossip stand da wie ein Klotz. Ihre Haltung war merkwürdig unelegant für ein so rassiges Pferd. Sie hielt die Beine gespreizt und den Hals gesenkt. Sie sah richtig störrisch aus und ich bekam einen trockenen Mund. Ich hätte nicht an Michaels Stelle sein mögen.

»Aufpassen!«, warnte Herr Meier. »Halt die Zügel nur lose in der Hand.«

Behutsam berührten Michaels Knie die Flanken der Stute. Ein Zittern lief durch Gossips Körper, ihre Muskeln begannen zu spielen. Sie machte einen Schritt, dann noch einen, genau so, als ob sie auf Eiern ginge. Michaels Gesicht sah misstrauisch und gespannt aus, während er das Pferd langsam im Kreis führte.

»Du liebe Zeit!«, flüsterte Lea. »Man könnte beinahe glauben, dass er auf einer Ladung Sprengstoff sitzt!«

»Siehst du, wie Gossip die Ohren zurücklegt?«, murmelte Aline. »Kein gutes Zeichen.«

Ich sagte nichts. Die Aufregung schnürte mir die Kehle zu.

»Traben!«, rief Herr Meier.

Michael drückte die Absätze in Gossips Flanken. Ein Zucken durchlief den Körper der Stute. Ihre Lenden wölbten sich, der Hals streckte sich vor. Zu unserer größten Überraschung fiel sie in gleichmäßigen, wunderschönen Trab. Ich atmete vor Erleichterung auf. Michael entspannte sich und wandte uns sein lachendes Gesicht zu.

»Na, wie fühlst du dich?«, rief Aline.

»Herrlich!« Michaels Stimme klang begeistert. »Da sitzt man drauf wie auf einer Luftmatratze!«

In diesem Augenblick flog ein aufgescheuchter Vogel aus den Büschen und flatterte an Gossip vorbei. Die Stute blieb so unvermittelt stehen, dass ihre Hufe sich in den Schlamm bohrten. Dann wich sie kraftvoll zur Seite. Michael musste das Gefühl haben, dass ihm der Sattel unterm Hintern weggerissen werde. Er verlor die Steigbügel, kippte seitwärts vom Pferd und klatschte auf den Schlammboden, während sich Gossip in höchster Erregung um ihre eigene Achse drehte. Sie wirbelte wie ein Kreisel herum, die Steigbügel flogen nach allen Seiten, ihr Schweif peitschte die Luft. Zitternd, mit irrem Blick, blieb sie endlich stehen. Ihre nassen Flanken hoben und senkten sich, ihre schaumnassen Nüstern dampften. Starr vor Schreck sahen wir, wie Michael sich schwankend erhob. Von Kopf bis Fuß mit Schlamm bedeckt, stapfte er auf das Pferd zu, packte entschlossen die Zügel und saß mit einem Satz wieder im Sattel.

Vor Bewunderung blieb uns der Mund offen und Herr Meier rief: »Richtig so, Michael! Halte die Zügel nicht zu fest . . . jawohl, so ist's gut! Lenke das Pferd schön ruhig im Schritt . . .«

Michael wischte sich mit dem Ärmel über das verschmierte Gesicht. Er klopfte Gossips Hals und sprach beruhigend auf sie ein. Die Stute schritt folgsam im Kreis; sie hatte wieder Vertrauen gewonnen.

»Traben!«, rief Herr Meier.

Mit leichtem Kniedruck trieb Michael das perlgraue Pferd an. Gossip trabte mit langen, weichen Schritten. Ihre Hufe schlugen auf den durchnässten Boden.

Aline sah mich an und rief: »Was ist denn mit dir los? Du bist ja grün wie ein Spargel?«

»Das scheint wohl nur so«, piepste ich, »weil ich den grünen Pulli trage.«

Ich hielt mich am Sattel fest, um mich auf Donnervogels Rücken zu schwingen, verfehlte den Steigbügel und flog kopfüber in den Dreck. Jetzt sah ich genauso aus wie Michael: Ich hatte sogar Schlamm in den Nasenlöchern! Aber unter der Schmutzschicht, die mein Gesicht bedeckte, konnte man jetzt wenigstens nicht mehr sehen, ob ich grün war oder nicht!

Nach der Reitstunde, als wir die Pferde abgesattelt und trocken gerieben hatten, gingen wir alle in Herrn Meiers Haus. Die Wohnküche war sehr gemütlich eingerichtet. Auf dem Tisch lag eine bunte Decke, Feuer brannte im Kamin und überall standen große Keramikvasen voller Blumen. Michael und ich wurden ins Badezimmer geschickt, um uns das Gesicht zu waschen. Frau Meier hatte Kaffee gekocht. Dazu gab es Rosinenkuchen, den sie selbst gebacken hatte. Ich saß wie üblich neben Michael.

»Hast du keine Angst gehabt?«, fragte ich ihn.

Er zog die laufende Nase hoch. »Angst? Nein, ich war viel zu wütend auf mich!«

»Wütend?«

Einen Jungen, der in dieser ruhigen Art wütend war, fand ich wirklich cool! Ein anderer hätte geflucht oder getobt. Ich hätte Michael am liebsten auf der Stelle geküsst!

»Sandra, du bist ja ganz rot!«, rief Lea mir über den Tisch zu.

Rot? Und ich dachte, ich sei grün! Ich wischte mir ärgerlich übers Gesicht, allmählich kam ich mir wirklich wie ein Chamäleon vor.

Michael lächelte und sagte: »Du brauchst dir keine Sorgen zu machen, ich komme mit Gossip schon zurecht!«

Er drückte sein Knie gegen das meine. Ich saß wie erstarrt da und spürte nur noch sein Knie. Der Rest war mir egal. Man hätte mir auf dem Kopf herumtrampeln können, ich hätte nicht mal »Piep!« gesagt. Ich wagte nicht, auch nur den kleinsten Finger zu rühren, aus Angst, er würde sein Knie wieder wegziehen.

»Möchtest du noch etwas Kaffee?«, fragte Frau Meier.

»Ja . . . bitte!«, stotterte ich und hielt ihr meine volle Tasse hin.

»Du hast ja noch gar nichts getrunken«, sagte sie.

»Ach ja«, blubberte ich, hob die Tasse an meine Lippen, wobei mir der Kaffee in die Nase lief statt in den Mund und ich die Hälfte auf meinen Pulli verschüttete. Michaels Zuneigung hatte eine komische Wirkung auf mich. Ob das wohl bei anderen Leuten auch so war?

6. Kapitel

Eine Woche später hatte ich Geburtstag. Als Geschenk erhielt ich von meinen Eltern einen Reitstunden-Gutschein für sechs Monate. Ich schwelgte im siebten Himmel!

»Nach sechs Monaten«, sagte Mama, »kann dieser Gutschein vielleicht noch einmal erneuert werden. Aber das hängt vor allem von deinen Leistungen in der Schule ab. Wenn sich die Noten verschlechtern, ist Schluss mit dem Reiten.«

»Vergiss nicht, Sandra«, sagte Papa, »dass du im nächsten Jahr ins Gymnasium gehen sollst.«

Eltern können das Moralisieren nicht lassen, das liegt wohl so in ihrer Natur. Trotzdem fand ich meine ganz in Ordnung. Jetzt musste ich mir die Reitstunden nicht mehr vom knapp bemessenen Taschengeld absparen und ich war eine große Sorge los!

Zum Geburtstag erhielt ich von Lea einen Radiergummi mit »Snoopy« drauf, von Aline einen schönen Filzstift und von Michael eine Tüte Sahnetoffees, die er selbst gemacht hatte.

»Er hat zwei Stunden lang die Küche beschlagnahmt, den Herd verschmiert und in der ganzen Wohnung herum Zucker verstreut!«, berichtete Aline empört.

Jetzt war es an Michael, rot zu werden. »Ach, hör doch auf! Ich habe hinterher alles wieder sauber gemacht!«

Ich hätte die Sahnetoffees am liebsten unter eine Glasglocke gestellt und sie bis an mein Lebensende aufbewahrt, aber das wäre Michael bestimmt nicht recht gewesen. Also öffnete ich die Tüte und fing an zu essen. Ich war so gerührt, dass ich kaum merkte, dass die Sahnetoffees angebrannt waren.

Wir ritten nun schon länger als drei Monate. Traben, Galoppieren und Springen war für uns keine Sache mehr. Es machte uns nichts mehr aus, einen ganzen Nachmittag im Sattel zu verbringen. Wir spürten überhaupt keinen Muskelkater mehr. Und auch die Balance beherrschten wir jetzt endlich!

Im Juli erlaubte uns Herr Meier den ersten großen Ausritt. Er hatte uns die Ohren mit Ratschlägen voll gestopft: »Und passt auf den Verkehr auf. Wenn ihr die Straßenkreuzung überquert, verlangsamt das Tempo! Gebt auf dahintreibende Papierfetzen Acht, sie erschrecken die Pferde. Vergesst nicht, dass ihr für euer Reittier verantwortlich seid!«

Endlich war der große Augenblick gekommen. Ich ritt Donnervogel und führte die Gruppe an. Aline auf Derby war gleich hinter mir. Dann kam Michael auf Gossip. Lea, die den Apfelschimmel ritt, bildete den Schluss: »Professor Meteor« meditierte gerade über Einsteins Relativitätstheorie und hasste es, sich beeilen zu müssen. Natürlich wollten wir den Stadtrand so schnell wie möglich verlassen und die ruhigen Feldwege einschlagen. Die Leute drehten sich alle nach uns um. Wir kamen uns selbstsicher und wichtig vor und sahen auf den Rest der Welt geringschätzig hinunter. Ein etwa vierjähriges Mädchen, das an der Hand ihrer Mutter daherkam, streckte den Arm aus und rief: »Mama, sieh dir mal die Pferde da an! Sind das richtige oder falsche?«

Ich musste lachen und rief ihr zu: »Das sind Gummipferde! Die haben wir heute Morgen mit der Fahrradpumpe aufgeblasen!«

Als wir unter den Bäumen einer breiten Allee dahinritten, sahen wir einen dünnen alten Mann auf einer Bank sitzen. Er hatte ein zerknittertes Gesicht und eine Glatze. Mit seinem Stock fuchtelte er in der Luft herum und krähte mit seiner Fistelstimme: »He, du da, Kleine . . . du mit den schwarzen Haaren, halte dich gerade!«

Die Kleine mit den schwarzen Haaren, das war ich. Ich warf dem Alten einen empörten Blick zu. Was ging den das an, wie Wildwest-Annie im Sattel saß?

»Ich war zwölf Jahre bei der Kavallerie und versteh was vom Reiten!«, japste der Alte. »Die Kleine am Schluss hält sich gut, bravo, so gefällt's mir! Die wird es noch weit bringen!«

»Danke!«, säuselte Lea und schob mit einem Finger ihre Brille zurecht. Meteor trabte teilnahmslos dahin.

Dann schritt eine Frau mit einem Mops vorbei. Der kleine Köter bellte, dass seine Bauchfalten wackelten, und fletschte die Zähne. Offensichtlich konnte er Pferde nicht ausstehen.

Endlich hatten wir die Stadt hinter uns. Vor uns lagen Wiesen, Wälder und ruhige Feldwege. Zuerst trabten wir, damit die Pferde sich in Ruhe warmlaufen konnten. Dann drückten wir ihnen die Fersen in die Flanken und legten uns flach auf die Mähne.

Die Pferde stürmten in gleichmäßigem Galopp dahin. Der Boden dröhnte unter dem Trommeln ihrer Hufe, während wir bei jedem Sprung das mächtige Spiel ihrer Muskeln fühlten. Unsere Körper folgten geschmeidig den Bewegungen der Tiere und der Wind spielte in unseren Haaren. Es war das schönste Gefühl der Welt!

Von diesem Tag an durften wir regelmäßig ausreiten. Dabei erlebten wir einige aufregende Abenteuer. Eines Nachmittags ritt ich also Gossip; das hatte Herr Meier so angeordnet. Gossip war im Grunde ein gutmütiges Tier. Sie bedurfte nur einer friedlichen Umgebung und Zuneigung. Ich schätzte ihren weichen, gleichmäßigen Trab, aber ich fühlte mich nie so richtig wohl auf ihrem Rücken. Pferde sind äußerst sensible Geschöpfe: Sie spüren es sofort, wenn der Reiter unsicher ist. Gossip war bei den Spazierritten immer nervös. Alles flößte ihr Angst ein: die Autos, die Mopeds, die Straßenlampen, ja sogar einzelne fliegende Blätter. Ich konnte mich nur selten richtig entspannen, weil ich immer alles beobachten musste. Ich dachte nur: Wovor wird sie sich jetzt schon wieder fürchten? Herr Meier behauptete allerdings, das sei eine gute Übung für mich. Donnervogel kannte ich schon so gut, dass ich faul und träge auf ihrem Rücken saß. Sie war für mich wie ein Schaukelstuhl. Bei Gossip dagegen war das ganz anders, da musste ich stets auf der Hut sein.

An jenem Tag war Gossip besonders nervös. Ich behielt ihre wippenden Ohren ständig im Auge. Immer wenn sie vorn blieben und sich spitzten, war ich auf das Schlimmste gefasst. Ich hatte nie auf die vielen verschiedenen Geräusche, die draußen zu hören waren, geachtet. Auf Gossip lernte ich, alle auch noch so unbedeutenden Kleinigkeiten wahrzunehmen.

Trotzdem gelang es ihr, meiner Wachsamkeit einen Streich zu spielen. An einer Straßenbiegung tauchte plötzlich ein Mann auf, ein Maler vermutlich, der eine Leiter auf der Schulter trug. Gossip stieß ein schnaubendes Wiehern aus, sprang entsetzt zur Seite und raste im Galopp quer durch die breite Baumallee, bis an den Rand einer steil abfallenden Böschung. Dort bäumte sie sich auf und ihre Hufe schlugen wild ins Leere. Einen Augenblick lang, der mir wie eine Ewigkeit erschien, erblickte ich unter mir einen 20 Meter tiefen Abgrund. Instinktiv riss ich die Zügel zurück, meine Beine umklammerten die schweißnassen Flanken. Gossip wendete auf der Hinterhand. Ihre Vorderhufe fielen schwer auf den Boden zurück. Sie machte kehrt und raste in vollem Galopp auf ein Auto zu, das mit quietschenden Bremsen hielt, wich aber in letzter Sekunde dem Hindernis aus. Ich weiß nicht mehr, wie es mir gelang, sie zu beruhigen, aber endlich blieb sie stehen. Ihre nassen Flanken hoben und senkten sich und sie zitterte an allen Gliedern. Ich schwitzte und zitterte genauso.

Aline, Michael und Lea hatten meinen Zweikampf mit Gossip hilflos mit angesehen und kamen mir entgegen.

»Was ist denn passiert?«, riefen alle gleichzeitig. »Weshalb ist sie denn durchgegangen? Hast du dir wehgetan?«

»Nein, nein!«, stotterte ich. »Aber ich glaube . . . ich steige jetzt für einen Augenblick besser ab.«

Ich glitt aus dem Sattel und schleppte mich auf die nächste Bank. Dort setzte ich mich hin, schlaff wie eine müde Oma. Meine Knie schlotterten wie Wackelpudding.

Michael hatte Gossips Zügel ergriffen und sprach beruhigend auf das verängstigte Tier ein. »Wollen wir das Pferd wechseln?«, fragte er mich.

»Nein, es geht schon!«, gab ich schnell zurück. Schließlich war ich kein Waschlappen. Ich stand taumelnd auf und Michael warf mir die Zügel zu. Ich biss auf die Zähne, setzte den Fuß in den Steigbügel und schwang mich kraftvoll in den Sattel. Es hatte mich große Überwindung gekostet und Gossip musste das gespürt haben, denn einen Augenblick lang stampfte sie zögernd und wiegte ihren Körper unschlüssig vor- und rückwärts. Dann schlug sie gehorsam die Richtung ein, in die ich sie lenkte. Ich stieß einen Seufzer der Erleichterung aus und streichelte ihren Hals. Ich hatte das Vertrauen des Pferdes wiedergewonnen. Herr Meier würde stolz auf mich sein!

Ich hatte auch lustige Erlebnisse. Da war zum Beispiel die Sache mit dem Schutzmann. Es passierte eines Tages, als ich alleine mit Donnervogel ausritt. Da stand plötzlich ein Polizist mitten auf der Straße und hob die Hand, als sei ich ein internationaler Transportlastwagen mit einer Ladung geschmuggelter Zigaretten. Sein Unmut drückte sich in den Falten auf seiner Stirn und seiner erhobenen Stimme aus. »Es ist verboten, hier auf der Straße zu reiten! Wozu ist denn der Reitweg da?«

»Wo ist denn der?«, wollte ich wissen. Die Frage klang blöde, aber wenn es irgendwo einen Reitweg gab, hätte Herr Meier uns das gesagt.

Die Stimme des Polizisten nahm eine ungeduldige Schärfe an. »Hast du keine Augen im Kopf?« Er wies auf die rechte Straßenseite hin, wo sich ein schmaler, gepflasterter Weg zwischen den Bäumen hinzog.

»Aber das ist doch ein Fußweg!«, rief ich.

Der Polizist lief rot an. »Willst du mich vielleicht darüber belehren, was ein Reitweg ist?«

»Aber da steht ja kein Schild!«, protestierte ich.

»Ich verbiete mir deine vorlauten Bemerkungen!« Der Ordnungshüter regte sich offensichtlich darüber auf, dass ich oben saß und er unten stehen musste. Er reckte die Schultern, um so groß zu sein wie das Pferd. »Wenn du nicht sofort auf den Reitweg überwechselst, wirst du absteigen und zu Fuß nach Hause gehen!«

»Aber der Weg ist ja zum Galoppieren viel zu schmal!«, rief ich wütend.

»Musst du denn ausgerechnet da galoppieren?«, zischte er. »Sind wir hier vielleicht in Texas?«

Der Mann musste eine schlaflose Nacht hinter sich haben oder unter schlechter Verdauung leiden. Ich wollte mich nicht mit einem Polizisten streiten, denn die haben immer recht ... Also lenkte ich Donnervogel auf den sogenannten »Reitweg« und ritt verstimmt weiter. Aus Angst, gegen einen Baum zu prallen, wagte ich kaum zu traben. Plötzlich sah ich zwischen den Blumenbeeten einen zweiten Schutzmann auf und ab spazieren. Was die heute Nachmittag hier zu suchen hatten, war mir ein Rätsel. Dieser jedoch hatte ein leichtes Lächeln im Gesicht und gefiel mir schon eher. Ich ritt auf ihn zu und fragte mit der sanftesten Stimme der Welt, ob das hier ein Reitweg sei.

»Nicht dass ich wüsste«, antwortete er.

»Aber so was!«, entfuhr es mir. »Warum hat denn der Schafskopf behauptet ...« Ich unterbrach mich und biss mir auf die Lippen.

»Welcher Schafskopf?«, fragte der Polizist erstaunt.

»Na ja ... da war ein Mann ... der sagte ...« Ich schluckte und beeilte mich, das Thema zu wechseln. »Der Weg ist hier viel zu schmal, um zu galoppieren. Darf ich auf der anderen Straßenseite reiten?«

»Selbstverständlich, kleines Fräulein!«, antwortete der Polizist. »Aber passen Sie auf die Autos auf!« Er salutierte freundlich und ich schenkte ihm mein strahlendstes Lächeln.

Ich drückte Donnervogel die Fersen in die Flanken und sprengte quer über die Straße. Wildwest-Annie wollte zeigen, was sie konnte. Es waren keine Autos in Sicht. Ich jagte im Galopp die Straße rauf, machte kehrt und ritt in gleichem Tempo die Strecke wieder zurück. Der Polizist stand im Schatten der Bäume und sah offenbar sehr beeindruckt meinem Rodeo zu. Endlich mal eine, dachte er vermutlich, die auf einem Pferd und nicht auf einem Moped daherkommt! Ich raste ihm im gestreckten Galopp entgegen, kreischte triumphierend »Juhu!« und ließ meine Zügel wie ein Lasso kreisen. Erst im letzten Augenblick sah ich die Bescherung: Mein freundlicher Polizist war weg und an seiner Stelle stand da wieder der erste höchstpersönlich! Ja, er sah mir zu und die Augen kugelten ihm fast aus den Höhlen, aber für Gezeter blieb ihm keine Zeit: Ich war längst hinter der Straßenkreuzung verschwunden!

Dann geschah die Sache mit Thomas. Der hörte uns die ganze Zeit in der Schule vom Reiten schwärmen. Wir redeten nur noch von Pferden und er fühlte sich vernachlässigt. Eines Morgens, als wir auf dem Schulhof standen, kam er herbeigeeilt, schmiss mir in seiner liebenswürdigen Art die Schulmappe gegen die Beine und rief: »Ich will auch mal zum Reiten mitkommen!«

Wir Mädchen tauschten einen Blick. Das passte uns gar nicht, den Affen da bei uns zu haben, und Michael fragte mit Unschuldsmiene: »Hast du auch vor, Reitstunden zu nehmen?«

»Ich brauche keine Reitstunden, um auf einem Ross zu sitzen!«, rief Thomas großspurig.

»Das muss aber zuerst gelernt werden«, sagte Aline.

»Indianer können auch reiten und haben es nicht mühsam lernen müssen«, antwortete Thomas stur.

»Natürlich haben die das gelernt!«

»Quatsch!« Thomas warf sich in die Brust. »Ich wette, ich komme auf deinen Gaul rauf und mache mit ihm, was ich will!«

Wir wechselten wieder einen Blick. Dann sagte Aline: »Du kannst ja morgen mal mitkommen. Vielleicht bist du wirklich ein Genie und wirst Olympiasieger im Springreiten!«

Am nächsten Tag erwarteten wir Thomas am Kiosk. Er kam rot und schwitzend an und sah aus wie ein blonder Igel. Wir machten uns auf den Weg. Herr Meier erwartete uns auf der Koppel. Die Pferde trabten sofort heran. Sie wussten, dass wir Brot und Salz mitbrachten. Wir stellten Thomas Herrn Meier vor, und dieser fragte ihn, ob er auch am Kurs teilnehmen wollte.

»Ich kann reiten ohne Reitstunde«, sagte Thomas.

Lea nickte bedeutungsvoll. »Das ist der, der nur auf einem ungezähmten Mustang reiten will!«

Herr Meier warf ihm einen nachdenklichen Blick zu. »Wir haben hier leider keinen ungezähmten Mustang, aber du kannst ja mal versuchen, Gossip zu reiten.«

»Wo ist denn dieser Gossip?«, fragte Thomas.

»Gossip ist kein ›Er‹, sondern eine ›Sie‹!«, sagte Michael und fügte hinzu: »Sie ist das Pferd, das ich meistens reite.«

Thomas rümpfte die Nase. »Ausgerechnet auf die kleine Stute soll ich! Warum nicht auf den da?« Er wies auf Meteor, der friedlich graste und nicht gestört werden wollte.

»Meteor ist mein Pferd«, sagte Aline.

»Aha!« Thomas schnalzte geringschätzig mit der Zunge. »Na gut, ich nehme die Stute!«

»Warte, ich hole den Sattel!«, rief Michael. Einige Augenblicke später kam er schwer beladen wieder zurück.

Thomas sah gelangweilt zu, wie er Gossip zäumte

und sattelte. Herr Meier wollte ihm erklären, wie er aufzusitzen habe, aber Thomas winkte großspurig ab. »Ist schon in Ordnung! Habe schon längst kapiert. Also das macht man so . . .« Er ergriff Gossips Zügel und fasste nach dem Sattel.

Gossip wandte blitzschnell den Kopf. Ihre großen gelben Zähne schnappten an Thomas' Arm vorbei, der verblüfft zurückwich.

»He, was ist denn los? Beißt die?«

»Sie spürt, dass du ein fremder Reiter bist«, sagte Herr Meier gleichmütig. »Versuch's noch einmal!«

Thomas war ein bisschen bleich geworden. »Ist das gefährlich . . . äh . . . wenn die beißt?«

»Du kannst dich ja mal beißen lassen, dann weißt du's«, sagte Michael mit beißendem Unterton.

»Hat sie dich denn noch nie?«, fragte Thomas.

Michael schüttelte den Kopf. »Noch nie!«

Thomas packte die Zügel und setzte den Fuß in den Steigbügel. Im selben Augenblick machte Gossip einen Satz, krümmte sich und versetzte ihm einen Fußtritt. Der Hufschlag traf Thomas am Hintern. Großes Gelächter war die Antwort.

»Mensch, das Vieh ist ja total bekloppt!«, fluchte Thomas.

»Du bist zu nervös«, sagte Herr Meier. »Gossip mag keine nervösen Reiter.«

»Ich bin überhaupt nicht nervös!«, krähte Thomas empört. »Das Vieh da ist nervös!« Er schwitzte so sehr, dass sein Hemd ganz nass war.

»Du wolltest doch immer einen ungezähmten Mustang reiten«, warf ich ein. »Gossip ist das wildeste Pferd, das wir haben.«

»Na ja . . .«, Thomas kratzte sich am Kopf, »für das erste Mal . . .« Er schluckte. »Ich müsste zuerst mal . . . äh . . . drauf sitzen!«

»Wer hindert dich denn daran?«, foppte Michael.

»Das blöde Biest lässt mich ja nicht aufsteigen!«, rief Thomas und rieb sich mit schiefem Gesicht sein Hinterteil.

»Warte, ich helfe dir«, sagte Herr Meier gelassen. Er ergriff Gossips Zügel und streichelte dem Tier beruhigend den Hals. »So, jetzt kannst du's versuchen, Thomas.«

Nach einigen vergeblichen Versuchen, bei denen Gossip immer wieder durchgehen wollte, gelang es Thomas endlich, sich in den Sattel zu schwingen. Herr Meier überließ ihm die Zügel und trat zurück. Gossip stand da, mit gespreizten Beinen und hängendem Kopf, wie das erste Mal, als Michael sie reiten wollte.

»Hü!«, rief Thomas und schlug mit den Zügeln auf Gossips Rücken.

Gossip rührte sich nicht vom Fleck. Ihre Augen quollen fast aus den Höhlen.

»Warum will die denn nicht laufen?«, fragte Thomas verdattert.

Herr Meier zündete sich gemächlich die Pfeife an.

»Weil du noch nicht reiten kannst und sie es spürt.«

»Aber wie spürt sie denn das?«

»Deine Bewegungen sind zu unkontrolliert, zu zerfahren.«

»Meine Bewegungen sind schon in Ordnung«, knurrte Thomas. »Hü, du Biest!« Er grub mit aller Gewalt die Fersen in Gossips Flanken. Seine Hände zerrten an den Zügeln.

Ein Schauer lief über Gossips Fell. Ihre Nüstern blähten sich. Sie bäumte sich auf und schlug mit den Hufen durch die Luft. Dann fiel sie auf die Vorderhand zurück und begann, wild im Kreis zu rennen. Thomas rutschte hin und her und klammerte sich an den Zügeln fest. Wie eine Rakete flog Gossip über die Koppel.

Plötzlich blieb sie stehen, ihr Rücken spannte sich wie eine Stahlfeder. Thomas sauste durch die Luft und landete rittlings auf dem Boden. Er rappelte sich in aller Eile wieder auf und rannte auf die Umzäunung zu, verfolgt von dem wutentbrannten Pferd. Im letzten Augenblick brachte er sich mit einem nicht sehr eleganten Sprung in Sicherheit, während Gossip mitten auf der Koppel einen tobenden Tanz aufführte.

Wir standen da und grinsten schadenfroh. Herr Meier paffte ungerührt den Pfeifenrauch vor sich hin.

Thomas humpelte schnaufend und schwitzend auf ihn zu. »Warum haben Sie mir denn . . . ein so tückisches Pferd gegeben?«, keuchte er.

»Jetzt weißt du, dass das Reiten gelernt sein muss«, sagte Herr Meier streng. »Ein Pferd ist nun mal kein Moped!«

Thomas' Blicke schweiften zu Michael hinüber, der gelassen einen Kaugummi in den Mund steckte. »Kannst du auf dem da reiten, ohne herunterzufliegen?«

»Ich bin auch schon mal abgeworfen worden«, sagte Michael gelangweilt. »Das gehört dazu.«

Ich schenkte Thomas ein zuckersüßes Lächeln. »Möchtest du jetzt vielleicht auch Reitstunden nehmen?«

Er wischte sich die triefende Nase ab. »Ich werd's mir noch überlegen.« Dann warf er einen Blick auf seine Armbanduhr und knurrte: »Halb drei! Ich muss weg. Zum Fußballplatz. Will in der ersten Halbzeit nicht fehlen.«

»Ach, hast du nicht Muskelkater?«, zirpte ich voller Mitgefühl.

Thomas hinkte wütend davon. Er hatte schwer eins aufs Dach gekriegt.

Wir waren nicht die einzigen Reitschüler. Zweimal wöchentlich stieß ein gleichaltriger Junge mit vorstehenden Zähnen und bleichem Gesicht zu uns. Er war Engländer und hieß merkwürdigerweise Percival. Der Arme wurde immer von seiner Mutter begleitet; sie ließ ihn auch nicht aus den Augen. Am Rande der Koppel klappte sie jeweils einen Liegestuhl auseinander und pflegte während der ganzen Reitstunde zu stricken.

Ab und zu kam auch ein älterer Herr, der immer mit versteiftem Rücken auf dem Pferd saß. Er trug einen schicken Reitanzug und blank geputzte Stiefel. Bald stellte sich heraus, dass er Generaldirektor einer Schokoladenfirma gewesen war, und er brachte uns auch jedes Mal Schokolade mit.

Dann nahm regelmäßig eine dicke Dame am Unterricht teil. Sie wollte offensichtlich das Reiten als eine Art Abmagerungskur betreiben. Aber ihr Speck wurde dabei doch nicht genügend durchgeschüttelt, denn sie wurde anscheinend eher ständig dicker als dünner. Sie ritt Derby. Der tat uns furchtbar leid, denn es musste kein Vergnügen sein, mit so viel Gewicht auf dem Buckel zu traben!

Trotz des Andrangs zur neuen Reitschule war Herr Meier nicht zufrieden und machte manchmal einen sorgenvollen Eindruck auf uns.

»Ich habe nicht genug Schüler«, vertraute er uns eines Tages an. »Die Kosten für Futter und Streu steigen unaufhörlich. Wenn nicht in den nächsten Monaten mehr neue Anmeldungen eintreffen, sehe ich schwarz für die Zukunft meines Reitstalls.«

Wir nahmen seine Äußerung nur so beiläufig zur Kenntnis und dachten uns weiter nichts dabei.

7. Kapitel

Ich sah den Sommerferien mit gemischten Gefühlen entgegen. Einerseits freute ich mich, dass ich mit den Eltern nach Italien fuhr, andererseits bedrückte es mich, denn ich musste mich von Aline und Lea, vor allem aber von Michael trennen. Die Geschwister waren von ihrer Patin nach Schweden eingeladen worden. Lea würde die Ferien auf einem Bauernhof verbringen, wo sie ebenfalls Gelegenheit hatte, zu reiten, und Thomas, der Arme, musste zu Hause bleiben. Er fing an, uns leid zu tun. Nach seinem Abenteuer mit Gossip hatte er sich mit ein paar größeren Jungen zusammengetan, so richtig brutalen Typen, die furchtbar erwachsen taten und schon rauchten. Wir hatten mit ihnen kaum etwas gemeinsam und von Pferden verstanden die ohnehin nichts. Aber uns schmiedete das Reiten irgendwie zusammen und gab uns viel Selbstvertrauen.

Am letzten Tag vor unserer Abreise fragten wir Herrn Meier, ob die Pferde uns nach den Ferien wohl wiedererkennen würden. Da musste er lachen: »Macht euch keine Sorgen! Die Pferde werden euch nicht vergessen.«

»Die haben ein besseres Gedächtnis als viele Menschen«, fügte seine Frau hinzu.

Beide waren freundlich wie immer, aber mir fiel auf, dass sie nachdenklich aussahen. Die meisten ihrer Schüler – dazu gehörten wir – kamen in den Sommerferien nicht und der Verdienst blieb aus. Aber wir waren zu sehr mit unseren Ferienplänen beschäftigt, um uns noch darüber Gedanken zu machen.

Ich fuhr also mit den Eltern nach Italien. Drei Wochen lang schlug ich mir den Bauch mit Spaghetti voll und vertrödelte die Zeit. Der Strand war mit Touristen überfüllt und das Meerwasser alles andere als sauber. Ich schnitt mir den Fuß an einem Glasscherben auf und einmal schwappten mir die Wellen eine Rolle Toilettenpapier ins Gesicht. Meine Eltern besuchten alle möglichen Museen und Kirchen, was mich überhaupt nicht interessierte. Ich setzte mich jeweils mit Bekannten in die nächste Cafeteria, trank Orangina, das im Magen gurgelte und mich dauernd aufstoßen ließ, und schrieb Postkarten an Aline und Michael. Die Italienerjungen sahen alle ganz niedlich aus, aber sie waren nicht so cool wie Michael. Sie wollten mich dauernd küssen. Sie hatten keine Ahnung von Pferden und redeten nur von Vespas und Mopeds.

Ich hatte richtigen Liebeskummer und fragte mich, ob es Michael wohl auch so ginge. Warum glauben Erwachsene eigentlich immer, solche Ferien seien das Schönste im Leben? Fast sehnte ich mich nach den Geometriestunden zurück. Da saß ich neben Aline und wir schnippten mit Lea und Michael Papierkugeln, was den Lehrer furchtbar auf die Palme brachte. Stattdessen war ich nun hier in Italien, aß »Maccaroni alla Panna« und »Scaloppine di Maiale« und gähnte vor schwerfälliger Verdauung und Langeweile!

Endlich nahmen die Ferien ein Ende und wir fuhren zurück! Gleich am nächsten Morgen traf ich mich mit Aline, Michael und Lea am Kiosk. Es war der letzte freie Tag vor dem Schulanfang und wir wollten zu den Pferden gehen. Es gab ein großes Hallo. Wir waren alle überglücklich uns wiederzusehen. Wir hatten uns alle verändert: Mir schien, Michael sei fast einen Kopf größer geworden. Ich konnte es kaum fassen! Er zog sich den Scheitel jetzt auf der anderen Seite und sah unheimlich gut aus. Aline fing an, einen Busen zu bekommen, und Lea trug eine neue Brille, mit der sie viel hübscher aussah. Michael begrüßte mich freudig: »Mensch, bist du braun geworden!«

Er hielt seinen Arm neben den meinen und wir verglichen unsere Bräune. Dann sagte Michael, dass ich wie eine Indianerin aussähe und es ihm gefiele, dass ich mein Haar jetzt länger trug.

»Ich lasse es wachsen!«, sagte ich stolz. Es war ganz komisch, ich konnte Michael gar nicht mehr richtig in die Augen sehen, und irgendwie spürte ich, dass es ihm genauso erging. Vielleicht war ihm noch viel komischer zumute, denn Jungen sind ja in vielen Dingen hinter den Mädchen zurück. Einerseits waren wir noch Kinder und fanden das schön, aber auf der anderen Seite wären wir gerne erwachsen gewesen und hätten uns auch dementsprechend benehmen wollen. Ich glaube, wir hatten beide Angst, uns vor den anderen lächerlich zu machen, dabei wussten die doch längst, dass wir zusammengehörten.

Jeder von uns hatte eine Plastiktasche mit, in der wir Brotreste, Karotten, Kartoffelschalen und Salz reingestopft hatten.

Es war Ende August. Das Gras war schon gemäht worden und das Laub war dunkelgrün. In Frau Meiers Garten blühten rotgolden die ersten Dahlien. Schon von Weitem sahen wir die Pferde auf der Koppel.

»Da sind sie!«

Die Frage, ob sie uns wohl wiedererkennen würden, erübrigte sich: Sie liefen uns sofort entgegen, drängten sich an den Zaun und begannen prustend und schnaufend unsere Plastiksäcke zu beschnuppern. Sobald wir sie geöffnet hatten, verschwanden ihre langen Köpfe darin und wir hörten nichts mehr als Kauen, Mahlen und Schmatzen. Wir mussten ihrer Gefräßigkeit so lange standhalten, bis sie die letzte Kartoffelschale zwischen ihren gelben Zähnen zerkaut hatten. Endlich kamen ihre Köpfe wieder zum Vorschein. Sie bliesen uns ihren feuchten Atem ins Gesicht, während sie speicheltriefend schnupperten, als wollten sie sagen: »Ist wirklich nichts mehr da?« Wir schüttelten die leeren Plastiksäcke vor ihren Nasen aus, worauf sie uns einen vorwurfsvollen Blick zuwarfen, einmütig kehrtmachten und sich mit enttäuschter Miene entfernten. Um sie ganz für uns zu gewinnen, hätten wir sie ihr Leben lang füttern müssen.

In diesem Augenblick kam Frau Meier mit Tommy aus dem Haus. Sie trug abgenutzte Cordhosen und einen selbst gestrickten Pulli. Tommy winselte und sprang an unseren Beinen hoch. Wir merkten zu spät, dass wir nichts mehr für ihn übrig hatten. Die Pferde hatten alles aufgefressen!

»Ihr seht alle so verändert aus!«, sagte Frau Meier lächelnd. »Fast hätte ich euch nicht mehr wiedererkannt. Mein Mann ist nicht da«, fügte sie hinzu. »Er ist zu einem Treuhänder in die Stadt gefahren.«

»Wir wollten nur schnell mal die Pferde begrüßen«, sagte Aline. »Heute ist unser letzter Ferientag, morgen fängt die Schule wieder an.«

Frau Meier schien zu zögern. Schließlich fragte sie: »Werdet ihr auch weiterhin zum Reiten kommen?«

Wir tauschten einen erstaunten Blick. Warum nur stellte sie diese Frage?

»Aber selbstverständlich«, antwortete Michael. »Zweimal in der Woche, genau wie früher . . .«

Sie nickte zerstreut. »Das ist schön, dass ihr wiederkommt. Mein Mann wird sich freuen!«

»Einen ganzen Monat schon sind wir nicht mehr geritten«, sagte Aline. »Wir kriegen bestimmt Rückenschmerzen!«

»Das ist mir egal«, sagte ich, »wenn ich nur endlich mal wieder im Sattel sitzen kann!«

»Ihr seid gut durchtrainiert und werdet kaum einen Muskelkater verspüren«, erwiderte Frau Meier.

Wir plauderten noch eine Weile und verabschiedeten uns dann. »Findet ihr nicht auch«, sagte ich, als wir den Garten verließen, »dass sich Frau Meier merkwürdig verändert hat?«

»Ich schon«, sagte Michael, »sie scheint gar nicht richtig hinzuhören, wenn wir etwas sagen.«

Irgendetwas war anders als sonst. Wir spürten das ganz deutlich, aber wir konnten uns nicht erklären, was das war . . .

8. Kapitel

Am nächsten Tag fing die Schule wieder an. Uns fiel auf, dass fast alle Schüler größer geworden waren und sich verändert hatten. Thomas hatte die Haare erneut geschoren und sah furchtbar aus. Seine Ohren kamen mir vor, als seien sie zu Weißkohlblättern ausgewachsen. In der Pause winkte er Aline zu sich und bot ihr eine Zigarette an. Aline lehnte ab, sie fand das Rauchen blöde. Wir stellten fest, dass es zwei Sorten Jungen gab: jene, die wir als »normal« bezeichneten, mit denen man reden konnte, die sich für vieles interessierten, und dann die anderen, die laut grölend mit einem Fußball rumbolzten und erzählten, dass sie schon Bier tranken oder im Warenhaus geklaut hatten. Es gab auch eine Sorte Mädchen, die auf solchen Quatsch reinfiel. Das waren genau die Mädchen, die sich bei uns in der Klasse die Nägel grün oder blau färbten und nur »Bravo« lasen. Die wiederum fanden es kindisch, dass wir uns nur für Pferde interessierten. In Wirklichkeit stimmte das gar nicht: Wir interessierten uns für eine ganze Menge anderer Dinge. Aber wie sollten wir ihnen das klarmachen? Manchmal kam es mir vor, als würden wir nicht mehr die gleiche Sprache sprechen ...

Thomas tat mir leid. Ich spürte, dass er im Grunde gerne mit uns gegangen wäre, aber nach der Sache mit Gossip traute er sich wohl nicht mehr so recht an uns heran. Er hatte Angst, dass wir über ihn grinsen würden ...

Am Mittwochnachmittag gingen wir wie gewohnt zum Reiten. Lea hatte von ihren Eltern eine echte Reithose geschenkt bekommen. Wir anderen ritten nur in Jeans und waren sehr beeindruckt. Lea hatte auch schon für die dazugehörigen Reitstiefel zu sparen begonnen.

In der Nacht hatte es geregnet und es war kalt. An den Bäumen zeigten sich schon die ersten gelben Blätter. Herr Meier erwartete uns vor der Haustür. Auch er hatte sich verändert. Er war noch dünner geworden und hielt die Schultern vornübergebeugt, was ihm Ähnlichkeit mit einer ausgetrockneten Bohnenschote verlieh. Sein Gesicht war finster und die Falten um seinen Mund hatten sich vertieft: »So, da seid ihr ja! Habt ihr die Ferien gut überstanden?«, fragte er müde.

»Die Pferde haben uns sehr gefehlt«, sagte Aline.

Herr Meier nagte düster an seiner Pfeife.

»Es war heute Morgen sehr feucht draußen«, sagte er. »Die Pferde sind noch im Stall.«

»Dürfen wir sie reiten?«, fragte ich.

Er nickte. »Ja, das wird ihnen guttun. Geht schon mal hin und sattelt sie. Ich komme gleich nach.«

»Der sieht seltsam aus«, flüsterte Aline, als wir in den Stall gingen.

»Vielleicht ist er krank gewesen«, meinte Lea.

»Ich glaube eher, er hat Sorgen«, sagte Michael. »Seine Frau hat das letzte Mal auch schon so ein komisches Gesicht gemacht . . .«

»Vielleicht hat er während der Ferien überhaupt keine Einnahmen mehr gehabt«, sagte ich. »Es kostet eine ganze Menge Geld, die Pferde zu unterhalten . . .«

Wir stießen die Stalltür auf. Der vertraute Geruch von Heu, Stroh und warmem Pferdefell schlug uns entgegen. Das Licht fiel schräg durch die vergitterten Fenster. Die Tiere hatten uns kommen hören. Sie hoben den Kopf und schnupperten. Als wir das Zaumzeug vom Haken nahmen, stieß Donnervogel ein raues Wiehern aus, Derby begann wild auf den Boden zu stampfen, und Gossip wiegte sich hin und her, während Meteor sich begnügte, würdevoll mit den Ohren zu spielen.

»Die meinen, wir bringen ihnen wieder was zu fressen mit«, sagte Michael.

Lea hatte einige Stücke Salz in der Tasche. Wir verteilten sie an die Pferde, bevor wir ihnen Satteldecke und Sattel auflegten. Gerade zogen wir den Gurt an, als Herr und Frau Meier in den Stall traten. Eine Weile standen sie stumm da. Frau Meier trug einen Wollschal um ihre Schultern und knotete ihn dauernd auf und zu.

Herr Meier stopfte umständlich seine Pfeife. Schließlich räusperte er sich und sagte: »Wir haben euch etwas mitzuteilen. So leid es uns tut, aber wir glauben kaum, dass ihr noch weiterhin bei uns reiten könnt . . .«

Wir starrten ihn an. Mein Herz begann heftig zu klopfen, und ich spürte, dass die anderen genauso sprachlos waren wie ich.

»Wollen Sie damit sagen«, stammelte ich betroffen, »dass Sie uns Ihre Pferde nicht mehr anvertrauen wollen?«

Herr Meier schüttelte den Kopf. »Davon ist keine Rede!«

Wieder schwieg er und blickte auf seine schmutzigen Stiefel. Frau Meier seufzte und zog ihren Schal bis ans Kinn hoch.

Dann fuhr Herr Meier mit tonloser Stimme fort: »Unsere Reitschule hat nicht den gewünschten Erfolg gehabt. Zuerst waren wir zuversichtlich und kauften in schneller Folge die vier Pferde. Doch inzwischen haben wir einsehen müssen, dass sich das Unternehmen nicht gelohnt hat. Der Unterhalt der Pferde ist zu kostspielig geworden. Wir können für ihre Verpflegung im kommenden Winter nicht mehr aufkommen . . .«

Frau Meier fügte mit traurigem Lächeln hinzu: »Die Leute scheinen sich im Allgemeinen nur wenig für den Reitsport zu interessieren . . .«

Doch mit dieser Erklärung wollte ich mich nicht zufriedengeben.

»Ich glaube nicht, dass das stimmt!«, rief ich aufgeregt. »Es gibt bestimmt viele Leute, die gerne reiten würden!«

»Dann möchte ich wissen, warum sie von der Gelegenheit keinen Gebrauch gemacht haben«, antwortete Frau Meier und löste wieder den Knoten in ihrem Schal auf.

Ich schluckte und stieß gepresst hervor: »Und ... was wird jetzt?«

Herr Meier hob hilflos die Schultern. »Es bleibt uns nichts anderes übrig, als die Tiere zu verkaufen.«

»Waaas?«, schrie Lea.

Wir waren wie vor den Kopf geschlagen. Michael presste die Lippen zusammen. Er war ganz bleich geworden. »Aber ... an wen denn?«

Herr und Frau Meier tauschten einen Blick. Beide sahen verlegen und sehr unglücklich aus. Dann sagte Frau Meier leise, fast wie zu sich selbst: »Für Gossip und Derby gibt es keine Schwierigkeiten, sie zu verkaufen. Wir kennen einen Bauern, der sich für die beiden interessiert. Aber Donnervogel und Meteor sind schon ziemlich alt. Sollten wir für sie keinen Käufer mehr finden, sind wir gezwungen ...« Sie zögerte, biss sich auf die Lippen und fügte mit zitternder Stimme hinzu: »... sie ins Schlachthaus zu geben!«

Einige Sekunden lang standen wir wie versteinert da. Wir konnten keinen klaren Gedanken fassen. Dann brach der Entrüstungssturm los.

»Ins Schlachthaus sollen sie?«, kreischte Lea, während Aline rief: »Donnervogel und Meteor sollen getötet werden?«

Und ich schrie lauter als alle anderen: »Aber das ist ja Mord!«

Nur Michael sagte nichts. Er schien so verdattert zu sein, dass er keinen Ton über die Lippen brachte.

Frau Meier zog ihren Schal noch enger um sich, während ihr Mann mit hängendem Kopf dastand. Er sagte mit rauer Stimme: »Glaubt ihr, es fällt uns leicht . . .? Wir sind genauso verzweifelt wie ihr, denn auch wir möchten gerne unsere Tiere behalten. Aber wir können sie beim besten Willen nicht mehr durchbringen . . .«

»Aber tun Sie alles, was Sie können, damit die Pferde nicht ins Schlachthaus kommen!«, schrie Lea. Sie stellte sich vor Meteor, wie um ihn zu schützen, und das sah komisch aus, weil Lea mit ihrer Brille fast einer dünnen Mücke glich, die vor einem mächtigen Felsblock hin und her schwirrte. Aber keiner hatte Lust zu lachen.

»Lea hat recht!«, krächzte ich. »Wir . . . wir wollen nicht, dass Sie die Pferde ins Schlachthaus geben!«

»Ich fürchte, wenn wir keinen Käufer finden, wird uns schließlich nichts anderes übrig bleiben«, antwortete Frau Meier mit erstickter Stimme.

Plötzlich wandte sie sich um und lief aus dem Stall. Ich sah, wie ihr die Tränen aus den Augen stürzten.

Eine Weile lang sagte keiner ein Wort. Herrn Meiers Gesicht war starr. Schließlich räusperte er sich, sah auf seine Armbanduhr und raunte düster: »Na ja . . . da kann man nichts machen; man muss es eben hinnehmen, wie es ist! Wenn ihr jetzt noch euren Ausritt machen wollt, dann ist es Zeit . . .«

Wir zogen unsere Pferde am Halfter aus den Boxen, führten sie aus dem Stall und schwangen uns in den Sattel. Niemand sprach ein Wort. Der Gedanke, dass unsere Reitstunden in den allernächsten Tagen für immer zu Ende sein sollten, wollte uns einfach nicht in den Kopf. Stumm und verzweifelt ritten wir über den Landweg. Nasse Zweige schlugen uns ins Gesicht. Die Bäume hingen voll reifer Äpfel; hie und da fiel einer mit dumpfem Klatschen auf den Boden. Wir fühlten uns sterbenselend.

Ich fand als Erste die Sprache wieder. »Kaum vorzustellen, dass aus Donnervogel und Meteor womöglich Steaks gemacht werden!«

»Es ist besser, du redest nicht davon, sonst falle ich noch aus dem Sattel!«, stöhnte Lea. Sie war schon ganz grün im Gesicht.

Aline schüttelte erregt ihren Wuschelkopf. »Und was wird aus Derby und Gossip? Ob man sie vielleicht vor einen Karren spannen will?«

»Womöglich wird Gossip von einem Typ geritten, der überhaupt nichts von Pferden versteht und glaubt, sie sei wild und verzogen«, sagte Michael finster.

»Ich kann mir das Leben ohne Pferde überhaupt nicht mehr vorstellen!« Lea kamen fast die Tränen. »Und ausgerechnet jetzt muss das passieren, wo ich die Reithose gekriegt habe!«

Eine Weile lang ritten wir schweigend und wälzten finstere Gedanken. Der nasse Boden gab unter den Hufen mit saugendem Geräusch nach.

Plötzlich schnippte Michael mit den Fingern. Sofort spitzte Gossip die Ohren und schien mitzuhören.

»Mir ist gerade eine Idee gekommen!«, rief er. »Wir müssen versuchen, den Meiers zu helfen!«

Den anderen blieb der Mund offen stehen und ich starrte ihn voller Bewunderung an. Endlich einmal jemand, der nicht nur jammerte, sondern ans Handeln dachte!

»Aber wie denn?«, rief ich.

Michael war jetzt nicht mehr bleich, sondern rot. Die Worte sprudelten nur so aus ihm heraus. »Frau Meier hat gesagt, dass sich die Leute zu wenig für den Reitsport interessieren würden. Das kommt aber nur daher, weil ihnen von Meiers Reitschule überhaupt nichts bekannt ist. Alles, was die Meiers brauchen, ist ein bisschen Reklame. Wie wär's, wenn wir das übernehmen würden?«

»Michael, du bist ein Genie!« Leas Brillengläser blitzten. »Aber wie stellst du dir das denn vor?«

»Wir müssen mit Frau Walter sprechen!«

Die Antwort kam von mir.

Frau Walter, die Klassenlehrerin, war bei den Schülern besonders beliebt. Vielleicht kam das daher, weil sie von ganzem Herzen über Dinge lachen konnte, die andere Lehrer nur mäßig oder überhaupt nicht komisch fanden. Aline war sofort Feuer und Flamme.

»Klasse! Wenn wir Frau Walter rumkriegen, ist die Sache so gut wie geschafft!«

»Ich schlage vor«, sagte Michael, »dass wir morgen schon eine halbe Stunde früher in die Schule gehen, um noch vor dem Unterricht mit ihr die Angelegenheit zu besprechen.«

Unsere Augen leuchteten in hoffnungsvoller

Übereinstimmung. Wir waren plötzlich wieder voller Zuversicht.

Die folgende Idee kam wieder von Michael. »Wir könnten die Klasse auch zu einer Sammlung aufrufen. Alle, die nicht beim Reiten mitmachen, müssten einen kleinen Geldbetrag spenden.«

»Aber nur in einer einzigen Klasse zu sammeln, das genügt bestimmt nicht«, warf ich ein. »Das müssten wir schon in der ganzen Schule machen.«

»Wenn Frau Walter uns grünes Licht gibt, können wir da viel erreichen«, meinte Lea. Sie klopfte Meteors Hals und murmelte zärtlich: »Reg dich nicht auf, Alter! Wir werden alles versuchen, um dich zu retten!«

»Der regt sich überhaupt nicht auf«, sagte ich gereizt. »Du regst dich auf!«

Lea warf mir einen schiefen Blick zu. »Du nicht?«

»Heute Abend müssen wir mal unser Taschengeld zählen«, nahm Michael das Gespräch wieder auf. »Vielleicht kommt da schon etwas zusammen . . .«

»Ich habe fast nichts gespart . . .«, gestand Aline kleinlaut. »Es waren ja Ferien . . .«

»Ich auch nicht!«, seufzte ich. Ich war nicht besonders sparsam veranlagt.

Michael fuhr fort: »Aber Vorsicht! Wir dürfen Meiers heute noch nichts verraten. Wenn die Sache nämlich nicht klappt, wird ihre Enttäuschung umso größer sein . . .«

»Aber warum sollte denn da etwas schiefgehen?«, rief ich entrüstet. »Schließlich geht es darum, zwei Pferden das Schlachthaus zu ersparen.«

Michael sah mich an und nickte. »Ja!«, sagte er mit Nachdruck: »Unser Plan muss gelingen!«

9. Kapitel

Im Dämmerlicht kam ich nach Hause. Aufgeregt drückte ich auf den Liftknopf und fuhr in den vierten Stock. Mama öffnete mir die Tür. Heute war ihr Waschtag gewesen und sie überzog gerade die Betten neu.

»Was hast du denn?«, fragte sie verwundert. »Du siehst ja ganz aufgelöst aus!«

Ich atmete keuchend. »Es ist . . . etwas Furchtbares passiert!«

»Etwas Furchtbares?« Mama starrte mich an. »Um Himmels willen, ist jemand vom Pferd gestürzt?«

Das war mal wieder typisch! Ich schüttelte ungehalten den Kopf. »Vom Pferd ist niemand gestürzt. Aber

Donnervogel und Meteor ... die sollen ins Schlachthaus!«

»Aber das ist doch nicht möglich!« Mama warf ihr blondes Haar aus der Stirn und machte ein entsetztes Gesicht. »Die armen Tiere!«

Während ich erzählte, wurde der Schlüssel im Schloss gedreht und Papa kam herein. Er hatte die Wäsche abgenommen und stellte den Korb in die Küche. Er sah mich an und grinste. »Du, deine Pullis sind alle eingegangen.« Er nahm einen aus dem Korb und hielt ihn vor mich hin. »Oder bist du vielleicht in den Ferien so gewachsen?«

»Ich glaube eher, sie ist gewachsen«, sagte Mama, in Gedanken versunken. »Sie muss wohl wieder neue Sachen haben. Morgen werde ich mit ihr in die Stadt gehen.«

»Aber ich will keine neuen Pullis!«, schrie ich. »Ich möchte lieber das Geld!«

Papa runzelte die Stirn. »Was soll denn das schon wieder heißen?«

»Es geht um die Pferde!«, rief ich und erzählte die ganze Geschichte von Neuem. Da ich langsam Übung hatte, wurde es hochdramatisch. Fast klang es so, als stünde schon der Pferdemetzger mit blutbefleckter Schürze und scharf geschliffenem Messer vor den Boxen!

»Morgen wollen wir für die Meiers in der Schule Reklame machen, damit alle Schüler reiten kommen! Und wenn das nichts nützt ... dann ... dann gehen wir hausieren!«

Ich rannte in mein Zimmer und nahm meinen blauen Sparelefanten von der Kommode. Es klimperte kaum etwas darin . . . Ich zog den Verschluss heraus. Einige Münzen fielen in meine Handfläche.

Papa stand an der Türschwelle und schüttelte den Kopf mit nachsichtigem Spott. »Davon könnte Herr Meier nicht einmal ein Meerschweinchen satt kriegen . . .«

Ich nahm kaum wahr, dass die Eltern einen Blick tauschten. Dann wandte Mama sich um und ging aus dem Zimmer. Ich starrte auf die paar schäbigen Münzen und hätte vor Verzweiflung heulen können. Das ganze Unternehmen schien mir plötzlich hoffnungslos. Wir würden die Pferde wohl doch nicht retten können!

Während ich noch so dastand, kam Mama wieder herein, um Wäsche in meinen Schrank zu legen. Im Vorbeigehen zog sie einen Geldschein aus der Hosentasche, reichte ihn mir und sagte in beiläufigem Ton: »Papa und ich spendieren euch das . . ., um euch einen guten Start zu ermöglichen!«

Das war zu viel: Jetzt heulte ich tatsächlich, und zwar vor Glück! Ich flog beiden um den Hals, umklammerte sie wie ein Affe einen Baumstamm und konnte kaum noch atmen.

Papa befreite sich lachend aus meiner überschwänglichen Umklammerung. »Hör auf, uns zu erwürgen! Ich muss die Waschküche noch sauber machen! Komm mit, du kannst mir helfen.«

»Und einen neuen Pulli bekommst du auch«, fügte Mama hinzu. »Ich will nicht, dass du dir die Nieren erkältest.«

Von Romantik war dabei keine Rede. Aber eines war sonnenklar: Ich hatte die tollsten Eltern der Welt!

Am nächsten Morgen trafen wir uns – wie abgemacht – eine halbe Stunde früher am Kiosk. Ich hatte meinen blauen Sparelefanten mitgenommen. Wir steckten alles Taschengeld hinein, das wir bei uns hatten, und es klimperte jetzt schon ganz schön einladend! Ich erfuhr, dass die anderen Eltern auch nicht kleinlich gewesen waren. Das gab uns Mut und überzeugte uns, dass wir auf dem richtigen Weg waren. Im Grunde war es ja wirklich lächerlich, dass zwei Pferde nur des dummen Geldes wegen ihr Leben lassen sollten!

Wir hatten vielleicht zehn Minuten im Schulhof gewartet, als Frau Walters gelber Peugeot auf dem Parkplatz hielt. Frau Walter stieg gähnend aus. Sie war ein Nachtmensch und hatte morgens immer Mühe, richtig wach zu werden.

Ihr braunrotes Haar kringelte sich in lustigen Locken und sie hatte mandelförmige Augen. Sie trug am liebsten Schlabberpullis, Jeans und indische Schals in rosa und lila Farben. Wir fanden, dass ihr das sehr gut stand.

Als sie uns sah, blieb sie stehen, gähnte und fragte: »Was wollt ihr denn schon so früh hier?«

Alle schauten auf mich. Da ich das frechste Mundwerk hatte, erwarteten die anderen natürlich von mir, dass ich als Erste reden würde, was ich dann auch tat.

»Frau Walter, können wir Sie wohl einen Augenblick sprechen?«

»Das scheint ja wirklich dringend zu sein.« Sie lächelte uns an. »Gehen wir schon in die Klasse, da werden wir noch eine Weile ungestört sein.«

Sie führte uns in das Klassenzimmer, legte ihre Hefte auf den Tisch und knöpfte ihre dicke Strickjacke auf. Dann sah sie uns erwartungsvoll an. »Nun?«

»Wir ... wir haben unseren Mitschülern eine wichtige Mitteilung zu machen«, platzte ich heraus. »Es geht um Leben oder Tod!«

»Tatsächlich?«, fragte Frau Walter.

Ihre Stimme klang ein bisschen spöttisch, aber das warme Lächeln, das um ihre Augen spielte, gab mir Mut. Die Geschichte, die ich erzählte, wurde immer dramatischer: Jetzt schmorten Donnervogel und Meteor schon in der Bratpfanne, während Gossip und Derby erschöpft und schaumbedeckt einen Karren voller Zuckerrüben zogen! Wenn ich stockte, weil mir die Puste ausging, redeten die anderen weiter.

Zum Schluss quasselten wir alle durcheinander, so laut, dass sich Frau Walter die Ohren zuhielt und rief: »Halt, halt, nicht so schnell! Sonst kann ich euch ja kaum noch folgen ...«

Wir schwiegen und schnappten nach Luft. Frau Walter sah uns nachdenklich an, aber das Lächeln leuchtete noch immer um ihre Augen. »Ihr wollt also die Pferde retten. Das ist ein gutes Vorhaben.«

»Wir möchten für die Reitschule Werbung machen«, sagte Michael. »Die Schüler, die sich nicht fürs Reiten interessieren, sollen durch eine Geldspende unseren Plan unterstützen.«

Ich schüttelte meinen blauen Elefanten.

»Gar nicht übel! Da mache ich auch mit«, sagte Frau Walter. Sie zückte ihr Portemonnaie und steckte einen Geldschein in den Schlitz. Wir wurden rot und stotterten: »Herzlichen Dank!«

Etwas Gescheiteres fiel uns nicht ein, doch Frau

Walter fuhr fort: »Mit einer Geldspende ist eurem Reitlehrer nur vorübergehend geholfen. Was er braucht, sind regelmäßige Einnahmen, damit er seine Pferde auch weiterhin unterhalten kann.«

Sie dachte einen Augenblick nach. Unser Herz hämmerte wie ein Presslufthammer.

»Also gut«, entschied sie. »Ich werde beim Lehrerkollegium die offizielle Erlaubnis einholen. Reiten ist ein guter Sport. Er bringt uns mit der Natur und mit den Tieren zusammen. Er lehrt uns Mut, fordert Ausgeglichenheit und Geistesgegenwart.«

»Können Sie auch reiten?«, fragte Lea strahlend.

Frau Walter lächelte. »Ein bisschen!«

»Dann kommen Sie doch auch!«, rief ich begeistert.

»Ich muss mir das einmal überlegen«, sagte Frau Walter. »Wie wollt ihr die Sache denn aufziehen?«, fügte sie hinzu.

Wir tauschten einen Blick. Mit roten Köpfen rollten Aline und Michael ein Spruchband auf, das sie mitgebracht hatten. Darauf war mit leuchtender Farbe ein großer Pferdekopf gemalt. »Lernt reiten!« stand darunter geschrieben. Michael hatte das Spruchband selbst entworfen und wir fanden es sehr gelungen.

Auch Frau Walter schien beeindruckt. »Da habt ihr euch aber viel Mühe gegeben!«

Im Schulhof lärmten und schrien die Schüler. Bald würde der Unterricht beginnen.

Frau Walter stand auf. »Ich werde mit meinen Kollegen sprechen und hoffe, dass ihr auch mit den anderen Klassen sprechen könnt. Ich wünsche euch viel Erfolg!«

Es läutete einige Minuten später. Die Schüler drängten sich durch die Klassenzimmertür, stießen sich und schrien durcheinander. Wir schoben uns steif und stumm an unsere Plätze. Ich hatte vor Aufregung nasse Hände. Michael kaute an seinem Kugelschreiber und merkte nicht, dass er eine schwarze Zunge bekam. Aline sah aus, als müsse sie zur Toilette, und Lea wischte sich dauernd die Brillengläser ab.

Frau Walter trat mit kurzer Verspätung ins Klassenzimmer. Eigentlich hatten wir jetzt Englischstunde und die Schüler schlugen ihre Aufsatzhefte auf. Aber Frau Walter sagte: »Bevor wir mit dem Unterricht beginnen, werden euch einige Mitschüler über ein persönliches Erlebnis berichten. Sie haben dafür meine ausdrückliche Erlaubnis eingeholt. Übrigens unterstütze ich die Aktion.« Sie gab uns ein Zeichen. »Also, fangt an!«

Im Schulzimmer herrschte erwartungsvolle Stille. Ich stand mit wackeligen Knien auf und trat vor die Klasse. Aline und Michael folgten mir mit dem zusammengerollten Spruchband. Lea hielt meinen blauen Sparelefanten in der Hand, den sie feierlich auf den Lehrertisch stellte. Vierundzwanzig Augenpaare folgten gespannt jeder unserer Bewegungen. Mein Blick begegnete den Glotzaugen von Thomas. Ich dachte: Bei dem ist sowieso nichts zu machen, der denkt ja nur an seinen Fußball!

Ich hatte unheimliches Lampenfieber. Klar, ich hatte schon einmal einen Vortrag über das Leben der Ameisen gehalten, aber da konnte ich alles ablesen. Meine Kehle war völlig ausgetrocknet, ich hatte überhaupt keine Spucke mehr im Mund. Nimm dich zusammen!, dachte ich schließlich und schoss los.

Am Anfang stotterte ich natürlich und mein italienischer Akzent kam wieder zum Vorschein. Einige grinsten und ich hätte sie am liebsten angefaucht, aber ich zwang mich zur Ruhe. Ich erzählte von den Reitstunden und von unseren Erlebnissen mit den Pferden. Zum Schluss wurde ich immer selbstsicherer und brachte sogar einige hochdramatische Sätze zustande.

»Und jetzt sind plötzlich unsere vierbeinigen Freunde in großer Gefahr. Herr Meier hat zu wenig Schüler und verdient deshalb nicht genügend Geld, um die Pferde auch weiterhin unterhalten zu können. Aus diesem Grund ist er gezwungen, die Tiere wegzugeben. Zwei der Pferde werden von einem Bauern gekauft. Die beiden anderen sind schon zu alt, um noch einen Käufer zu finden. Wisst ihr, was mit denen passiert?« Hier schaltete ich eine effektvolle Pause ein. Alle starrten mich an. Die Schüler hingen – wie man so schön sagt – an meinen Lippen.

». . . sie sollen ins Schlachthaus kommen!«, beendete ich düster meine Rede.

Ein empörtes Murmeln ging durch die Klasse. Die Schüler wechselten bestürzte Blicke.

»Das ist gemein!«, rief Doris aus der ersten Reihe.

David, der neben ihr saß, bekräftigte entrüstet: »Schließlich sind Pferde doch nicht dafür da, gegessen zu werden . . . dafür gibt's doch Rinder!«

»Rinder zu schlachten ist genauso gemein!«, schrie eine Stimme aus dem Hintergrund.

Ein Mädchen rief: »Und die armen Schweine und Kälber, die mit Hormonspritzen großgezogen werden, davon redet kein Mensch!«

»Und die Batteriehühner, ist das nicht furchtbar?«, ließ sich ihre Nachbarin vernehmen.

Ein Junge sagte: »Ich finde das sowieso zum Kotzen, dass Tiere sterben müssen, nur damit die Leute sie essen. Man könnte doch genauso gut von Gemüse leben!«

Worauf Thomas entgegnete: »Fleisch schmeckt doch gut! Du isst garantiert auch dein Schnitzel, wenn es dir mit Pommes frites vorgesetzt wird!«

Alle redeten aufgeregt durcheinander. Ich sah, wie Frau Walter die Diskussion aufmerksam verfolgte. Aber wir kamen vom eigentlichen Thema ab und so stampfte ich mit dem Fuß auf und brüllte: »Ruhe! Den Schweinen und Kälbern können wir nicht helfen, den Rindern auch nicht! Aber wir wehren uns dagegen, dass Tiere, die wir gerne haben, die unsere Freunde sind, in Schnitzel verwandelt werden ... gleich, ob mit oder ohne Pommes frites!«

Ich gab Michael und Aline ein Zeichen. Sie rollten ihr Spruchband auf und befestigten es an der Wandtafel. Alle schwiegen beeindruckt.

Ich fuhr fort: »Donnervogel und Meteor könnte durch euch geholfen werden: Ihr müsst nur reiten lernen, das ist alles!«

»Wie viel kostet denn das?«, fragte ein Mädchen, das Tatjana hieß.

»Das ist gar nicht so teuer.« Ich nannte den Betrag. »Und wenn sich sehr viele Schüler anmelden, wird uns Herr Meier den Preis bestimmt noch ermäßigen.« Ich schwenkte meinen Sparelefanten. »Diejenigen von euch, die nicht reiten lernen wollen, bitten wir, einen kleinen Betrag zu spenden, damit Herrn

Meier vorerst über das Schlimmste hinweggeholfen wird.«

Ich reichte den Sparelefanten Lea. Sie ging durch die Klasse.

Fast alle Schüler wühlten in ihren Jeanstaschen oder im Portemonnaie und ließen ein Geldstück in den Schlitz fallen. Wir waren sehr gerührt. Es war herrlich, zu spüren, dass die ganze Klasse zusammenhielt!

Dann meldete sich Martina, die Klassensprecherin. »Die meisten von uns möchten sicherlich gerne reiten«, sagte sie. »Aber was sollen wir tun, wenn die Eltern dagegen sind?«

Die ewige Frage! Aber diesmal war ich vorbereitet. »Unsere Eltern haben auch lange überlegt, bevor sie uns die Erlaubnis gaben. Heute sind sie überzeugt, dass das Reiten der idealste Sport ist, den es gibt. Er . . . er bringt uns mit der Natur und den Tieren zusammen, lehrt uns Ausgeglichenheit und Mut!«

Ich hatte, ohne darüber nachzudenken, Frau Walters Worte geklaut. Als ich ihr einen flüchtigen Seitenblick zuwarf, sah ich, dass sie sich ein Lächeln verkniff.

»Sandra und ihren Freunden kann ich nur zustimmen«, sagte sie. »Ihre Hilfsaktion findet meine volle Unterstützung. Sie erhielten von den anderen Lehrern ebenfalls die Erlaubnis, in ihren Klassen über das Schicksal der Pferde zu berichten.« Sie legte mir die Hand auf die Schulter und fügte hinzu: »Bravo! Ihr habt eure Sache gut gemacht!«

Alle klatschten Beifall, trampelten mit den Füßen, grölten und pfiffen. Wir waren die Helden des Tages.

Doch das war erst der Anfang. Ich hielt meinen Vortrag in allen fünf Klassen. Hinterher konnte ich nur noch krächzen. Ich hatte erwartet, dass die anderen ebenfalls mal reden würden, aber die wollten nicht. Alle sagten, ich könnte das am besten. Aline und Michael begnügten sich damit, ihr Spruchband zu schwenken, und Lea ging mit dem Sparelefanten durch die Klassenzimmer. Das war alles. Ich musste reden und reden. In der Pause nahm mich Frau Walter mit ins Lehrerzimmer und gab mir ein großes Glas Himbeersirup zu trinken. Ich hatte das verdammt nötig!

Unsere Hilfsaktion wurde ein Riesenerfolg! Eine große Anzahl der Schüler würde noch heute zu Hause fragen, ob sie Reitstunden nehmen durfte. Da wir die Unterstützung der Lehrer hatten, hoffte ich, dass viele Eltern einverstanden sein würden. Auf dem Heimweg waren wir trotz des grauen Herbsthimmels voller Zuversicht. Das Laub wurde gelb, in den Straßen standen Pfützen, aber in unserem Herzen leuchtete der schönste Sonnenschein! Mein blauer Sparelefant war voller Münzen; er wog mindestens fünfmal so viel wie sonst und man hörte kaum noch das Geld klimpern!

An der Kreuzung quietschten plötzlich Räder und ein Fahrrad bremste am Straßenrand. Auf dem Fahrrad saß Thomas. »Na«, rief er, »habt ihr reiche Beute gemacht?«

»Was geht denn dich das an?«, gab ich zurück.

Thomas radelte im Zickzack neben uns her, mal auf dem Fußweg, mal auf der Straße. »Ich hab mir's überlegt«, sagte er. »Ich will auch noch mal auf dem Gaul mit dem blöden Namen sitzen . . . wie hieß der denn noch?«

»Gossip?« Michael zog erstaunt die Brauen hoch.

»Gossip, genau!« Thomas grinste von einem Ohr zum anderen. »Ich möchte dem Gaul doch mal zeigen, wer der Stärkere ist!«

»Dann musst du aber zuerst einmal reiten lernen«, sagte Lea.

»Genau das will ich ja!« Thomas sauste haarscharf an einer Frau vorbei, die den Einkaufswagen hinter sich herzog. Die Frau brummte etwas über die »heutige Jugend«, und Thomas zischte: »Alte Ziege!«

»Warum hast du dich denn vorhin in der Klasse nicht gemeldet?«, fragte ich bissig.

Thomas wurde rot. Man sah das immer zuerst an seinen Ohren. »Den anderen kann das doch gleich sein!«

Wir wechselten einen Blick. Natürlich! Wir sollten nicht an die große Glocke hängen, dass Gossip ihn abgeworfen hatte.

»Also, damit ihr es genau wisst: Ich komme!«, fuhr Thomas großspurig fort. »Sagt dem Meier, dass er sich auf was gefasst machen kann!«

»In Ordnung!«, rief Michael. »Wir werden's ihm ausrichten!«

Thomas überholte uns, fuhr mit voller Geschwindigkeit über die Straße und verschwand hinter dem Warenhaus. Wir sahen uns an und brachen in Gelächter aus.

»Hättest du dir jemals vorgestellt«, fragte mich Aline, »dass ausgerechnet der sich als Erster melden würde?«

»Nicht mal im Traum!«

Wir fielen aus allen Wolken. Hatten wir Thomas doch unterschätzt?

»Das kommt davon, weil du so überzeugend geredet hast!«, sagte Michael und zwinkerte mir zu, worauf ich verlegen kicherte und zu Boden starrte.

»Nicht nur das«, meinte Lea, die manchmal sehr weise Sprüche von sich gab. »Der hat sich die ganze Zeit vor uns geschämt, weil er von Gossip runtergeflogen ist. Jetzt hat er endlich eine gute Gelegenheit, zu beweisen, dass er gar nicht so ein blöder Typ ist.«

Michael nickte gedankenverloren. »Gossip wird das schon herausfinden. Wenn sie ihn auf ihrem Rücken duldet, dann kann womöglich noch etwas aus ihm werden . . .«

10. Kapitel

Es meldeten sich im Ganzen achtzehn Schüler, die Hälfte davon waren aus unserer Klasse. Die anderen, die älter oder jünger waren als wir, kannten wir kaum, aber das spielte ja keine Rolle. Hauptsache war, dass Herr Meier seine Schüler bekam! Ich schrieb die Namen und Adressen auf einen Notizblock. Natürlich machten wir uns keine falschen Hoffnungen: Wir wussten, dass sich ein Teil der Schüler nach den ersten Schwierigkeiten im Unterricht und dem Muskelkater entmutigen lassen würde. Aber jene, die durchhielten, würden bestimmt regelmäßig kommen!

Am nächsten Tag war Samstag. Wir und alle Schüler, die sich gemeldet hatten, gingen zu den Meiers.

Frau Walter hatte beschlossen uns zu begleiten, um der ganzen Sache so etwas wie einen »offiziellen« Anstrich zu verleihen.

Wir trafen uns alle am Kiosk und machten uns auf den Weg. Das Wetter war regnerisch und kühl. Der Boden war glitschig und die verwelkten Dahlien ließen die Köpfe hängen. Die Pferde waren im Stall. Doch Tommy, der schwarze Cocker, lief uns bellend entgegen, während die Hühner gackerten und glucksten.

Vom Lärm angelockt, erschienen Herr und Frau Meier mit verblüfftem Gesicht an der Haustür. Wie kam diese johlende Horde dazu, in ihren Garten einzudringen, dachten sie wohl.

Wir winkten ihnen freudestrahlend zu und riefen voller Stolz: »Das sind unsere Mitschüler!«

»Wollt ihr ihnen eure Reitkünste vorführen?«, fragte Herr Meier stirnrunzelnd. Seine Frau hatte einen sorgenvollen Blick: Sie sah uns wohl schon im Geiste ihren Salat zertrampeln!

»Die wollen alle selbst reiten!«, rief Aline und hüpfte vor Freude. »Sogar unsere Lehrerin ist mitgekommen!«

Frau Walter stellte sich vor und schüttelte Herrn und Frau Meier die Hand. »Die vier da«, sagte sie und zeigte auf uns, »haben in der Schule von den Pferden erzählt und in allen Klassen für Ihre Reitstunden geworben.« Sie lachte und fügte hinzu: »Jetzt, wo ich das Gelände sehe, muss ich gestehen, dass ich auch Lust bekomme, mitzumachen!«

Beifall und Händeklatschen ertönte von allen Seiten. Ich sah, wie Herr und Frau Meier einen Blick wechselten. Sie konnten vor Rührung kaum sprechen. Jemand rief: »Die Pferde? Wo sind denn die Pferde?«

Wir rannten zum Stall, die ganze Horde hinterher, und Tommy bellte aus Leibeskräften. Die Schüler zwängten sich durch die Tür, drängten und stießen sich. Die Pferde in den Boxen hoben die Köpfe. Sie wichen zur Seite, ließen die Ohren spielen und blähten die Nüstern, während Schauer über ihre Flanken rieselten.

»Die haben ja Angst!«, rief Tatjana.

»Das ist nur, weil sie euch noch nicht kennen«, sagte ich. Ich zeigte der Reihe nach auf die Tiere, während ich sie vorstellte: Donnervogel, Gossip, Derby und Meteor.

Thomas stellte sich großspurig vor Gossip und rief: »Das ist mein Pferd!«

»Wieso dein Pferd?«, fuhr David ihn an.

»Ich habe das Vieh schon einmal geritten«, sagte Thomas selbstgefällig. »Es hat einen wundervollen Trab.«

Wir sahen uns an und verdrehten die Augen. Er konnte das Angeben einfach nicht lassen.

»Aber was nun?«, fragte Martina. »Es stehen uns ja nur vier Pferde zur Verfügung und wir sind mehr als zwanzig!«

»Wir werden für jeden Reiter Termine abmachen«, sagte Herr Meier, der hinter uns in den Stall getreten war. »Mehr als vier Schüler auf einmal kann ich nicht unterrichten.«

»Dann kaufen Sie doch ganz einfach noch ein paar Pferde dazu«, sagte Aline mit drolligem Augenaufschlag.

Herr Meier lachte und legte ihr die Hand auf die Schulter. »Wenn das so weitergeht, Mädchen, kann das tatsächlich auch der Fall sein!«

Jetzt trat ich mit meinem blauen Sparelefanten vor.

Alle schwiegen. Herr und Frau Meier starrten mich verwundert an.

Frau Walter ergriff lächelnd das Wort. »Wir möchten Ihnen bei dieser Gelegenheit ein kleines Geschenk überreichen. Die Kinder haben in den Klassen zu einer Geldsammlung für die Reitschule aufgerufen. Hier ist der Betrag.«

Feierlich übergab ich Herrn Meier die Spardose. Natürlich hätte ich was dazu sagen müssen, aber das Einzige, was ich hervorbrachte, war: »Den Elefanten können Sie gerne behalten!«

Jetzt sah ich tatsächlich, wie Herr und Frau Meier mit den Tränen kämpften. Sie schluckten, bissen sich auf die Lippen und waren ganz verwirrt.

Schließlich sagte Frau Meier: »Aber wir können das doch nicht einfach so annehmen . . .«

Ich warf Frau Walter einen Hilfe suchenden Blick zu. Sie legte mir den Arm um die Schulter und sprach: »Wir freuen uns, Ihnen diesen Betrag im Namen aller Pferdefreunde überreichen zu dürfen.«

»Und wenn wir jetzt alle Reitstunden nehmen, wird Ihre Schule ganz berühmt werden!«, krähte Thomas dazwischen. »Vielleicht kommt sie sogar im Fernsehen!«

»Wir wissen nicht, wie wir euch danken sollen«, sagte Herr Meier tief bewegt. »Die Überraschung ist so groß, dass wir keine Worte finden.«

Lea nickte weise und putzte ihre Brille an ihrem Pulli blank. »Das ist immer so, wenn man sehr glücklich ist.«

»Herr Meier«, rief Michael, »glauben Sie, dass Sie Ihre Pferde jetzt behalten können?«

Der Reitlehrer legte ihm die Hand auf die Schulter. »Da bin ich sicher! Wenn das so weitergeht, werde ich sogar alle neuen Anmeldungen zurückweisen müssen. Die Pferde brauchen ja schließlich auch Zeit, um sich auszuruhen!«

»Können wir heute schon unsere erste Reitstunde nehmen?«, fragte Fränzi, die zu den älteren Mädchen gehörte.

Auf Herrn Meiers bejahende Antwort hin entstand ein Riesengeschrei, weil jeder als Erster reiten wollte. Frau Walter gebot Ruhe und schlug vor, dass das Los entscheiden sollte. Also sammelten wir Strohhalme. Jene, die die kürzesten Strohhalme zogen, sollten als Erste drankommen. Wir vier machten nicht mit, um den anderen ihre Chance zu lassen. Das Los fiel auf Thomas, Fränzi, Tatjana und Christian, einen Jungen aus der Parallelklasse. Wir sattelten schnell die Pferde. Dann ging es zur Koppel. Thomas bestand natürlich darauf, Gossip zu reiten. Fränzi ritt Derby, Tatjana bekam Meteor und Christian wurde Donnervogel zugeteilt. Wir waren alle furchtbar gespannt, wie sich unsere Mitschüler im Sattel aufführen würden. Wir – die Experten – grinsten, als wir sahen, wie die Pferde auf der Koppel langsam im Kreis schritten. Wir hatten das alles schon längst hinter uns!

Ich lehnte neben Michael am Zaun. Wir stützten den Kopf auf die Arme und strahlten uns an. Unsere Hilfsaktion war gelungen!

»Es war im Frühling«, sagte ich träumerisch, »als ich unter dem Zaun durchkroch und zum ersten Mal Donnervogel begegnete. Bald haben wir schon Herbst. Wie die Zeit vergeht!«

»Ich möchte jetzt springen lernen«, sagte Michael.

»Und ich Dressur«, warf Lea, die Perfektionistin, ein.

»Ich weiß was!«, rief Aline. »Im nächsten Frühling veranstalten wir ein Fest, um unser erstes Reiterjahr zu feiern!«

»Das Jahr mit Donnervogel«, fügte ich stolz hinzu.

»Du vergisst Gossip«, warf Michael ein.

»Und Meteor«, sagte Lea.

»Und Derby«, rief Aline.

Da – ein Kreischen ertönte von der Koppel her. Christian war von Donnervogel gefallen und lag mit der Nase im Dreck. Donnervogel stand daneben, streckte mit Unschuldsmiene den Hals vor und blies Christian in den Hemdkragen. Der rappelte sich umständlich wieder auf und wischte sich den Schlamm aus dem Gesicht. Offensichtlich wusste er nicht, ob er lachen oder schimpfen sollte.

Herr Meier kam angerannt und rief: »Hopp! Sofort wieder in den Sattel!«

»Aber warum denn?«, maulte Christian.

»Du musst lernen deinem Pferd zu vertrauen«, erklärte ihm der Reitlehrer.

»Aber wie kann ich denn einem bockigen Gaul vertrauen, der mich gerade abgeworfen hat?«, knurrte Christian.

»Das kommt nur davon, weil du dein Pferd noch nicht beherrschst«, sagte Thomas. Er saß stolz und aufrecht auf Gossips Rücken und kam sich wohl wie Adlerauge persönlich vor.

Christian seufzte abgrundtief und kletterte mühsam wieder in den Sattel.

»Traben! Traben!«, befahl Herr Meier.

Ich hörte ein Hecheln und senkte die Augen. Tommy beschnupperte meine Beine.

Er wusste, dass wir immer etwas zu essen in den Taschen hatten. Er setzte sich auf die Hinterpfoten, winselte und bettelte. Lachend nahm ich ein Stück Zucker heraus und wickelte es aus dem Papier.

Im selben Augenblick weiteten sich Gossips Nüstern. Thomas stieß einen überraschten Aufschrei aus, als sie sich in Bewegung setzte und quer über die Koppel auf uns zu galoppierte.

»Gossip! Was fällt dir denn ein?«, rief Herr Meier streng.

Sie bremste in vollem Lauf, schnaufend wie eine Dampfmaschine, streckte den Hals durch den Zaun und nahm sich seelenruhig das Zuckerstück von meiner Handfläche, während Thomas hilflos am Zügel zerrte.

»Hü! Los!«, schrie er, rot vor Zorn.

»Du musst lernen, dein Pferd zu beherrschen!«, sagte ich würdevoll.

»Das blöde Vieh will ja nicht!«, zeterte Thomas, und alles kugelte sich vor Lachen.

Herr Meier kam angelaufen, packte die widerstrebende Gossip am Zügel und führte sie auf die Reitbahn zurück. Thomas saß schimpfend, tobend und hilflos auf ihrem Rücken und rief: »Ich will beides, Fußballspielen und Reiten, das sollte man doch können.«

Michael nickte ihm tröstend zu: »Sie hat dich immerhin nicht abgeworfen. Das ist ein gutes Zeichen.«

»Du wirst es auch noch lernen«, rief Lea Thomas nach.

»Ich frage mich . . .«, begann Aline.

»Was denn . . .?«, wollte ich wissen.

». . . wann wir mal wieder zum Reiten kommen!«, seufzte sie.

Wir wechselten einen Blick. Das war in der Tat eine berechtigte Frage.

»Wir müssen sofort neue Termine abmachen«, sagte Lea.

»Da kommt gerade Herr Meier!«, rief Aline. »Ich will ihn sofort fragen!«

Die beiden liefen ihm entgegen, während Michael und ich am Zaun stehen blieben. Ich schluckte und sagte: »Nur dir ist es zu verdanken, dass Herr Meier seine Sorgen jetzt los ist.«

»Wieso mir?«, fragte er überrascht.

»Du hattest die gute Idee!«

»Aber hast du nicht dafür die tolle Rede gehalten?«

Wir sahen uns an. Plötzlich wurde mir ganz heiß im Gesicht. Ich stammelte: »Ich hab dich lieb!«

Michael wurde genauso rot wie ich. Er holte tief Luft und stotterte verlegen: »Ich . . . ich hab dich auch lieb!«

Er drehte sich um und rannte wie gehetzt davon. Ich weiß nicht, wohin. Ich wäre ihm am liebsten nachgerannt, aber ich schämte mich, das vor allen anderen zu tun.

Jetzt hatte ich ihm endlich gesagt, dass ich ihn liebte! Und er liebte mich auch. Morgen würden wir uns in der Schule wiedersehen. Vielleicht würden wir dann ein Treffen abmachen. Nur Michael und ich, ganz allein.

Meine Knie waren weich wie Pudding. Ich lehnte mich an den Zaun, um nicht hinzufallen. Mein Blick fiel auf Donnervogel, die gleichmütig ihre Runden drehte, während Christian verdreckt und mit verbissenem Gesicht die Zügel hielt.

Eigentlich verdanke ich es Donnervogel, dachte ich, dass Michael und ich zusammengefunden haben.

Ich musste vor lauter Glück ein bisschen übergeschnappt sein, denn plötzlich hatte ich den Eindruck, dass sie mir in stummem Einverständnis zuzwinkerte. Es war, als teilten wir das Geheimnis.

Aber vielleicht war ihr auch nur eine Mücke ins Auge geflogen!

Ein Pferd für mich

1. Kapitel

Auf der Höhe des Bergrückens hielt Cathy ihr Pferd an. Drückende Hitze lag über dem ausgedörrten Tal. Die Ranch ihres Vaters sah von hier oben wie ein von Zündhölzchen umstellter Holzwürfel aus. Die Pferde im Korral machten einen erschöpften Eindruck. Der alte Lord hatte sich an einer schattigen Stelle beim Zaun ins dürre Gras gelegt, doch Ruby, die nervöse Stute, schlug unaufhörlich mit dem Schweif, um die Mücken zu vertreiben. Buster, den Cathy gerade ritt, hatte den schwierigen Charakter seiner Mutter; welche Mühe hatte sich Cathy gemacht, um das Pferd an Sattel und Zaumzeug zu gewöhnen! Auch jetzt duldete Buster nur Cathy auf seinem Rücken.

Ben O'Malley hatte es zu spüren bekommen. Selbstgewiss hatte er erklärt: »Ich treib dem Gaul schon die Flausen aus!« Nach langen Mühen saß er endlich im Sattel – doch zehn Sekunden später flog er durch die Luft und landete im Staub. Cathy, über den Zaun gelehnt, lachte Tränen. Fluchend und tief beleidigt hatte sich Ben hochgerappelt; doch im Grunde war er auf seine Tochter stolz. Cathy war anders als die langweiligen Zierpuppen in Santa Fé, die mit einem rosa Schirmchen ihren Teint vor der Sonne schützten. Nein, da war doch seine Tochter aus anderem Stoff gemacht! Auf sie konnte man sich wie auf einen Sohn verlassen. Sie hatte Mumm in den Knochen. Unermüdlich und zäh – und dabei fröhlich und ohne Launen. Manchmal etwas frech und das war gut so. In diesem Land musste man schlagfertig sein, wenn man nicht unter die Räder kommen wollte!

Für junge Männer begeisterte sich Cathy überhaupt nicht. Das war ihm nur recht. »Wenn die Mädchen anfangen, nach den Jungen zu schielen, geht der Ärger los«, pflegte er zu sagen.

Kürzlich hatte Cathy lachend bemerkt: »Pa, wenn mich einmal einer heiraten will, muss er zuerst auf Buster reiten. Wenn er länger als fünfzehn Sekunden im Sattel bleibt, dann will ich es mir überlegen.«

»Bevor du ans Heiraten denkst«, war Bens Antwort, »musst du reich sein; sonst bekommst du nur einen Landstreicher. Aber nur Geduld, Cathy; lass deinen alten Vater nur machen. Bald haben wir in Santa Fé ein großes Haus, du bekommst die schönsten Kleider und dazu ein Gespann mit einem Kutscher, wenn du zum Tanzen fahren willst.«

Cathy zuckte nach dieser schönen Rede nur mit den Schultern. Sie hatte nicht die geringste Lust, gestärkte Unterwäsche zu tragen, sich in Kleider zu zwängen, in denen man kaum atmen konnte, unter Hüten wie Wagenräder hervorzuschielen und sich mit Bändern und Blumen zu behängen. Morgens bis abends lief sie in einem alten Baumwollkleid oder Bluejeans herum und fühlte sich frei wie ein Vogel. Außerdem, was sollte sie mit einem Gespann anfangen? Sie brauchte keinen Kutscher, um zum Tanzen oder sonst wohin zu fahren. Selber zu reiten, war doch viel besser! Obendrein konnte sie gar nicht tanzen, und falls diese eingebildeten jungen Dinger aus der Stadt sich über sie lustig machen sollten, würde sie ihnen die schauderhaften, mit Blumen und Federn garnierten Hüte von den Köpfen reißen und Buster zum Fressen geben!

Übrigens machte sich Cathy keine Illusionen: Sie und ihr Vater würden niemals reich sein. Ben beackerte zwar mit der sprichwörtlichen irischen Hartnäckigkeit seine Mais- und Süßkartoffelfelder, verschwendete aber die meiste Zeit damit, auf seinem Besitztum eine Goldader zu suchen. Stundenlang sah man ihn im Staub, Kies und Geröll unter der brennenden Sonne herumkriechen. Cathy spaltete unterdessen Holz, pumpte Wasser, versorgte die Pferde, die Schafe und die Kaninchen. Kam Ben abends mürrisch und zerschlagen nach Hause, weil er den ganzen Nachmittag auf den Knien herumgerutscht war und sich außerdem noch in ein Nest Riesenameisen gesetzt hatte, so empfing ihn Cathy fröhlich, munter, die Haare noch nass von einer Dusche unter der Pumpe. Sie gähnte nicht einmal nach ihrem anstrengenden Tag und wäre lieber stundenlang im Mondschein spazieren gegangen, als sich ins Bett zu verziehen.

Ben aber stöhnte und jammerte: »Da sieht man es wieder! Du verspielst den ganzen Tag mit deinen Pferden im Korral und ich kann immer nur schuften, um die Familie zu ernähren!«

»Ja, Pa«, sagte Cathy freundlich, »du hast recht. Hier ist warmer Kaffee. Ich habe dir noch einen Kuchen gebacken. Setz dich und ruh dich aus; ich will inzwischen die Schafe eintreiben.«

Jetzt war Cathy gerade von Santa Fé zurückgekommen, wo sie, wie jede Woche, im Drugstore eingekauft hatte: Zucker, Mehl, Gewürze und einiges anderes. Buster war schwer beladen! Cathy hatte nicht den Laden verlassen, ohne eine riesige Tüte Pfefferminzbonbons mitzunehmen. Pfefferminzbonbons waren ihre Leidenschaft: Sie klebten so schön an den Zähnen! Danach war sie zwei Stunden in der Stadt umhergeschlendert. Es gab in Santa Fé eine Menge interessanter Dinge: dreistöckige, aus Ziegeln erbaute Häuser, Luxusläden, spanische Landhäuser mit Höfen voller Blumen und Sträucher, in denen schmachtende Señoritas, die süßen Gesichterchen mit schwarzen Spitzenschleiern verhüllt, gelangweilt auf und ab gingen. Hübsche und dekorative Zierpuppen, zu nichts anderem nutz, als stundenlang zu sticken, Blumen zu pflücken, den Jungen nachzuschielen und zu klatschen. Von morgens bis abends aßen sie Torten und Kuchen. Kein Wunder, dass sie schnell dick wurden! Mit dreißig Jahren sahen sie aus wie ein Sack!

Cathy wusste genau, dass sie selber nie so werden wollte!

Diese jungen Damen schauten sich die Augen aus dem Kopf, weil Cathy keine Strümpfe trug und im Herrensitz ritt. Sie zu ärgern, war zu jener Zeit Cathys liebster Spaß. Im tollen Galopp ritt sie auf die Gärten zu und stieß dabei gellend den Kriegsruf der Navajos aus, den Sarita sie gelehrt hatte. Wie aufgescheuchte Hühner stoben dann die Dämchen kreischend auseinander – und Cathy bog sich vor Lachen. Santa Fé machte Cathy zwar Spaß, aber wohnen wollte sie hier nicht. Zu viel Lärm, zu viele Wagen, zu viel Getratsche und zu viel ungesunder Staub. In den Straßen staute sich die Hitze. Regnete es einmal, so waren die hölzernen Gehwege von schmutzigem Schlamm überschwemmt. In dieser Stadt durfte man nicht einmal unbekümmert schlendern. Cathy dachte mit Schrecken an jenen Tag, als plötzlich ein roter achtspänniger Feuerwehrwagen mit Getöse um die Ecke gebraust war und sie um ein Haar überfahren hätte!

Außerdem und vor allem gab es in Santa Fé eine Mrs Collins. Wie konnte es der Himmel nur zulassen, dass es auf Erden eine Mrs Agatha Collins gab!

Jedes Mal, wenn Cathy sich zu einem Ritt in die Stadt aufmachte, sagte Ben unweigerlich: »Vergiss nicht, bei Mrs Collins reinzuschauen!«

Und jedes Mal antwortete Cathy gereizt: »Ach Pa! Ist das wirklich notwendig? Du weißt doch, dass sie mich ganz verrückt macht! Wenn ich endlich von ihr loskomme, bin ich so gereizt, dass ich Revolverschüsse in die Luft feuern möchte!«

»Ich kann gut verstehen«, hatte Ben heute Morgen

gesagt, »dass du sie nicht magst. Ich selber bin gar nicht damit einverstanden, dass sie dich beeinflussen will. Gehst du aber nicht hin, so macht sie mir die größte Szene, wenn ich ihr das nächste Mal meinen Mais bringe, und ich kann dir sagen, zum Donnerwetter, dass das kein Spaß ist! Wenn ich dann entwischen kann, habe ich jedes Mal die größte Lust, zwölf Whiskys auf einmal hinunterzustürzen, nur damit ich spüre, ich habe noch einen eigenen Willen.« Cathy lachte. »Doch die Lage ist so«, fuhr der Vater fort, »sie mag uns. Es ist gemein, einen Menschen zu enttäuschen, der einem gutgesinnt ist. Freundschaft ist kostbar; wir dürfen so etwas nicht aufs Spiel setzen!«

Cathy schnitt eine Grimasse. Sie persönlich hätte liebend gern auf diese Freundschaft verzichtet! Mrs Collins roch nach Mottenpulver und Minzentee. Sie strotzte vor Tugend und steckte bis an den Hals in allen möglichen Wohltätigkeitsvereinen. Ihr Mann, Joe Collins, war Hilfssheriff von Santa Fé. Seine Autorität galt überall, außer bei sich zu Hause. Dort führte Mrs Collins das Regiment! Zweimal in der Woche leistete sie freiwilligen Hilfsdienst im Krankenhaus. Sie hatte vor drei Jahren Cathys Mutter, die an Typhus erkrankt war, gepflegt und war bei ihr, als sie starb. Daraus leitete sie den Anspruch ab, sich um die Erziehung, oder genauer: den Mangel an Erziehung, bei Cathy zu kümmern.

Sooft Cathy den vornehmen halbdunklen Salon betrat, in dem es immer muffig roch, war sie verlegen und hatte ein schlechtes Gewissen. Sie fühlte sich ungeschickt, schmutzig und so fehl am Platze wie ein Cowboy in einem New Yorker Tanzsaal. Da Mrs Collins Engländerin war, hielt sie streng an der Sitte des Fünfuhrtees fest. Cathy musste steif auf einem Sessel sitzen – in der einen Hand die volle Teetasse, in der anderen den Kuchenteller – und zitterte vor Angst, es könnte irgendetwas auf ihr Kleid oder, noch schlimmer, auf den Teppich fallen.

Mrs Collins hegte sehr bestimmte Anschauungen über die Art, wie ein Mädchen erzogen werden sollte: Von früher Kindheit an muss ein Kind weiblichen Geschlechtes auf seine zukünftige Rolle als Gattin und Mutter vorbereitet werden. Ein Mädchen muss kochen, nähen, sticken und stricken lernen. Zur Unterhaltung: etwas Musik, ein wenig Zeichnen. Keine Lektüre; das verwirrt und lenkt den Geist auf Nichtigkeiten. Nur die Bibel und einige erbauliche Werke sind erlaubt. Ein Mädchen muss eine bescheidene und würdige Haltung einnehmen. Wenn ein Mann das Wort an sie richtet, soll sie die Augen niederschlagen; einem Unbekannten darf sie nicht antworten. Ein Mädchen darf sich nicht allein auf der Straße zeigen, sie soll nicht tanzen, nicht rennen und nicht laut singen. Sogar bei der größten Hitze muss sie hochgeschlossene Kleider mit Ärmeln bis zu den Handgelenken tragen. Nur auf diese Weise kann es ihr, wenn Gott es will, gelingen, einen Mann zu bekommen.

Cathy hatte nicht die geringste Lust, einen Mann zu bekommen, und vor allem nicht auf solche Weise. Ihr größtes Vergnügen bestand darin, allein spazieren zu gehen, zu reiten und laut zu singen. Sie sah überhaupt keinen Grund, vor einem Mann die Augen niederzuschlagen. Sie konnte so schnell wie ein Junge laufen und verstand sogar, einen Dolch zu schleudern, arbeitete auf dem Feld und niemand außer ihr konnte Buster zähmen. Lesen langweilte sie; außerdem hatte sie keine Zeit dafür.

Heute Nachmittag hatte Mrs Collins sie getadelt, weil sie keinen Unterrock trug.

»Eine Dame darf von ihren Beinen nie mehr zeigen als gerade die Fesseln. Es ist sehr unpassend, dass du deine Waden zeigst. Zieh bitte deinen Rock tiefer! Was, du trägst keinen Unterrock?«

Cathy gehorchte nervös und schielte nach ihrer schwankenden Teetasse.

»Aber ich . . .«

»Sprich nicht mit vollem Mund!«

Eilig schluckte Cathy.

»Ein Unterrock«, erklärte sie, »ist beim Reiten hinderlich! Er klebt an den Beinen.«

»Um Himmels willen!«, stöhnte Mrs Collins. »Schämst du dich nicht, so zu reden? Wo bist du denn erzogen worden?«

Cathy wusste nicht, was sie Falsches gesagt hatte. Wirklich, Mrs Collins musste verrückt sein! Bei ihr konnte man nicht den Mund auftun, ohne eine Dummheit zu sagen.

Mrs Collins ihrerseits war der Meinung, noch nie ein so unhöfliches Mädchen gesehen zu haben. Wahrscheinlich handelte es sich um reine Naivität, aber umso schlimmer! Sie schien kaum mehr Verstand zu haben als eine Zehnjährige. Wie ein wild wachsendes Unkraut war sie: trocken, spröde, ohne jeden Reiz. Und dieses ins Gesicht hängende Haar – schrecklich!

»Streich dein Haar hinter die Ohren zurück, wie es sich für ein anständiges Mädchen gehört«, befahl Mrs

Collins. »Woher hast du denn diese kitschige Halskette? Das ist kein vornehmer Schmuck!«

Vornehm. Anständig. Wohlerzogen. Mrs Collins hatte keine anderen Ausdrücke zur Verfügung. Oh, wie geht sie mir auf die Nerven!, dachte Cathy verzweifelt.

»Das ist ein Glücksbringer, er soll böse Geister vertreiben«, erklärte sie unwillig. »Ein Geschenk von Sarita.«

»Wer ist Sarita?«

»Meine beste Freundin. Ihr Vater ist Häuptling der Navajos in der Reservation. Sie besitzt einen kleinen gezähmten Fuchs; er geht immer mit ihr, wie ein junger Jagdhund. Sie . . .«

Klirrend fiel Mrs Collins Silberlöffel von der Untertasse auf den Boden. Sie schnappte nach Luft.

»Du – du verkehrst mit Wilden in der Reservation?« Cathy bückte sich höflich und hob den Löffel auf.

»Warum nicht?«, fragte sie freundlich. »Papa sagt immer, die Indianer seien besser erzogen als die meisten Weißen!«

Mit zitternden Händen stellte Mrs Collins ihre Tasse weg und betupfte sich mit der Spitzenserviette die Mundwinkel.

»Das ist ja – das ist ja nicht denkbar!«, brachte sie endgültig heraus. Cathy wartete resigniert. Na meinetwegen, da war eine neue Predigt fällig! Seltsam: Die meisten Menschen sind immer gegen irgendetwas oder gegen irgendjemand. Es gab Anti-Indianer, Anti-Mexikaner, Anti-Neger; warum gab es nicht auch Anti-sich-Selber? Doch Mrs Collins war in diesem Augenblick viel zu schockiert; sie konnte nicht einmal mehr predigen. Jetzt begriff sie wieder, woher Cathys Unbekümmertheit und Frechheit stammte. Dass ein seines Verstandes mächtiger Vater seiner einzigen Tochter erlaubte, mit schmutzigen primitiven und kaum dem Steinzeitalter entwachsenen Wilden zusammenzukommen – nein, das ging über ihren Horizont! Da musste etwas geschehen, und zwar rasch! Sobald wie möglich würde sie mit Ben O'Malley sprechen und ihn auf die furchtbare Gefahr aufmerksam machen, in der Cathy schwebte! Aber würde er auf sie hören? Diese Iren sind so bäurisch, so dickköpfig!

O'Malley wäre fähig, ihr ins Gesicht zu sagen, das ginge sie gar nichts an. Nun, dieses Risiko musste sie eingehen, wenn sie diesem armen, verkommenen Wesen helfen wollte. Saß sie doch da wie ein Gassenjunge, mit staubigen Schuhen und schmutzigen Fingernägeln Und sie schlürfte, wenn sie den Tee trank – wie grässlich!

»Es ist gut, mein Kind«, sagte Mrs Collins eisig und räumte mit spitzen Fingern das Teegeschirr zusammen. »Wir werden uns noch darüber unterhalten.«

Die Erinnerung an diesen Nachmittag hob bei Cathy ein leises Unbehagen empor. Unterhalten, worüber?, dachte sie verärgert. Sie schnob verächtlich durch die Nase und ließ Buster im leisen Trott den Abhang zur Farm hinuntertraben. »Nun, wir werden ja sehen! Auf alle Fälle: Ich lasse mich nicht beeindrucken!

Als sie sich der Ranch näherte, trat ihr Vater mit Werkzeug in der Hand aus dem Haus. Er gähnte. Cathy wusste, dass er wahrscheinlich gerade ein

Schläfchen gemacht und nicht etwa gearbeitet hatte. Müde ging er seiner Tochter entgegen.

Mit seinem gutmütigen, breiten Gesicht sah er aus wie ein Weihnachtsmann ohne Bart. Cathy hatte seine lebhaften grünen Augen geerbt, doch das war die einzige Ähnlichkeit. Ben O'Malley war eher breit und klein, Cathy hatte endlos lange Beine, war schlank wie ein Junge, hielt sich schlecht und ließ die Schultern hängen. Sie hatte einen schmalen Hals, ein ovales, braun gebranntes und mit Sommersprossen übersätes Gesicht. Ihre Augen standen schräg über einer Stupsnase, der Mund war immer offen, entweder lachte oder redete sie. Auf ihrem schwarzen Haar, das so dicht wie das einer Indianerin, aber feiner war, rief die Sonne kupferne Reflexe hervor. Im Grunde war sie ein hübsches Mädchen, aber sie wusste es nicht und es war ihr egal. Außerdem kannte sie niemand, der ihr Komplimente hätte machen können.

»Du kommst spät!«, brummte Ben.

Cathy stieg vom Pferd und nahm das Zaumzeug ab.

»Die alte Ziege hat mich wieder zum Tee dabehalten – ach, reden wir nicht davon! Es war schrecklich!«

»Sprich nicht in diesem Ton von Mrs Collins«, mahnte Ben würdevoll, »vergiss nicht, dass sie deine Mutter gepflegt hat.«

»Sie ist trotzdem eine alte Ziege«, murmelte Cathy. »Ihre schönen Redensarten haben Mama auch nicht gerettet.« Ben schüttelte besänftigend den Kopf.

»Das lag nicht an Mrs Collins.«

»Jaja, ich weiß! Aber ich kann nichts dafür; ich ertrage sie jedes Mal weniger. Heute gab es Krach, weil ich keinen Unterrock trage. Als ich ihr sagte, mir sei das unbequem, bekam sie beinahe einen Schlaganfall. Was geht sie das an, ob ich einen Unterrock trage oder nicht?«

Ben grinste. »Du riechst nach Pfefferminz«, sagte er. Er liebte Süßigkeiten und wusste, dass Cathy immer welche aus der Stadt mitbrachte. Lachend hielt Cathy ihm die Bonbontüte hin.

»Das ist für dich, Pa. Hast du gut geschlafen?« Ben warf ihr einen entrüsteten Blick zu.

»Geschlafen? Ich? Wo es doch so viel zu arbeiten gibt? Was denkst du denn? Sehe ich so verschlafen aus?«

»Überhaupt nicht!«, sagte Cathy und bemühte sich, ernst zu bleiben.

»Ich habe viel zu tun«, beteuerte Ben und lutschte ein Bonbon. »Das Rad am Wagen ist locker geworden; ich muss das heute noch reparieren.«

Ben brauchte den Wagen zum Transport seiner Süßkartoffeln und seines Maises. Er verkaufte die Ernte den Viehzüchtern in der Umgebung. Es war ihm, dank seiner aus der irischen Heimat stammenden Kenntnisse, gelungen, trotz des trockenen Klimas Produkte von außergewöhnlicher Qualität zu erzeugen, die sehr geschätzt wurden.

Während Ben sich mit seinem Wagen beschäftigte, lud Cathy Buster ab und führte ihn in den Korral. Dann pumpte sie kräftig, um das ausgetrocknete Tränkebecken zu füllen. Die Pferde, matt durch die Hitze, kamen träge herbei; es waren schöne und kräftige, wenn auch etwas magere Tiere; die Muskeln spielten unter ihrem seidigen Fell. Die herrische Stute Ruby stieß ihren Sohn beiseite, um als Erste an die Tränke zu kommen. Entrüstet bleckte Buster die Zähne und schlug aus, gab aber nach. Der alte Lord, staubbedeckt und gelangweilt, folgte langsam und würdevoll.

Cathy brachte den Pferden Stroh und Hafer und ging dann mit ihrer Einkaufstasche ins Haus. Drinnen nahm sie ihren Strohhut ab und hängte ihn an einen Nagel. Ihre hohen Stiefel warf sie im hohen Bogen durch die Küche; aufatmend bewegte sie ihre Zehen. Sie pfiff vergnügt zwischen den Zähnen, fachte die Glut im Herd an und setzte Kaffeewasser auf. Plötzlich schlug sie sich an die Stirn. Die Schafe! Sie hatte vergessen, die Schafe in den Pferch zu treiben! Schnell schlüpfte sie in ihre Sandalen und fegte wie der Wind aus dem Haus.

Die Schafe weideten verstreut am Hügelhang; Cathy trieb sie mit einem langen Stock zusammen gegen den Korral. Brach ein widerspenstiges Tier aus der Gruppe aus, so warf Cathy mit Kieseln nach ihm, um es zurückzutreiben. Das Geblöke klang durch die abendliche Luft. Cathy mochte Schafe nicht; sie hielt sie für dumm und langweilig. Ein Pferd, sogar gesattelt und gezäumt, bleibt immer frei und bewahrt seinen eigenen Willen. Wäre Cathy kein Mädchen gewesen, so hätte sie ein Pferd sein wollen. Ein Schaf, niemals!

2. Kapitel

Am frühen Morgen war Ben weggefahren, um eine Ladung Mais abzuliefern. Cathy hatte die Schafe wieder auf die Weide getrieben und mit ihrer gewohnten Energie die Hausarbeit erledigt. Als sie den Kaninchenstall reinigte, vernahm sie Pferdegetrappel. Hinter dem Haus erschien ein kleines geschecktes Pferd, auf dem ein Mädchen mit dünnen, auf dem Rücken tanzenden Zöpfen saß. Cathy sprang erfreut auf und wischte sich die schmutzigen Hände an der Schürze ab.

»Guten Morgen, Sarita!«

Sarita sprang vom Pferd. Die sechzehnjährige Tochter Nehadschis, des Häuptlings der Navajo-Reservation, war zart, scheu, und lebhaft. In ihrer Beweglichkeit glich sie einem zierlichen braunen Füllen. Sie trug einen weiten roten Leinenrock und eine perlenbestickte Bluse; an ihrem Hals funkelte eine Kette aus Glasperlen.

»Du bist schon lange nicht mehr bei uns gewesen«, sagte sie lächelnd. »Ich habe dich vermisst!«

»Ich auch«, gab Cathy zu. »Weißt du, ich hatte viel Arbeit. Pa hat wieder einmal seinen Goldminen-Spleen!«

Sarita lachte. Die beiden Mädchen gingen ins Haus. Sarita setzte sich auf eine Bank und ließ belustigt die Beine baumeln; sie war es gewohnt, auf der Erde zu sitzen. Unterdessen holte Cathy zwei Tassen und füllte sie mit Schafmilch, die in einem Wasserbecken kühl gestellt war. »Willst du auch etwas essen? Feigen? Es gibt auch noch ein paar Maiswaffeln – mit Marmelade schmecken sie toll!«

Saritas Augen glänzten sehnsüchtig, doch höflich sagte sie: »Lass nur! Du hast sicher nicht mehr viel davon . . .«

Cathy lachte; sie wusste, Sarita hätte den ganzen Tag essen können. In der Reservation gab es immer Probleme mit der Verpflegung. Oft, besonders im Winter, mussten die Indianer wochenlang Hunger leiden. Im vergangenen Jahr – Cathy erinnerte sich genau – hatte Sarita wie ein ausgehungertes Kätzchen ausgesehen; sie bestand nur noch aus Augen und Knochen. In jenem Winter hatte sich der Stamm infolge der unfähigen Verwaltung in Santa Fé einzig von Hammelfleisch und erfrorenen Süßkartoffeln ernährt. Seitdem hatte die Verwaltung allerdings versprochen, dass sich dies nicht wiederholen werde und dass ausreichende Nahrungsmittel zur Verfügung gestellt werden sollten. Es blieb abzuwarten, ob das Versprechen gehalten würde. Die Indianer waren schon zu oft mit leeren Worten abgespeist worden!

Cathy füllte einen Teller mit Marmeladewaffeln und eine Schale mit frischen Feigen, setzte sich ihrer Freundin gegenüber, stützte die Ellbogen auf den Tisch und sah ihr mit sichtlicher Freude beim Essen zu.

»Nun, was gibt es Neues in der Reservation? Geht alles gut?«, fragte sie.

»Onathi wird bald von Tucson zurückkommen«, berichtete Sarita mit vollem Mund. »Vater hat ihm einen Boten geschickt, er müsse kommen.«

Onathi war Saritas ältester Bruder; er sollte nach dem Tod seines Vaters Häuptling werden. Der alte Nehadschi war der Überzeugung, ein Navajo-Häuptling müsse mehr verstehen als Jagd, Kriegskunst und Goldschmiedearbeiten; er hatte deswegen seinen Sohn nach Tucson in eine Landwirtschaftsschule geschickt. Onathi hatte schon vor sieben Jahren die Reservation verlassen und Cathy erinnerte sich kaum an ihn; er war ein uninteressanter, schlaksiger Junge gewesen.

»Eine Schlafmütze«, behauptete Cathy, geradeheraus wie immer. »Ist er mit seinem Studium fertig?«

Sarita kaute munter weiter.

»Er muss aufhören. Vater sagt, es genüge. Er wird alt und will Onathi bei sich haben. Du weißt, dass er auf Naitsche nicht zählen kann.«

»Ja, wirklich nicht«, bestätigte Cathy. Naitsche, der zweite Sohn des Häuptlings, war ein vierzehnjähriger und großsprecherischer Junge; er hielt sich für den Mittelpunkt der Welt und fiel aus allen Wolken, wenn er nicht ernst genommen wurde. Er fürchtete besonders den Spott von Sarita, die sich gerne über ihn lustig machte. Als Mädchen konnte sie tun, denken und sagen, was sie wollte. Zudem war sie die Tochter des Häuptlings. Cathy wusste, welch bevorzugte Stellung die Frauen bei den Navajos einnahmen. Diese Stämme verehren die »Mutter-Erde« und sehen in jeder Frau eine Verkörperung dieses göttlichen Wesens. Frauen sind Trägerinnen des Besitzes, und wenn ein Mann heiratet, nimmt er den Namen seiner Gattin an. Wenn ein Mann eine Frau beleidigt, so wird er bestraft, denn in der Frau beleidigt er die Gottheit.

»Hast du sonst etwas von Onathi gehört?«, fragte Cathy interessiert. Sarita hörte zu essen auf und verzog das Gesicht.

»Sehr wenig. Er schreibt nie. Und außerdem kann bei uns ja niemand lesen«, sagte sie traurig.

»Das hat nichts zu bedeuten«, erklärte Cathy großzügig. »Ich habe es zwar gelernt, aber ich lese fast nie. Ich habe keine Zeit!«

»Ich möchte aber lesen lernen«, seufzte Sarita. »Vielleicht lehrt es Onathi mich, wenn er zurück ist.«

»Aber wie könnt ihr dann von ihm Nachrichten bekommen?«

»Vater schickt von Zeit zu Zeit einen Boten aus der Reservation. Onathi scheint sich sehr geändert zu haben; er ist wie ein Fremder. Er hat sogar einen amerikanischen Namen angenommen; ich habe vergessen, welchen.«

Cathy musste laut loslachen.

»Er hat den Namen gewechselt? Spinnt er plötzlich?!«, und bedeutungsvoll tippte sie sich an die Stirn.

»Vielleicht will er nicht, dass man ihn als Indianer ansieht«, sagte Sarita nachdenklich.

»Aber das ist doch lächerlich!«, widersprach Cathy.

»Nein«, antwortete Sarita. »Du weißt doch, wie die Leute sind. Sie verachten uns.«

»Du hast recht«, gab Cathy bekümmert zu. »Ich bin gar nicht besonders stolz darauf, eine Weiße zu sein.« (Sie brauchte nur an Mrs Collins zu denken – und schon kochte die Wut in ihr.) »Sie wollen ihre Gesetze und ihren Willen aufdrängen; sie bilden sich ein, immer recht zu haben. Nein, nein, damit bin ich nicht einverstanden!«

Sarita zeigte lächelnd ihre weißen Zähne.

»Du gleichst auch nicht den anderen Amerikanern. Im Herzen bist du eine Navajo.«

»Das stimmt!«, rief Cathy strahlend.

»Wenn du wie die anderen wärst, könnten wir gar nicht befreundet sein«, sagte Sarita, deren Gesicht plötzlich ernst wurde.

Cathy füllte wortlos die Milchtassen. Wie immer fühlte sie sich bei Sarita verstanden und glücklich. Trotz ihres harten Lebens blieb die Indianerin immer fröhlich, unbekümmert und voller Unternehmungslust. Obwohl sie fast ein Jahr jünger war, galt sie als Cathys beste Freundin.

»Vater muss bald zurückkommen. Willst du heute bei mir bleiben? Wir können zusammen ausreiten.«

Sarita nickte begeistert. Dann fragte sie: »Wie geht es Buster?«

»Möchtest du ihn reiten?«, fragte Cathy schelmisch.

»Vielleicht!«, antwortete Sarita und zwinkerte vergnügt mit den Augen.

»Komm!«, rief Cathy. Sie sprang auf. Es war für sie fast unmöglich, mehr als fünf Minuten untätig herumzusitzen. Arm in Arm verließen die beiden Mädchen das Haus und schlenderten zum Korral. Die Mittagshitze lag brütend über dem Tal. Nur über die Gipfel der ferner liegenden Berge ging ein leichter Wind und bewegte die Wipfel der Tannen. Kleine flockige Wölkchen zogen langsam am Himmel vorbei. Plötzlich blieb Sarita stehen.

»Pass auf! Ich höre einen Wagen kommen. Das muss dein Vater sein!«

Cathy gab sich die größte Mühe, etwas zu hören. Vergebens! Sie vernahm nur das leichte Rauschen des Windes. Wieder einmal bewunderte sie das feine Gehör ihrer Freundin.

»Wie machst du das bloß?«, fragte sie kopfschüttelnd.

»Ich kann mich anstrengen, wie ich will, ich höre nichts.«

»Höre doch! Es ist ganz deutlich . . .«

Cathy spitzte angestrengt die Ohren und vernahm endlich das entfernte Geräusch von Rädern, die über einen steinigen Weg rollten. Weit weg auf dem Hügel erschien eine sich schnell verbreitende Staubwolke und einen Augenblick später konnte Cathy den Wagen, kaum größer als ein Käfer, entdecken. Das Gespann kam mit hoher Geschwindigkeit voran. Cathy runzelte die Stirn.

»Er sollte Ruby auf einem so steilen Abhang nicht galoppieren lassen! Das ist gefährlich. Aber Vater ist entsetzlich dickköpfig. Ihm ist nicht zu raten und nicht zu helfen. Sieh dir bloß diese Geschwindigkeit an.«

In der Sonne blinzelnd, beobachteten die beiden Mädchen den schnell herankommenden Wagen.

»Vielleicht hat er Hunger«, meinte Sarita. »Wenn es was zu essen gibt, beeile ich mich genauso!«

Der Wagen war schon beinahe in der Ebene angekommen und die Räder rasten polternd über das Geröll. Plötzlich, die Mädchen sahen es voller Entsetzen, löste sich ein Rad vom Wagen, rollte einige Sekunden frei neben dem Gefährt her und überschlug sich. Der Wagen selbst blieb noch kurze Zeit im Gleichgewicht. Dann schwankte er immer stärker und fiel schließlich krachend um. Ruby wieherte schrill. Sie bäumte sich auf, schlug nach allen Seiten aus, um sich frei zu machen. Dann raste sie in wilder Panik davon und schleppte den umgestürzten Wagen polternd hinter sich her. Die Seitenbretter fielen im hohen Bogen weg. Ben war nicht mehr zu sehen. Endlich blieb das Pferd, schweißnass und an allen Gliedern zitternd, unten im Tal stehen.

»Um Himmels willen«, seufzte Cathy, bleich vor Schrecken. Sie raffte ihren langen Rock zusammen und fing an zu laufen. Barfuß eilte sie über die spitzen Steine, fühlte jedoch nicht den geringsten Schmerz. Ihr Herz klopfte zum Zerspringen. Sarita folgte ihr, so schnell sie konnte. Ihre langen Zöpfe flatterten im

Wind. Keuchend erreichten die beiden Mädchen die Unglücksstelle. Cathy sah ihren Vater, das Gesicht nach unten, im Geröll liegen. Atemlos kniete sie bei ihm nieder, versuchte, ihn aufzurichten.

»Pa! Bist du verletzt? Sag – sag doch etwas! Ich bin's, Cathy!«

Dann fühlte sie Saritas Hand auf ihrer Schulter.

»Lass mich schauen«, sagte die ruhige Stimme der Indianerin. Sie beugte sich zu Ben O'Malley nieder und hob mit großer Sorgfalt seinen Kopf. Auf seinem Gesicht sah man nur wenige Schrammen, doch als Sarita langsam die Hand unter seinem Kopf wegzog, war sie voller Blut. Cathy fuhr zusammen. Kreidebleich und ohne ein Wort starrte sie auf Saritas blutige Hand. Das Indianermädchen senkte die Augen. Wortlos legte es Bens Kopf zurück. Ihr Gesicht war völlig ausdruckslos. Dann sah sie wieder zu Cathy auf, deren Zähne heftig aufeinanderschlugen; sie legte ihr sanft einen Arm um die Schultern und zwang sie aufzustehen. Immer noch schweigend zog sie sie von der Unglücksstelle weg, dem Hause zu. Willenlos ließ Cathy alles mit sich geschehen.

3. Kapitel

Die Beerdigung Ben O'Malleys fand drei Tage später auf dem kleinen Friedhof von Santa Fé statt. Die Farmer der Umgebung waren in ihren Sonntagskleidern erschienen. Mit ernsten, starren Gesichtern folgten sie dem Trauerzug.

Cathy wurde von Mrs Collins und ihrem Mann, dem Hilfssheriff, begleitet. Auch Frank Thornton, der Lehrer, war mit seiner Frau und seinen zwei Söhnen anwesend.

Cathys Trauerkleid war viel zu lang und zu weit. Es war erst am Tag vorher von Mrs Collins in aller Eile und ohne Anprobe genäht worden. Es schlotterte um ihren mageren Körper und gab ihr das Aussehen eines kranken, verlorenen Vogels. Das Gesicht des Mädchens war hart und verschlossen; sie hielt die Lippen fest aufeinandergepresst; es schien ihr abscheulich, ihre Gefühle überall zur Schau zu stellen. Überhaupt, was wollten alle diese Leute um sie herum? Konnten sie sie nicht allein lassen? Sie müssten doch wissen, dass sie niemand sehen wollte!

Unter dem schwarzen Kreppschleier hervor beobachtete Mrs Collins Cathy mit würdevoller Missbilligung. Eine Waise, die nicht weint, nicht ihr Taschentuch in den Händen zerknüllt, die nicht um Riechsalz bittet und schließlich bald in Ohnmacht versinkt – so etwas hatte man doch noch nie gesehen! Diese Gleichgültigkeit war ja fast unschicklich! Mrs Collins zog daraus den Schluss, Cathy sei herzlos und habe ihren Vater nicht wirklich geliebt. Mehr denn je wurde sich Mrs Collins ihrer Mission bewusst; diese kleine Wilde musste in den Frieden eines arbeitsamen und würdigen Lebens geführt werden! Frank Thornton und seine Frau waren über die Gefühllosigkeit Cathys ebenso empört. Ihr verschlossenes Gesicht war ihnen fremd und unbehaglich; sie wussten nicht, was sie denken sollten.

Cathy war sich nicht bewusst, dass sie Missfallen erregte. Sie starrte auf den Sarg. Im nächsten Augenblick würde er in der Erde verschwinden. Noch nie hatte sich Cathy so allein gefühlt. Ihr Vater, tot! Nie mehr würde sie sein lautes Lachen, seine dröhnende, herzliche Stimme und seine irischen Wutausbrüche vernehmen. Es war unerträglich, sich vorzustellen, dass nun alles vorbei sei – für immer.

Warum musste gerade mir das geschehen?, dachte

sie verzweifelt. Jeder hat seinen Vater, hat seine Mutter – und ich bin ganz allein. Ich habe nur noch Buster. Wenn er wenigstens sprechen könnte! Ich weiß, er liebte meinen Vater – auch wenn er ihn einmal abgeworfen hat!

Plötzlich flossen die Tränen und rannen Cathy über die braunen Wangen. Sie schlug die Hände vors Gesicht und schluchzte laut. Voller Genugtuung stellte Mrs Collins fest, dass Ben O'Malleys Tochter endlich etwas christliches Mitleid zu zeigen geruhte!

Irgendjemand flüsterte Cathy zu, ob sie nicht Blumen ins Grab werfen wolle; ein Strauß wurde ihr gereicht. Cathy ergriff ihn automatisch und warf ihn auf den Sarg. »Adieu, Pa«, flüsterte sie. »Mach dir keine Sorgen um mich – du siehst, ich will mutig sein . . .«

Von Schmerz überwältigt, schloss sie die Augen. Mrs Collins sah, dass sie schwankte. Sollte sie doch ohnmächtig werden? Hastig kramte sie in ihrer Handtasche, nahm das Fläschchen mit Riechsalz hervor. Doch schon hatte sich Cathy wieder gefasst. Sie zeigte erneut ihr starres Gesicht. Gut. Sie würde also doch nicht in Ohnmacht fallen. Mrs Collins klappte kopfschüttelnd ihre Handtasche wieder zu.

Schluchzen erschütterte Cathys magere Schultern. Sie machte sich tausend Vorwürfe. War es vielleicht mein Fehler? Wir fühlten uns allzu glücklich! Ich war oft vorlaut und dachte nur an dumme Streiche. Ich habe nicht jeden Abend gebetet. Gott wollte mich strafen . . .

Nein, das war unmöglich! So grausam konnte Gott nicht sein. Es ist kein Verbrechen, glücklich zu sein. Freude und Glück gehören zum Leben.

Nach der Beerdigung legte Mrs Collins Cathy den Arm um die Schultern.

»Komm mit uns, liebes Kind«, sagte sie. »Eine Tasse Tee wird dir guttun. Außerdem habe ich mit dir zu sprechen.«

Sogar an einem solchen Tag bietet sie mir ihren Tee an!, dachte Cathy bitter. Doch sie war zu niedergeschlagen, um eine Entschuldigung zu finden, und so nickte sie nur zustimmend.

Sie fuhren zurück in die Stadt. Als Cathy nach der grellen Hitze draußen Collins kühlen Salon betrat, empfand sie, wohl zum ersten Mal, diese Frische als wohltuend und friedlich.

»Setz dich, mein Kind«, flötete Mrs Collins. Cathy ging auf ihren gewöhnlichen Platz zu, doch Mrs Collins sagte, heute und bei dieser Gelegenheit dürfe sie auf dem Sofa sitzen. Das war eine große Ehre! Cathy wusste, dass Mrs Collins selber nur bei feierlichen Gelegenheiten darauf Platz nahm. Steif und befangen setzte sie sich und trocknete mit dem Taschentuch ihre nassen Wangen. Mrs Collins beobachtete sie schweigend. Plötzlich schritt sie hinter das Sofa, und ehe Cathy recht begreifen konnte, was los war, fühlte sie, wie Mrs Collins ihr das Haar energisch zusammenraffte und nach hinten zog. Vergeblich versuchte Cathy, den Kopf wegzudrehen.

»Au!«, rief sie entrüstet.

»Rühr dich nicht!«, befahl Mrs Collins. »Ein gut erzogenes Mädchen lässt sein Haar nicht ins Gesicht hängen; das ist ungesund und hässlich. Ich werde es festbinden.«

Sie drehte die braunen Strähnen wie eine Schraube

zusammen und knüpfte sie mit einem Band so fest, dass Cathy meinte, die Haare würden ihr mitsamt der Haut vom Kopf gerissen.

»So! Endlich sieht man dein Gesicht! Wie fühlst du dich jetzt?«

»Es ist kühler«, gab Cathy ohne Begeisterung zu. Sie war zu niedergeschlagen und hatte keine Lust zu streiten, aber sie drehte den Kopf nach allen Richtungen, um die straff gefassten Haare zu lockern.

Nun brachte Priscilla, die kleine Negermagd, den Tee. Cathy nahm kaum Zucker und trank den Tee ohne Milch, braun und bitter wie eine Medizin; sie lehnte auch den Apfelkuchen ab, den Mrs Collins ihr anbot. Dann, nachdem sie eine Weile geschwiegen hatten und Cathy abwechselnd Tee trank und sich die Tränen trocknete, räusperte sich die alte Dame und begann würdevoll:

»Nun, mein Kind, jetzt bist du dir also selbst überlassen . . .«

»Das weiß ich, zum Donnerwetter!«, entfuhr es Cathy.

Mrs Collins schaute erhaben ins Leere. Ausnahmsweise vermied sie es, auf diese Taktlosigkeit einzugehen. Cathy biss sich nervös auf die Lippen. Lieber Himmel, sagte sie sich, ich wollte doch nicht frech sein! Vor allem nicht heute . . .

Nach einem Augenblick begann Mrs Collins von Neuem: »Hast du schon an deine Zukunft gedacht?«

Cathy schüttelte den Kopf und erklärte kurzerhand, sie habe weder Zeit noch Lust dazu gehabt.

Wieder schien Mrs Collins ihre Bemerkung zu überhören. »Es ist doch ganz klar, dass du die Farm nicht ganz allein bewirtschaften kannst.«

»Weshalb nicht?«, fragte Cathy und zuckte gleichgültig die Achseln. »Solange Pa – solange Pa da war, habe ich doch auch die meisten Arbeiten verrichtet.«

Sie stellte einen einfachen Tatbestand fest. Dies war aber nicht die Meinung von Mrs Collins: »Hüte dich vor allem, mein Kind, vor der Sünde des Hochmutes. Vergiss nicht, dass Bescheidenheit der schönste Schmuck eines Mädchens ist.«

So ein Blödsinn!, dachte Cathy voll ehrlicher Empörung. Ach, warum war sie gezwungen, diese ewigen Predigten über sich ergehen zu lassen? Völlig erschöpft von Schlaflosigkeit und Kummer, hatte sie nur den einzigen Wunsch: sich auf ihrer Farm in eine Ecke zu verkriechen, die Augen zu schließen und versuchen, an nichts mehr zu denken.

Mrs Collins sah auf Cathys Gesicht den störrischen Ausdruck, den sie seit Langem kannte. Sie wusste, dass sie heute nichts mehr erreichen würde. Sie zwang sich zu einem Lächeln. Es gelang nicht sehr gut. Sieht aus, als lutsche sie an einer sauren Zitrone!, dachte Cathy misstrauisch.

»Mein Mann und ich fühlen uns für dich verantwortlich. Wir möchten dir gerne helfen. Du musst verstehen: Du bist Waise und außerdem minderjährig. Du kannst nicht ganz allein leben ...«

»Aber selbstverständlich kann ich das!«, rief Cathy lebhaft. »Pa sagte, dass ...«

Sie stockte plötzlich. Jedes Mal, wenn sie den Namen des Vaters aussprach, stiegen ihr Tränen in die Augen. Mit aller Kraft biss sie die Zähne zusammen.

Um nichts in der Welt wollte sie angesichts dieses alten Drachens weinen.

»Beruhige dich, mein Kind«, sagte Mrs Collins nachsichtig. »Wenn es dir recht ist, können wir diese Unterhaltung verschieben. Auf morgen vielleicht.«

Nein, nein, dachte Cathy. Ich werde morgen nicht wieder in die Stadt kommen, und wenn sie mir einen Revolver unter die Nase hält!

»Bitte, sprechen Sie weiter!«, seufzte sie resigniert.

»Nun«, begann Mrs Collins voller Freude über diese plötzliche Fügsamkeit, »wir haben an verschiedene Möglichkeiten gedacht. Zum Beispiel kennen wir ein sehr ehrenhaftes und fleißiges Ehepaar, das bereit wäre, deine Farm ordentlich zu verwalten. Du wärst nicht mehr allein.«

Natürlich!, dachte Cathy voller Groll, damit ich den lieben langen Tag unter ihren Fuchteln stehe! Ich höre sie schon: »Tu das nicht, tu jenes nicht.« Und wenn sie meine Tiere schlecht pflegen? Und wenn sie Buster vor einen Wagen spannen wollen? Und wenn sie den Mais nicht wie mein Vater anbauen, verlieren wir alle Kunden ...

»Dreimal in der Woche kommst du zu mir«, fuhr Mrs Collins fort. »Ich werde dich nähen, sticken, backen lehren, kurz all das, was eine Frau zur Hüterin des heimischen Herdes macht.«

Cathy starrte die alte Dame mit offenem Mund an. Ihr schien, sie sei in eine Falle geraten, hoffnungslos.

»N... n – nein«, stammelte sie endlich. »Das ist nicht nötig. Ich – ich versichere Ihnen, dass ich gut alleine fertig werde.«

Mrs Collins verzog beleidigt die dünnen Lippen.

Cathy bemerkte es nicht oder wollte es nicht bemerken. Energisch fuhr sie fort:

»Es ist gar nicht schwierig, eine Farm zu betreuen! Ich kenne mich aus. Wenn ich Hilfe benötige, brauche ich nur dem Häuptling der Navajo-Reservation ein Wort zu sagen; er stellt mir dann ein paar Indianer zur Verfügung, die ...«

Mrs Collins zuckte zusammen.

»Cathy!« Sie schnappte nach Luft. »Das ist ja unmöglich! Mit diesen Leuten kannst du doch nicht verkehren! Ein anständiges Mädchen spricht nicht mit Wilden!«

Nun aber ging Cathy hoch.

»Wilde? Was soll denn das heißen? Sarita ist meine beste Freundin. Sie ist genauso gut erzogen wie jedes Mädchen in Santa Fé und lange nicht so zimperlich. Ihre Eltern sind sehr nett und ihr Bruder studiert in einer Landwirtschaftsschule ...«

»Schweig! Die Indianer sind schmutzig und voller Ungeziefer. Die Krankheiten ...«

»Sarita ist in ihrem Leben noch nie krank gewesen. Sie ist gut angezogen und pflegt sich sehr. Und Ungeziefer gibt es überall, sogar in Santa Fé ...«

»Oh!«, rief Mrs Collins, »willst du damit sagen, dass ... dass ...« Vor Empörung versagte ihr die Stimme. Sie schlug ihren schwarzen Schal fest über der Brust zusammen und stand kerzengerade auf, um diesem Redeschwall ein Ende zu bereiten.

Cathy aber war in Fahrt: »Die Indianer sind nicht schmutzig! Das ist grundfalsch! Sarita und ihre Freundinnen baden jeden Tag im Fluss – die Mädchen hier aber reiben sich einmal in der Woche den Hals mit

Kölnischwasser ab, weil sie wasserscheu sind und weil sie sich schämen, sich nackt auszuziehen und richtig zu waschen!«

Mrs Collins Augen schienen ihr aus dem Kopf zu fallen. Wahrscheinlich hatte seit Jahrzehnten das Wort »nackt« nicht mehr ihre Ohren gestreift. Sie brauchte einige Zeit, um ihre Fassung wiederzugewinnen.

»Cathy O'Malley«, begann sie endlich in dramatischem Ton. »Ich sehe jetzt, dass deine schlechten Instinkte mit Sanftmut nicht bekämpft werden können. Von nun an mache ich keine Vorschläge mehr – ich befehle! Du wirst dich sofort nach Hause begeben und dort auf die Ankunft der Familie Barker morgen Vormittag warten. Sie werden dir meine weiteren Instruktionen übergeben. Ich erwarte, dass du dich danach richtest.«

Sie stolzierte röckerauschend durch den Salon, den Schal eng um die flache Brust gezogen. Plötzlich blieb sie stehen, schaute das Mädchen scharf an, um die Wirkung ihrer Rede festzustellen. Cathy schien zerschmettert. Mit rundem Rücken ließ sie den Kopf hängen und starrte verzweifelt auf ihre Schuhe. Trotz ihrer Empörung fühlte Mrs Collins etwas Mitleid; vielleicht sollte sie dieses Kind am Beerdigungstag des Vaters nicht allzu hart anfassen? War das Mädchen durch den Schmerz vielleicht etwas geistesverwirrt, dass sie solch fürchterliche Dinge äußern konnte? Mrs Collins empfand das Bedürfnis, ein freundliches Wort zu sagen. Sie suchte nach einer gleichermaßen poetischen wie moralischen Wendung – und fand sie.

»Nun, liebes Kind, zeige, dass du vernünftig bist. Es

gibt viele schöne Blumen in der Wildnis, doch nur unter der wachsamen Pflege in unseren behüteten Gärten können sie in voller Pracht erblühen!«

4. Kapitel

Cathy verließ Mrs Collins völlig benommen und ratlos; es war ihr, als hätte sie einen Schlag auf den Kopf bekommen. Sie konnte keinen klaren Gedanken fassen. Auf den Treppenstufen war ihre erste Bewegung, das Haarband zu lösen, es wegzuwerfen und dann kräftig den Kopf zu schütteln. Die Haare flogen nach allen Seiten. Erleichtert atmete sie auf. So war es besser! Eingeengt in ihrem Trauerkleid und mit schmerzenden Füßen, schleppte sie sich zur Poststation, wo sie Buster eingestellt hatte. Das Pferd begrüßte sie mit einem zufriedenen Schnauben.

»Ach, Buster! Wenn du mich nur verstehen könntest!«, seufzte sie niedergeschlagen. Buster bewegte die Ohren; er war zwar voller Mitgefühl, doch leider stumm. Mühsam stieg Cathy in den Sattel. Sie durchquerte Santa Fé in leichtem Trab und ritt danach auf der alten Poststraße in Richtung der Berge. Langsam wurde sie ruhig. Es war, als öffneten sich Schluchten und Täler, um sich hinter ihr wie durch einen Zauber wieder zu schließen. Zwischen ihr und der Stadt legte die Natur einen schützenden Wall. Langsam gewann sie ihre gewohnte Energie zurück. Sie dachte nach: Nein, sie hatte keine Lust, die Familie Barker auf ihrer Farm zu sehen! Sie kannte Jonas Barker als einen verdrossenen, o-beinigen Mann; er trug einen schmutzig roten Schnurrbart, hatte eng zusammenstehende Augen unter bürstenförmigen Brauen und andauernd eine geschwollene Backe, weil er Tabak kaute. Seine Frau Geraldine war rund wie eine Kugel. Ihre Haut glänzte fettig, als hätte sie sich mit Butter bestrichen, und am Morgen trug sie Lockenwickel. Ihr Sohn Stuart machte den Eindruck, als hätte er nie gelernt, bis zehn zu zählen. Wenn man versuchte, mit ihm zu reden, grinste er blöde: sonst nichts. Er war schwerfällig, träge, und sogar gemein: Cathy hatte sich einmal mit ihm geprügelt, weil sie ihn dabei überrascht hatte, wie er einem Pferd einen Fußtritt gab.

Es war ihr völlig unmöglich, mit solchen Leuten zusammenzuleben. Cathy sah nur eine einzige Lösung: die unerwünschte Gesellschaft mit dem Gewehr zu empfangen! Dann würden sie verschwinden, aber für wie lange? Mrs Collins Mann war Hilfssheriff; mit den Behörden kann man nicht spaßen, das sagte schon ihr Vater. Cathy zog eine Grimasse. Es schien vernünftiger, das Gewehr wegzulassen. Ja, aber was tun? Sie grübelte hin und her . . . und ganz plötzlich war die Lösung da. Wie einfach! Warum hatte sie nicht schon früher daran gedacht? Sie würde zu ihren Freunden in die Reservation gehen und sie bitten, bei ihnen aufgenommen zu werden. Für die Eltern Saritas gehörte sie schon fast zur Familie. Sie würden ihr bestimmt erlauben, bei ihnen zu wohnen. Und selbst wenn Mrs Collins eines Tages Wind von ihrem Versteck bekäme, so würde sie sich niemals zu den Indianern wagen, um sie zu holen!

Cathy drückte ihre Absätze in Busters Flanken, das Pferd raste mit wehendem Schweif den steinigen Pfad hinauf.

Zu Hause angekommen, holte sie eine Wolldecke, breitete sie auf dem Boden aus und legte alles, was sie zusammensuchte, darauf: den Hut ihres Vaters, seine Handschuhe, seine in Leder gebundene Bibel, eine Brieftasche mit Papieren und eine kleine hölzerne Kassette, worin er Andenken an seine verstorbene Frau aufbewahrt hatte: den Ehering, ihren Fingerhut und ein kleines silbernes Kreuz. Aus allen diesen Gegenständen machte Cathy ein Bündel. Danach ging sie in ihr Zimmer, ein kleiner Raum unter dem Dach, und suchte das wenige, was sie besaß, zusammen: zwei oder drei Kleider, verwaschene Bluejeans, einen Schal, der noch von ihrer Mutter stammte, etwas Wäsche. Auf einer kleinen Holztruhe lagen ein Kamm, ein Spiegel und ein kleiner silberner Armreif, den Cathy als kleines Mädchen getragen hatte und der ihr nun viel zu eng war. Cathy verschnürte alles in ein Kopftuch, dessen vier Enden sie verknotete. Sie hatte in größter Hast ihre Sachen zusammengeräumt und stand nun mit einem Male da, ohne recht zu wissen, warum sie sich so beeilen musste. Wozu diese Aufregung? Es blieb ihr doch so viel Zeit! Sie setzte sich einen Augenblick aufs Bett, um Atem zu schöpfen.

Ich muss versuchen, mich zu entspannen, dann geht bestimmt alles besser . . .

Mit einem erleichterten Seufzer streckte sie sich auf dem Bett aus und schaute durch das kleine Fenster auf die Berge, die durch die untergehende Sonne vergoldet wurden. Die Augenlider fielen ihr zu. Es war so angenehm, unbeweglich zu liegen und an nichts zu denken! Das Leben war so traurig und schwierig und Schlafen schien ihr plötzlich das Schönste auf der Welt.

Als sie erwachte, dämmerte bereits der Morgen. Der Himmel war grau und blau, von zarten rosa Streifen durchzogen. Cathy richtete sich auf, noch ganz schlaftrunken und sehr erstaunt, so lange geschlafen zu haben! Sie raffte ihre Sachen zusammen, lief eilig die Treppe hinunter. Als sie aus dem Hause trat, erschien die Sonne wie eine riesenhafte, flammende Blüte; ihre Strahlen fielen über Abhänge und Täler. Überall zwitscherten Vögel. Im Korral wieherte ein Pferd. Cathy ging zur Pumpe. Sie knöpfte ihr Kleid auf, zog es über den Kopf und wusch sich unter dem kalten Wasser. Dann kleidete sie sich wieder an und bürstete energisch ihre Haare. Unterdessen kochte das Wasser für den Kaffee; sie aß hastig ein paar Bissen Brot, trank eine Tasse Kaffee und lief nochmals zur Pumpe, um ihre Feldflasche zu füllen. In der Küche packte sie alle vorhandenen Lebensmittel in einen großen Beutel;

dann sattelte sie Buster. Als sie ihr Gepäck hinter dem Sattel mit einem starken Riemen befestigte, wehrte sich Buster entrüstet, schlug aus und zeigte seine gelben Zähne: Er hasste es, wie ein Maulesel beladen zu werden.

»Ruhig jetzt!«, rief Cathy ungeduldig und gab ihm einen Stoß. Ihr war nicht zum Scherzen zumute. Sie griff nach den Zügeln und schwang sich in den Sattel. Buster schnaubte und rollte erbost die Augen.

»Jetzt aber Schluss damit, Buster! Wollen wir Freunde sein, ja oder nein?«

Schnaubend warf Buster den Kopf hin und her; er war sehr schlechter Laune. Mit kräftigem Schenkeldruck lenkte Cathy ihn zu der die ganze Farm umgebenden Umzäunung. Vom Sattel aus bückte sie sich, öffnete die Gattertüre und warf sie dann mit einem energischen Fußtritt wieder zu. In lockerem Trab ritt sie im Staub der Ebene davon, in Richtung des Gebirges.

5. Kapitel

Als Cathy in der Navajo-Siedlung ankam, die wie ein Adlernest in einem Bergabhang lag, schienen die Hütten in der Mittagsglut wie ausgestorben. Cathy strich mit der Hand über die feuchte Stirn. Endlich war sie da! Langsam ritt sie durch das offene Tor und quer durch das Dorf. Die Indianer kamen aus ihren Hütten. Sie beobachteten sie schweigend. Ihre unbeweglichen Gesichter zeigten weder Sympathie noch Feindseligkeit, doch Cathy wusste: Die meisten hassten die Amerikaner. Und keine Friedensversprechungen konnten diesen Hass auslöschen: Er war im Volke verwurzelt, es hatte zu viele Demütigungen ertragen müssen.

Mit Cathy wurde eine Ausnahme gemacht: Man schenkte ihr Vertrauen, denn sie war anders als die meisten Menschen ihrer Hautfarbe. Als im vergangenen Winter die große Hungersnot ausgebrochen war, die den Stamm beinahe zum Aussterben gebracht hatte, waren Cathy und ihr Vater mit ihren eigenen Vorräten den Leuten zu Hilfe geeilt. Sie hatten Schafe herbeigeführt, um für die kleinen Kinder Milch zu besorgen, und von früh bis spät die Kranken gepflegt. Die Indianer vergessen nie jemand, der gut zu ihnen war. Außerdem wussten sie, dass Cathy die Freundin von Sarita war.

Vor der Hütte des Häuptlings stieg Cathy vom Pferd; sie stolperte in ihrem langen Trauerkleid, ihr Gesicht war mit Schweiß und Staub bedeckt.

Im gleichen Augenblick trat Melida, Saritas Mutter, aus der Hütte. Sie war eine kleine schmale Frau mit feinen kupferfarbenen Zügen. Das dichte und feine Faltengewebe auf ihrem Gesicht gab ihr einen sorgenvollen Ausdruck. Sie trug eine schwarze Bluse mit bunter Stickerei und einen weiten, bis auf den Boden reichenden Rock. Roter Staub bedeckte ihre Mokassins aus weichem Leder. Sie schien über Cathys Erscheinen nicht erstaunt.

»Komm herein, Cathy«, sagte sie freundlich. Ihre Stimme war klangvoll, ihre Bewegungen gemessen und voller Würde. Aus ihrem Wesen strahlte Mütterlichkeit und Ruhe. Cathy lächelte müde; sie fühlte sich erschöpft und zerschlagen. Das Kleid klebte an ihren Schultern und schnürte sie überall ein. Sie hätte es am liebsten heruntergerissen. Als sie in die Hütte trat, war sie überrascht, wie angenehm kühl und dunkel es drinnen war.

Im Winter war die Luft durch das in der Mitte des Raumes unterhaltene Feuer erstickend heiß gewesen.

Langsam gewöhnten sich ihre Augen an das Halbdunkel und sie sah den alten Häuptling Nehadschi auf einem Bärenfell liegen; seinen hageren Körper in eine rot-weiß gestreifte Decke gehüllt. Man sah nur sein mageres gelbliches Gesicht, dessen Haut wie dünnes Pergament über die hervorstehenden Wangenknochen gespannt schien. Seine Handgelenke und seine langen, knochigen Hände waren so schmal wie die eines Jungen.

»Komm näher, Cathy«, sagte er, als das Mädchen zögerte. »Setz dich.«

Die Hand, die er leicht zum Gruß erhoben hatte, fiel wieder kraftlos zurück.

»Danke«, sagte Cathy. Sie setzte sich nach indianischer Sitte mit gekreuzten Beinen auf den mit vielen Teppichen bedeckten Boden. Melida kniete ihr gegenüber.

»Wir wussten, dass du kommen würdest«, sagte sie lächelnd.

Cathy blinzelte überrascht. Wie konnten sie ahnen, dass sie käme, da sie es selber vor einem Tag noch nicht gewusst hatte? Sie schlug die Augen nieder und zupfte nervös an ihrem Rock herum.

»Ich – ich bin sehr allein«, murmelte sie.

»Wenn du bei uns bleiben willst«, sagte der alte Häuptling mit seiner brüchigen Stimme, »so bist du willkommen. Wir sind arm und unsere Hütte ist eng, aber wir haben immer Platz für die Freundin unserer Tochter.«

»Danke«, sagte Cathy bewegt, »ich danke von ganzem Herzen! Ich – ich habe es so nötig, bei euch sein zu dürfen!«

Melida rutschte auf den Knien näher zu Cathy und legte ihr den Arm um die Schulter.

»Ich habe schon drei große Kinder«, sagte sie mit ihrem ruhigen Lächeln. »Doch habe ich mir immer gewünscht, noch eine kleine Tochter zu haben.«

Voller Vertrauen legte Cathy den Kopf an die Schulter der Indianerin; silberne, mit Türkis beschlagene Medaillons leuchteten sanft auf den Falten der einfachen Baumwollbluse. Cathy atmete tief und beruhigt. Sie wusste, sie hatte ein Zuhause gefunden.

Hier gab es keine Morallehren und keine Predigten über Anstand und Tugend. Hier wurden auch keine indiskreten Fragen gestellt. Man schenkte ihr ganz einfach Verständnis und Güte.

Etwas später brachte Melida eine Tonschale mit frischem Wasser und einige getrocknete Feigen. Cathy hatte keinen Hunger, nur Durst. Gierig trank sie das Wasser.

In diesem Augenblick wurde der Türvorhang heftig beiseitegeschoben und Sarita stürzte mit fliegenden Zöpfen herein.

»Cathy!«, rief sie atemlos. »Ich war beim Schafehüten, als ich sah, wie dein Pferd in den Korral geführt wurde! Ich kam, so schnell ich konnte!«

Ihre Armreifen klirrten, als sie sich dicht neben Cathy niederkauerte. Ihr schelmisches Gesicht zeigte eine Mischung von Freude und Bedrückung, denn Cathys Schmerz, den sie mit empfand, lag im Widerstreit mit der Begeisterung, ihre Freundin bei sich zu haben.

»Cathy wird nun bei uns bleiben«, sagte Melida. Mit

ruhigen Bewegungen räumte sie einige Gegenstände weg, breitete Decken auseinander.

Sarita biss sich auf die Lippen. Sie konnte es nicht glauben. Ihre schwarzen Augen wanderten von einem zum andern.

»Ist das wirklich wahr?«

Cathy nickte mit schwachem Lächeln.

»Ja, es stimmt. Ich habe die Farm verlassen. Es ist ja niemand mehr dort . . .«

»Oh!«, rief Sarita. Voll ungestümer Freude klatschte sie in die Hände– »Wunderbar! Jetzt werden wir zusammen wohnen . . .!« Vor lauter Freude unfähig stillzuhalten, sprang sie auf und raste aus der Hütte; einen Augenblick später war sie wieder da und trug etwas im Arm. Keuchend vor Aufregung setzte sie sich neben Cathy.

»Sieh mal! Von nun an wird er auch dir gehorchen! Habe keine Angst! Du kannst ihn streicheln.«

Belustigt sah Cathy auf den kleinen Fuchs, den Sarita an sich drückte. Er war noch sehr jung. Schnuppernd bewegte sich die zierliche Schnauze. Die schwarzen lebendigen Augen glänzten.

»Er hat schon große Zähne für sein Alter«, stellte sie fest. »Wie heißt er?«

»Fuchs«, sagte Sarita einfach.

Cathy musste lachen. Sie streckte vorsichtig die Hand aus – sofort fletschte das Tier mit den Zähnen. Cathy zog eilig die Finger zurück.

»Vorsicht!«, warnte Sarita kichernd. »Er ist noch nicht an dich gewöhnt. Aber er wird dich bald kennen. Du musst ihm den Kopf streicheln, so, ganz sanft, dann hat er dich bald gern.«

»Dieses Tierchen wird zu groß«, sagte Nehadschi lächelnd. »In kurzer Zeit geht er auf eigene Faust jagen und du wirst ihn nicht mehr halten können.«

»Ach nein«, meinte Sarita unbekümmert, »ich werde schon gut aufpassen!«

Sie wiegte den Fuchs wie ein Baby und rieb ihre Wange an dem kleinen spitzen Kopf. Das Füchslein gähnte, zeigte eine rosa Zunge und die zwei Reihen milchweißer scharfer Zähne. Cathy lachte laut auf.

Cathys Traurigkeit verschwand, sie entspannte sich, fühlte sich frei und gelöst. Wie fern war Santa Fé! Wie fern waren Mrs Collins – und alle die Leute, die sie nicht verstehen konnten und wollten. Alles löste sich schon in ihrer Erinnerung auf – Gedanken an eine andere Welt, mit der sie nichts zu tun hatte . . .

So hielt Cathy O'Malley ohne großen Aufruhr oder Verhandlungen ihren Einzug in die Reservation der Navajos.

6. Kapitel

Für Cathy brach eine friedliche Zeit an. Im Schatten der kupferfarbenen Berge hütete sie mit Sarita und anderen gleichaltrigen Mädchen die Schafe auf den Weideplätzen. Sie waren den ganzen Tag zu Pferd, denn man hätte das riesige Gelände unmöglich zu Fuß durchstreifen können. Gut dressierte Schäferhunde umkreisten die Herden und sorgten dafür, dass kein Tier sich absonderte oder verloren ging. Auch wenn Cathy Schafe immer noch nicht mochte, langweilte sie sich nie: Mit ihren Freundinnen gab es dauernd etwas zu lachen und zu plaudern. In wildem Galopp jagten sie ihre Pferde durch die Ebene, übertrafen sich gegenseitig an Mut und Geschicklichkeit.

Wenn sie müde wurden, stiegen sie im Schatten eines Felsens von ihren Pferden, entfachten ein Feuer, um Kaffee zu kochen und Mais zu rösten. Lachend und scherzend saßen sie im Kreis, stocherten in der Glut herum oder ruhten sich bäuchlings hingestreckt aus. Ein Bach floss nicht weit vom Lagerplatz entfernt. Es war herrlich, die staubigen Kleider abzulegen und im kühlen grünen Wasser zu schwimmen, um sich dann auf den heißen Steinen in der Sonne trocknen zu lassen!

Cathy fühlte sich im Indianerdorf geborgen und glücklich. Die Navajos betrachteten sie als eine der ihren: Jedermann war freundlich und gütig zu ihr. Nur mit Naitsche, Saritas jüngstem Bruder, hatte sie Schwierigkeiten. Naitsche mochte die Weißen nicht: Für ihn war und blieb Cathy eine Fremde. Außerdem war er recht eingebildet: Er hielt sich für den tapfersten und klügsten Indianer. Jede Arbeit war seiner unwürdig. Er verbrachte seine Tage mit Schlafen und Faulenzen oder ging auf Jagd und Fischfang; außerdem war er der Anführer einer Bande junger Burschen, die ihm blind gehorchten; keiner wagte, ihm, dem Häuptlingssohn, zu widersprechen!

Als der alte Nehadschi merkte, wie hochmütig und dünkelhaft sein Sohn wurde, griff er ein. Um ihn Demut zu lehren, trug er ihm allerlei unangenehme und für einen jungen Mann recht schmähliche Aufgaben auf: die Schafe scheren, Fallholz für das Feuer sammeln, die Ziegen melken. Zähneknirschend musste Naitsche unter dem spöttischen Blick seiner Schwester gehorchen. Einmal überraschte sie ihn beim Schafescheren, als er übel gelaunt eines der störrischen

Tiere zu bändigen versuchte. Sarita brach in Gelächter aus. Mit beiden Ellbogen stützte sie sich auf den Zaun.

»Seht den großen Krieger, wie er Schafe schert! Pass auf, dass du dir nicht die Finger abschneidest!«

Naitsche wurde bleich vor Wut. Er schob das blökende Schaf von sich und stand kerzengerade auf. »Warte nur, bis ich einmal Häuptling bin!«, schimpfte er entrüstet.

Sarita bog sich vor Lachen. »Du und Häuptling? Armer Dummkopf: Du weißt doch genau, dass du das als jüngster Sohn niemals werden kannst. Onathi wird dem Stamm Befehle geben und du wirst ihm, wie jeder andere, gehorchen müssen!«

Naitsche ballte die Fäuste. Am liebsten hätte er seine Schwester verprügelt. Doch ein Häuptlingssohn muss sich beherrschen! Würdevoll drehte er sich um ... und stolperte über einen Stein. Da er barfuß ging, stieß er sich die Zehen wund.

»He!«, rief Sarita. »Hast du keine Augen im Kopf?«

Vor einem Mädchen zeigte man keine Schwäche: Naitsche verbiss seinen Schmerz. Schimpfend und hinkend rannte er im Korral herum, um das blökende Schaf wieder einzufangen.

7. Kapitel

Ungefähr einen Monat danach, am späten Nachmittag, kam Onathi in die Reservation zurück. Die Sonne stand schräg am Himmel und warf lange Schatten auf den Boden, als der junge Mann auf einem rostbraunen, staubbedeckten Pferd ins Dorf ritt. Mit einer Handbewegung erwiderte er die freudigen Begrüßungsrufe der Indianer. Überall stürzten die Leute aus den Hütten. Bald war der ganze Stamm in der Mitte des Dorfes versammelt. Es herrschte eine große Aufregung: Kinder schrien, sämtliche Hunde bellten. Mühsam bahnte Onathi seinem Pferd den Weg zum Wohnplatz seiner Eltern. Die Leute drängten und drückten von allen Seiten. Aber unbemerkbar senkte sich eine Befangenheit über die Menge. Langsam und widerstrebend wichen die Indianer zurück. Die Gesichter der Männer und Frauen wurden ausdruckslos und starr. Den Willkommensrufen folgte ein betretenes Schweigen. Nur noch die Kinder lärmten. Alles starrte Onathi an. Wie hatte sich der Häuptlingssohn verändert! Mit Reithose, Lederjacke und Stiefeln sah er aus wie ein Amerikaner. Sein einst langes Haar war geschnitten. Auch sein Gesichtsausdruck war der eines Fremden: spöttisch, gelangweilt und zerstreut. Wären nicht seine Hautfarbe dunkel und die leicht geschlitzten Augen schwarz gewesen, so hätte man ihn für irgendeinen von der Regierung geschickten Beamten halten können, der im Indianerdorf einen Besuch machte oder eine Inspektion durchführte.

Vor der Hütte seiner Eltern stieg Onathi vom Pferd. Er redete mit keinem Menschen und schien niemanden wiederzuerkennen. Doch als Nehadschi und seine Frau aus der Hütte traten, begrüßte er sie ehrerbietig und mit der einem Häuptlingssohn anstehenden Zurückhaltung. Die Menge entspannte sich ein wenig, er hatte die bei den Navajos üblichen Höflichkeitsformen anscheinend nicht ganz vergessen. Doch etwas in seinem Wesen blieb verwirrend und fremd: Aus dem schüchternen und immer in Wolken schwebenden Jungen war ein selbstbewusster, etwas arrogant aussehender junger Mann geworden. Vor den Eltern hatte er sich tief verbeugt, ganz wie es Brauch war, nun aber blickte er sich lebhaft um. Zur großen Empörung der Indianer boxte er seinem Bruder Naitsche freundschaftlich in den Rücken und Sarita nahm er an beiden Schultern, hielt sie von sich und betrachtete sie prüfend mit zusammengezogenen Brauen, bevor er in ein für die Indianer recht unschickliches Gelächter ausbrach. »Sarita! Welch eine Überraschung, eine solch hübsche Schwester wiederzufinden. Wären wir nicht verwandt, würde ich dir den Hof machen!«

»Was ist das – den Hof machen?«, fragte Sarita interessiert.

Onathi lachte schallend. Es schien ihm immer mehr Spaß zu machen, seine Stammesgenossen zu verblüffen.

»Frage deine Freundin, die wird sich darin schon auskennen!«, neckte er und zum ersten Mal wandte er sich an Cathy, die schweigend und erstaunt wie alle abseits stand. Lässig schlenderte er auf sie zu.

»Wie die Zeit vergeht, Miss O'Malley! Bei unserer letzten Begegnung trugen Sie Zöpfe und hatten eine Beule auf dem Kopf, weil Sie sich mit irgendjemanden gerauft hatten.«

Cathy musste lachen: Er hatte ein gutes Gedächtnis!

»Stuart Barker war es!«, antwortete sie. »Ich habe ihm einen Denkzettel verpasst, weil er ein Pferd misshandelte, und bin dabei gegen einen Zaunpfahl geflogen.«

»Hm«, sagte Onathi, »das sieht Ihnen ähnlich!« Er nahm seinen Hut ab, strich sich sorgfältig die Haare glatt. »So, Sie sind wieder einmal auf Besuch bei uns. Wie geht es Ihrem Vater?«

Cathy senkte den Kopf, ihre Lippen begannen zu zittern. Ja, natürlich! Onathi wusste nichts vom Tod ihres Vaters!

»Ich . . .«, stammelte sie kreidebleich. Melida kam ihr zu Hilfe.

»Cathys Vater hat einen Unfall gehabt«, sagte sie mit ihrer gleichmäßigen Stimme. »Er ist tot.«

Überrascht und schweigend blickte Onathi sie an. Cathy sah zu Boden und kämpfte mit den Tränen. Hoffentlich stellt er keine Fragen, dachte sie verzweifelt. Ich kann nicht davon sprechen, jetzt noch nicht.

Onathi schien ihre Verwirrung zu spüren. Er wechselte sofort das Gespräch. »Und ... was tun Sie jetzt?«

»Ich wohne hier.«

»In der Reservation?«, rief Onathi höchst verblüfft. Er sah zuerst auf Cathy, dann auf seine Eltern – mit einem seltsamen Ausdruck im Gesicht, den das Mädchen sich nicht erklären konnte. Dann pfiff er leise zwischen den Zähnen hindurch.

»Ich verstehe«, sagte er ironisch grinsend. »Und wie gefällt Ihnen das Leben bei uns?«

»Sehr gut!«, antwortete Cathy, die nicht begriff, worauf er hinauswollte. Dass es ihr bei den Navajos gefiel, war doch selbstverständlich: Sonst wäre sie ja gar nicht gekommen!

»Ach, wirklich?«, fragte Onathi mit hochgezogenen Brauen.

Cathy verstand überhaupt nichts mehr. Machte er sich über sie lustig? Das wäre doch die Höhe! Schon öffnete sie den Mund, um eine gesalzene Antwort zu geben, da fasste sie sich wieder und bewahrte ein beleidigtes Schweigen. In diesem Ton konnte er nicht mit ihr reden: Das sollte er sich gleich merken! Wenn er sich weiterhin so großspurig und arrogant benahm, dann konnte er wieder dahin gehen, wo er herkam, und zwar sofort! In der kurzen Zeit ihres Aufenthaltes bei dem Stamm hatte sich Cathy vollständig in die Gemeinschaft der Indianer eingelebt. Sie fühlte und dachte wie eine Navajo. Was ist eigentlich los mit Onathi? Warum muss er alle Leute kränken und beleidigen?, überlegte sie sich bestürzt.

Am gleichen Abend, während der Mahlzeit, reichte Melida ihrem Sohn einen von Fett glänzenden Maisfladen, den sie gerade vom Feuer genommen hatte. Onathi nahm ihn mit spitzen Fingern, schaute suchend nach allen Richtungen; plötzlich brummte er eine Entschuldigung, stand auf, suchte etwas in seinem Gepäck. Er kam zurück mit einem Zinnteller und Essbesteck. Der alte Häuptling und seine Frau wechselten einen raschen Blick. Ihr Gesicht blieb unbewegt. So tief das Verhalten ihres Sohnes sie auch kränkte, es wurde kein Wort darüber verloren. Onathi war anders geworden, das spürte jeder. Im Grunde genommen gehörte er überhaupt nicht mehr zu ihnen. Doch es wäre niemand in den Sinn gekommen, ihn dafür zu tadeln; er selbst hatte Mühe genug, mit dieser neuen Situation fertig zu werden.

Nur eine Person war empört: Cathy! Sie verwünschte Onathi und seine Taktlosigkeit. Wie konnte er seine Eltern so in Verlegenheit bringen! Herausfordernd schaute sie ihn an und schleckte sich betont genussvoll die fettigen Finger ab. Dieser eingebildete junge Herr sollte sehen, dass sich nicht alle beeindrucken ließen! Doch Onathi würdigte sie keines Blickes, sie konnte schmatzen und kauen, so laut sie wollte; er schaute nur auf seinen Teller oder in eine andere Richtung. Wie kann man nur so hochmütig sein!, dachte Cathy voller Entrüstung.

Inzwischen beobachtete Sarita interessiert, wie ihr

Bruder mit dem Essbesteck umging. Plötzlich sagte sie: »Ich möchte es auch einmal versuchen!«

Onathi grinste. »Kluges Mädchen!«, sagte er zufrieden. Er reichte seiner Schwester das Besteck und zeigte ihr, wie man es benutzt. Alle sahen zu, wie Sarita ihren Fladen zerkleinerte und jedes Stück mit der Gabel zum Mund führte. Sie war sehr geschickt und lernte es sofort. »Man bekommt keine fettigen Finger mehr!«, rief sie kichernd.

»Für das erste Mal hast du dich ganz geschickt angestellt«, lobte sie Onathi.

»Ich finde das praktisch«, meinte Sarita und drehte die Gabel, von der sie am meisten beeindruckt war, nach allen Seiten.

»Warum nimmst du diese schmutzigen amerikanischen Bräuche an?«, fragte Naitsche mit vollem Mund. »Ich verachte alles, was von den Weißen kommt!«

Onathi zuckte die Schultern. »Und die Weißen verachten uns«, sagte er ruhig. »Sie nennen uns ›wild‹ und ›primitiv‹. Gefällt dir das?«

Naitsche sah rasch seinen Vater an; dieser schwieg. Aufgebracht antwortete er: »Sollen sie doch denken, was sie wollen! Wir haben schon immer so gelebt und niemand beklagte sich darüber! Warum sollen die Bräuche unserer Vorfahren nicht mehr gut genug für uns sein?«

Onathi betrachtete nachdenklich das Feuer. »Gut genug, Naitsche«, sagte er geduldig. »Ja, warum sollen wir uns anpassen? Vielleicht ganz einfach darum, weil der Augenblick gekommen ist. Vielleicht auch, weil Fortschritt und Technik sich immer weiterentwickeln. Wir leben auf einer Stufe, auf der die Weißen vor mehreren Tausend Jahren gelebt haben. Wir müssen die versäumte Zeit einholen. Es wird hart sein. Aber es bleibt uns keine andere Wahl.«

Was redest du von Fortschritt und Technik? Solch ein Angeber!, dachte Cathy ohne Nachsicht. Er dünkt sich natürlich uns allen überlegen, weil er von der Schule kommt. Aber ich werde es ihm schon zeigen ...

Ihm zeigen? Was denn? Cathy wusste es selber nicht. Wie sollte sie es auch anfangen? Mit einem Streit? Bei Onathi käme das nicht gut an. Er hatte eine ganz bestimmte Art, sie anzusehen, die sie nervös machte. Er reizte ihren Widerspruch und lähmte sie zugleich. Es war besser, ihn nicht herauszufordern. So schwieg Cathy und setzte sich mürrisch in eine Ecke. Erstaunt wurde ihr klar, dass sie schüchtern wurde. Oder war es etwas anderes?

8. Kapitel

Onathi behandelte Cathy sehr höflich – zu höflich sogar, als ob sie eine Dame wäre, was ihr langsam auf die Nerven ging. Sie hatte genug davon, von morgens bis abends »Miss O'Malley« genannt zu werden! Sie ärgerte sich über diesen zu selbstbewussten jungen Mann, der lästig und gestiefelt wie ein Gentlemen-Farmer durch die Reservation wandelte, sich weigerte, mit den Fingern zu essen und der sich – angeblich aus Platzmangel – am Rande des Indianerdorfes eine eigene Hütte eingerichtet hatte. Onathi besaß nicht das einfache und natürlich vertraute Wesen, das Cathy an den Indianern so schätzte. Zwar konnte er heiter und formlos sein, besonders wenn er mit Kindern plauderte oder Sarita neckte; diese bewunderte ihn sehr, was Cathy absolut nicht verstehen konnte.

Sie erinnerte sich noch voller Empörung an jenen Tag, als Onathi von einem kurzen Besuch in Santa Fé zurückkam. Zufällig stieß Cathy mit ihm zusammen, als er, eine umfangreiche Tasche schwenkend, den Pferde-Korral mit großen Schritten verließ.

»Hallo, Miss O'Malley«, grüßte er sie und blieb stehen. »Es freut mich, Sie zu treffen. Ich habe heute Nachmittag an Sie gedacht und Ihnen ein kleines Geschenk mitgebracht.«

»Mir?«, fragte Cathy verblüfft, sie traute ihren Ohren nicht. Dann schenkte sie ihm ihr strahlendes Lächeln. »Das ist aber nett von Ihnen . . .!«

Onathi nickte mit ernstem Gesicht. Er stützte seine Tasche gegen den Zaun und wühlte einige Augenblicke darin herum.

Cathy wartete voller Neugierde. Was könnte es wohl sein? Vielleicht Pfefferminzbonbons?

Onathi wusste, dass sie diese heiß liebte.

Sarita hat recht, dachte sie erfreut. Im Grunde ist er recht sympathisch!

Nun reichte Onathi ihr ein verschnürtes Paket. Das sah nicht nach Pfefferminzbonbons aus! Gespannt öffnete Cathy das Paket . . . und erlebte die größte Enttäuschung ihres Lebens! Es enthielt ein Messer, eine Gabel und einen Teller aus blauem Steingut.

Cathy wurde rot bis unter die Haarwurzeln. Vor Empörung brachte sie kein Wort heraus. Onathi betrachtete sie mit unschuldsvoller Miene.

»Ich dachte, Sie könnten das brauchen . . .«, meinte er freundlich.

Cathy meinte, sie würde platzen vor Wut.

»Wenn Sie glaubten, mir damit eine Freude zu machen, so muss ich Sie enttäuschen!«, zischte sie.

»Das habe ich keinen Augenblick lang geglaubt.«

»Nehmen Sie das blöde Zeug zurück! Ich brauche es nicht!«, tobte Cathy. »Ihre Familie . . .«

»Das ist etwas ganz anderes«, antwortete Onathi und hob seine Tasche auf. »Bei uns hat man niemals gelernt, mit einem Besteck umzugehen. Warum wollen Sie um jeden Preis Ihre Esskultur verleugnen, Miss O'Malley? In Ihrem Alter sollten Sie vernünftiger sein.«

Cathy kochte vor Zorn. Sie spürte, dass Onathi sie nicht ernst nahm und sich über sie lustig machte. Es schien, als hielte er sie für eine total verrückte Person, die die Gesellschaft von Wilden der zivilisierten Menschheit vorzog. Zum Donnerwetter! Vergaß er denn, dass er selbst ein Indianer war? Wahrscheinlich hielt er sich für den Präsidenten der Vereinigten Staaten! »Sie sollten sich schämen, die Bräuche Ihres eigenen Stammes lächerlich zu machen!«, warf sie ihm ins Gesicht. »Als Häuptlingssohn sollten Sie mehr Verständnis haben!«

Onathi zuckte mit keiner Wimper, doch schien es Cathy, dass eine leichte Röte in seine Wangen stieg. Das saß!, dachte sie mit Genugtuung. Im gleichen Augenblick aber lachte Onathi aus vollem Halse. Cathy biss sich auf die Lippen. Was gab es da zu lachen? Ich muss mich getäuscht haben, dachte sie ärgerlich. Diesen Burschen kann man nicht beschämen. Er ist durch und durch Amerikaner!

»Nun, ich vermute, dass mein Geschenk keine Gnade vor Ihren Augen findet«, sagte Onathi augenzwinkernd. »Geschieht mir ganz recht! Es war nicht gerade sehr taktvoll.«

Cathy schwieg verdrossen. An den Korral gelehnt, drehte sie einen Zipfel ihres Schals zwischen den Fingern. Kopfschüttelnd betrachtete sie Onathi und gab sich die größte Mühe, ein ernstes Gesicht zu machen.

»Verzeihen Sie«, sagte er in versöhnlichem Ton. »Es war unfair von mir. Doch, doch, ich gebe es zu. Es würde mir leidtun, wenn ich aufgrund dieses lächerlichen Missverständnisses Ihre . . . nun, Ihre Freundschaft verlieren würde.«

Cathy war nicht nachtragend.

»Ich will Ihnen verzeihen«, sagte sie würdevoll, »unter der Bedingung, dass Sie mich so lange mit den Fingern essen lassen, wie ich Lust dazu habe.«

Onathi unterdrückte einen neuen Lachanfall. »Gut, ich verspreche es Ihnen. Aber was werden Sie mit meinem Geschenk anfangen?«

Voller Widerwillen sah Cathy auf den Teller und das Besteck.

»Ich werde es Sarita geben«, sagte sie kurz entschlossen. »Die kann es brauchen . . .!«

9. Kapitel

Nach Cathys Meinung war an Onathi ein Schulmeister verloren gegangen. Im Gegensatz zu den meisten Indianern, die nicht sehr gesprächig sind, diskutierte, erklärte und dozierte Onathi den lieben langen Tag.

»Onathi weiß so viel«, schwärmte Sarita. »Und wie er erzählen kann! Ich könnte ihm stundenlang zuhören!«

»Das stimmt: Er redet viel«, gab Cathy zu, »aber ich verstehe nicht, was du Interessantes daran findest.«

Sarita warf ihr einen vorwurfsvollen Blick zu. Sie konnte es nicht ertragen, wenn man ihren Bruder kritisierte. »Du tust ihm unrecht! Onathi will nur das Beste. Er sorgt sich sehr um die Zukunft unseres Volkes und er sucht Möglichkeiten, uns zu helfen. Wir müssen ihm dankbar dafür sein.«

Cathy hob die Achseln und antwortete bockig: »Ich frage mich trotzdem, warum er zurückgekommen ist . . .«

»Das war doch seine Pflicht gegenüber seinem Vater und seinem Stamm!«, rief Sarita entrüstet. »Onathi wird einmal Häuptling der Navajos sein!«

»Ich weiß«, brummte Cathy. Es war schwer, sich Onathi in dieser Rolle vorzustellen! Indianerhäuptlinge sind meist würdevoll, schweigsam und weise. Onathi war nichts von alledem. »Hm . . .«, sagte sie. »Meinst du, er ist damit einverstanden?«

Sarita runzelte die Brauen; sie begriff die Frage nicht. »Einverstanden? Wieso einverstanden? Seit dem Tag seiner Geburt ist er dazu bestimmt, die Nachfolge seines Vaters anzutreten. Wie könnte es anders sein?«

Am gleichen Nachmittag war Cathy dabei, als Onathi seinen jüngeren Bruder davon zu überzeugen versuchte, dass die Welt nicht hinter dem nächsten Berg aufhörte.

»Hinter den Gebirgen, die unsere Weidegründe umgrenzen«, dozierte er in der absichtlich gewählten, blumenreichen Sprache der Indianer, »gibt es viele große und menschenreiche Städte, wo die Amerikaner wohnen. Und noch viel weiter weg liegt ein riesiges Meer, das uns von anderen Ländern trennt, die ebenso groß sind wie das unsere.« Naitsche schüttelte ungläubig den Kopf, doch Sarita rief begeistert, sie wolle diese Länder kennenlernen.

»Ich werde dir einmal ein Buch zeigen«, erklärte

Onathi, »in dem die Landkarten der verschiedenen Erdteile abgebildet sind.«

»Das weiß ich auch«, fiel Cathy dazwischen. »Ich habe in der Schule darin lernen müssen. Das Buch ist ein Atlas. Mein Vater hat mir darin einmal sein Geburtsland gezeigt – eine große Insel mit dem Namen ›Irland‹. Er sagte, es sei die schönste der Welt.«

»Miss O'Malley, ich sehe mit Vergnügen, dass Sie Ihre Geografie nicht ganz vergessen haben«, sagte Onathi grinsend. Cathy wusste nicht, ob er sich über sie lustig machte. Und außerdem hatte sie seine pompösen Reden satt.

»Hören Sie doch endlich auf, mich Miss O'Malley zu nennen!«, rief sie ärgerlich. »Mein Vater nannte mich so, wenn er mit mir zu schelten hatte!«

»Natürlich eine unangenehme Erinnerung«, schmunzelte Onathi. »Abgemacht, Cathy! Das ist auch bequemer beim Streiten!«

Cathy unterdrückte ein Kichern. Schlagfertig war er bestimmt. Mit etwas gutem Willen konnte man ihn sogar sympathisch finden.

»Bravo!«, rief Sarita begeistert. Spontan erfasste sie Cathys beide Hände. »Siehst du, jetzt gehörst du ganz zur Familie! Du bist meine Schwester!«

Naitsche, dessen Gesicht sich zusehends verfinstert hatte, verlor bei diesen Worten die Geduld. Er fuhr Sarita an: »Auch du hast dich beeinflussen lassen! Als Häuptlingstochter solltest du etwas mehr Stolz haben und wissen, dass alle Amerikaner unsere Feinde sind . . .«

Saritas lange Zöpfe tanzten vor Empörung. Ihre schwarzen Augen blickten angriffslustig.

»Willst du damit sagen, dass Cathy zu unseren Feinden gehört?«

Naitsche rutschte unbehaglich hin und her. Er hätte schweigen sollen, aber schließlich war er müde, seine Gefühle bis in alle Ewigkeit zu verbergen. Und er hatte es satt, immer nachgeben zu müssen. Er warf das lange Haar aus der Stirn und beharrte streitsüchtig: »Alle Amerikaner sind unsere Feinde! Nicht nur ich empfinde es so; du weißt genau, dass viele Menschen unseres Stammes das Gleiche denken!«

Onathi runzelte die Brauen. Zum ersten Mal schien er wirklich zornig zu werden.

»Schweig, Naitsche!«, schalt er trocken. »Du brichst das Gesetz der Gastfreundschaft und außerdem redest du dummes Zeug. Deine Jugend und Unerfahrenheit sind die einzige Entschuldigung. Wenn ich noch einmal so etwas von dir höre, bekommst du es mit mir zu tun.«

Die Augen Cathys wanderten verstört von einem zum anderen. Weshalb nur war Naitsche so gemein? Und das alles nur, weil sie Amerikanerin war? Aber das war doch falsch ! Sie gehörte zu den Navajos! Hatte sie nicht alles getan, um in den Stamm aufgenommen zu werden? Sie versuchte, sich einzureden, dass Naitsches Worte nichts zu bedeuten hatten, aber es war vergeblich: Sie war zutiefst verletzt. Zu impulsiv, um ihren Schmerz zu verbergen, sprang sie auf, stammelte eine Entschuldigung und rannte tränenblind aus der Hütte. Sie hörte Onathi rufen: »Cathy! Warte!«, aber sie kümmerte sich nicht darum.

Mit düsterem, verschlossenem Gesicht durchquerte sie das in der Sonne dahinbrütende Dorf, biss die Zähne aufeinander und versuchte, nicht loszuheulen. Sie ging den Schafkorral entlang bis dahin, wo die Weide anfing. Dort lief sie unschlüssig hin und her, strich sich das zerzauste Haar aus dem Gesicht und kämpfte mit den Tränen. Seit Langem hatte sie sich nicht mehr so einsam und unglücklich gefühlt. Sie blickte sich um. Onathi war ihr gefolgt und winkte. Cathy kaute nervös an den Fingernägeln. Sie ertrug keine Menschen um sich, wenn sie Kummer hatte. Onathi noch weniger als die anderen.

»Lass mich«, sagte sie, als er sie einholte. »Es ist nicht schlimm!« Sie drehte sich schroff um und verschränkte die Arme, um nicht mehr an den Nägeln herumzubeißen.

»Ich bin bestürzt über die Taktlosigkeit meines Bruders«, sagte Onathi. »Versuche, ihm zu verzeihen. Er ist jung und weiß nicht, was er sagt.«

Er sprach höflich und ausnahmsweise ohne die geringste Ironie. Cathy beruhigte sich etwas. Sie versuchte zu lächeln.

»Es ist schon gut! Ich bin ihm nicht böse. Aber er weiß genau, was er sagt. Im Grunde ist es mir recht. Ich dachte nur ... ich dachte nur ... jeder hätte mich gern, hier im Dorf ...« Sie stockte. Ohne dass sie es verhindern konnte, rollten ihr plötzlich die Tränen über die Wangen. »Geh fort«, stieß sie heiser hervor und drehte ihm den Rücken zu. Wenn er sie nur allein lassen wollte! Überrascht fühlte sie Onathis Hand auf ihrer Schulter.

»Du hast Kummer«, sagte er sanft. »Das tut mir sehr leid.«

Der leichte Druck seiner Finger war irgendwie tröstlich. Es war sehr seltsam. Mit dem Handrücken wischte sich Cathy die feuchten Wangen ab. »Es ist meine Schuld«, antwortete sie mit einem kläglichen Lächeln. »Ich . . . ich machte mir zu viele Illusionen. Aber ich liebe die Navajos und . . .«

Onathi zuckte mit den Achseln. Nun hatte er wieder seinen spöttischen Ausdruck im Gesicht.

»Du bringst meinem Stamm zu viel Verehrung entgegen. Versuche doch, die Augen offen zu halten. Du wirst mehr Fehler als Vorzüge entdecken.«

»Das stimmt nicht!«, protestierte Cathy. »Hier fühlte ich mich glücklich und frei. Das ist doch das Wesentliche im Leben!«

»Nicht unbedingt!«, meinte Onathi.

»Doch.«

Onathi schüttelte nachsichtig den Kopf. »Du sprichst wie Naitsche. Hast du noch nicht eingesehen, dass das Wesentliche darin besteht, innerhalb einer Gesellschaft eine bestimmte Aufgabe zu übernehmen und sich in die Gesellschaft einzugliedern?«

Die Gesellschaft? Cathy verstand nicht recht, was er damit meinte. Eine Ansammlung von alten Mumien in der Art von Mrs Collins? Na, wenn das Gesellschaft bedeuten sollte, danke schön! Cathy verzog das Gesicht. »Ohne mich!«, rief sie voller Überzeugung.

Onathi betrachtete ungerührt ihre störrische Miene, dann meinte er nachsichtig: »Nun, du bist vielleicht noch nicht alt genug, um das zu verstehen!«

»Das ist ja die Höhe!«, rief Cathy und sah voller Empörung, wie das ihr sattsam bekannte hochmütige Lächeln sich auf Onathis Gesicht verbreitete. Ruhig streckte er sich eine Zigarette an.

»Du bist nicht am richtigen Platz. Ich übrigens auch nicht. Nur weiß ich das im Gegensatz zu dir.«

Cathy war so entgeistert, dass ihr keine passende Antwort einfiel. Du lieber Himmel! Der predigte ja wie Mrs Collins! Noch einen Augenblick und er würde ihr sagen, sie solle den Kleidersaum hinunterlassen und sich das Haar hinter die Ohren streichen!

»Schau nicht so böse in die Welt«, sagte Onathi, die Zigarette im Mundwinkel. »Es wäre nett, wenn wir ohne Streit miteinander reden könnten, ja?«

»Wieso behauptest du, ich sei nicht an meinem Platz?«, fauchte Cathy.

»Vielleicht kann ich dir das erklären.« Er zog an seiner Zigarette, schien plötzlich nachdenklich.

»Fangen wir mit einer Geschichte an. Es war einmal ein Navajo-Junge, der in seinem Stamm zufrieden und ohne Probleme lebte. Er besaß ein Pferd namens Adler, einen treuen Hund und einen gezähmten Falken, mit dem er auf die Jagd ging. Der Junge hatte keine Sorgen; er war mit sich selbst und der ganzen Welt im besten Einvernehmen; er konnte sich nicht vorstellen, dass sich das eines Tages ändern sollte.

Unglücklicherweise war der Junge Sohn eines Häuptlings. Als er vierzehn Jahre alt wurde, beschloss der Vater, ihm eine Erziehung geben zu lassen, die ihn auf seine künftige verantwortliche Stellung vorbereiten sollte, und schickte ihn in eine amerikanische Stadt. Für den Jungen erschloss sich eine gänzlich neue Welt. In seiner Verwirrung sah er überall Zauber und böse Geister. Man lachte über ihn, weil er sich vor den Menschen, vor dem Licht und vor dem Lärm fürchtete. In seinem Stolz biss er die Zähne zusammen. Niemand sollte wissen, dass er Angst hatte. Man steckte ihn in zivilisierte Kleider und schnitt ihm das Haar. Er kam in eine Schule, wo ihn Geistliche lesen und schreiben lehrten. Er war linkisch, furchtsam und verschlossen und wurde von seinen Kameraden verspottet. Sie behandelten ihn als einen unwissenden, blöden Wilden, schlossen ihn aus oder spielten ihm böse Streiche. Da erinnerte sich der Junge daran, dass er Sohn eines Häuptlings war, und sein Hochmut wuchs bei jeder Demütigung. Er arbeitete wie besessen; überall wollte er der Erste, der Beste sein. Wagte einer, über ihn zu lachen, so prügelte er sich mit ihm. Da er stark und kräftig war, begannen die anderen, ihn zu fürchten und zu respektieren.

Jahre vergingen. Der Junge kämpfte weiter. Jetzt aber nicht mehr, um sich vor seinen Kameraden zu behaupten, sondern um sich einen Platz in einer Gesellschaft zu schaffen, die ihn ablehnte und verachtete, weil er ein Indianer war. Und das war das Schwerste . . .«

Onathi hielt inne, um sich eine neue Zigarette anzuzünden. Sein Gesicht hatte einen seltsamen Ausdruck angenommen, düster und zerstreut. Es sah aus, als ob er von sehr weit zurückliegenden Ereignissen berichte, die ihn kaum etwas oder überhaupt nichts angingen. Nach einer Weile fuhr er fort: »Damals war ich feige: Ich verleugnete meine Herkunft, nahm einen amerikanischen Namen an. Es machte mir Spaß, die Leute an der Nase herumzuführen. Ich kam mir schlauer und stärker vor als alle anderen. Und wenn ich auf der Straße einigen Indianern begegnete, schaute ich woandershin. Ich setzte mein Studium fort, wurde zwanzig Jahre alt. Dann lernte ich ein Mädchen kennen. Sie hieß Carolyn, war schön, sanft und elegant. Wir sahen uns häufig und ihre Eltern empfingen mich bei sich zu Hause. Über meine Herkunft wusste niemand etwas. Als man anfing, mir Fragen zu stellen, erzählte ich eine recht plausible Geschichte: Meine Familie sei spanischer Herkunft, sehr reich und besäße Ländereien in Kalifornien. Bis jetzt hat noch niemand diese Geschichte angezweifelt – auch Carolyn nicht. Aber bei ihr war es etwas anderes: Je besser ich sie kannte, desto schwerer fiel es mir, sie zu belügen. Die Zeit verging: Ich quälte mich Tag und Nacht. Eines Abends entschloss ich mich, ihr alles zu gestehen, auf die Gefahr hin, sie zu verlieren. Ich schrieb einen langen Brief. Den Mut, mit ihr zu sprechen, hatte ich nicht. Dann wartete ich auf eine Antwort: vergeblich. Über meinen Zustand will ich hier keine Worte verlieren. Um es kurz zu sagen: Einige Tage später traf ich auf der Straße Carolyns Mutter. Ich grüßte sie – sie ging wortlos an mir vorbei, den Blick geradeaus gerichtet, als sei ich durchsichtig. Ich begriff die brave Dame sehr gut. Ich begriff auch Carolyn: Sie war zu wohlerzogen, um ein Geheimnis bewahren zu können. Einige Zeit später schickte mir mein Vater eine Botschaft: Ich hätte nun genug gelernt; es sei Zeit, in die Reservation zurückzukommen. Ich fiel aus allen Wolken. Zurück zu den Navajos? Was sollte ich dort? Schließlich beschloss ich, einen kurzen Besuch zu machen, um auf andere Gedanken zu kommen: Ich hatte es nötig. Also ritt ich zurück in die Wüste. Alles schien mir schmutzig, staubig, verkommen. Ich erreichte das Dorf. Was, das ist meine Familie, mein Volk? Dieser Haufen von zerlumpten, unzivilisierten Wilden? Es war, als verstünde ich erst in diesem Augenblick die Amerikaner, ihre Beleidigungen. Ich hatte nur einen Gedanken: fort von hier, so schnell wie möglich. Meinem Vater würde ich erklären, dass ich mich nicht zum Häuptling berufen fühle. Naitsche würde alles viel besser können.«

Onathi hielt inne, sah grinsend auf Cathy. »Für einen zukünftigen Navajo-Häuptling recht illusionslos, nicht wahr?«

Cathy schwieg.

»Überrascht dich das?«, fragte Onathi brüsk.

Cathy zögerte. Sie hatte das unangenehme Gefühl, nicht zu wissen, was sie ihm antworten sollte.

»Ja«, murmelte sie schließlich. »Du bist sehr ... sehr hart!« Zu ihrer Verblüffung lachte Onathi auf.

»Hart? Das denkst du! Wenn ich es wäre, säße ich nicht hier, gefangen wie eine Fliege im Spinnennetz. Höre weiter: Als ich vor der Hütte ankam, in der ich meine Kindheit verbracht hatte – als ich die Blicke meiner Eltern sah, naiv und voller Vertrauen, als Sarita mich anstrahlte, als sei ich das achte Weltwunder – nun –, da wurde ich sentimental. Ihre Zärtlichkeit und ihren Stolz verdiente ich ja gar nicht! Was hatte ich bis jetzt für sie getan? Nichts! Ich schämte mich und sah nun ein: Diese arme Leute führen ein so kärgliches Leben, weil keiner unter ihnen imstande war, ihnen eine bessere Existenz zu verschaffen. Was blieb mir übrig? Vor meiner eigenen Blödheit entsetzt, entschied ich mich zu bleiben. So bin ich hier.«

»Ja«, flüsterte Cathy. »Ja, ich verstehe . . .«

»Vielleicht nicht ganz«, sagte Onathi mit leiser Stimme. Cathy senkte den Kopf. Sie fühlte sich erschreckend müde und schwunglos. Die Geschichte Onathis gab ihr mehr zu denken, als ihr bequem war. Er hätte sie lieber für sich behalten sollen! Außerdem sah sie keinen Zusammenhang. Was wollte er bloß damit bezwecken?

»Warum hast du mir das alles erzählt?«

Onathi hob gleichgültig die Schultern.

»Ganz einfach, um eines klarzulegen: Ob ich es will oder nicht, hier ist mein Platz. Bei dir handelt es sich um etwas ganz anderes. Du verbohrst dich in die Idee einer absoluten und fantastischen Freiheit, die es weder in Amerika noch sonst wo gibt, am wenigsten aber in einer Navajo-Reservation. Ich rate dir, ganz brav nach Hause zu gehen, kochen zu lernen und einen Mann zu suchen. Das ist besser für dich und für alle anderen auch.«

Cathy traute ihren Ohren nicht.

»Jetzt übertreibst du aber!«, rief sie zornig. »Du redest genau wie Mrs Collins!«

»Wer ist Mrs Collins?«

Cathy sprudelte eine bildreiche Schilderung von Mrs Collins heraus. Der junge Indianer lachte: »Gute Beschreibung! Ich kenne diese Art Drachen; man weicht ihnen am besten aus.«

Cathy kicherte voller Freude, dass Onathi ihre Partei ergriff; dann wurde sie wieder ernst. Irgendetwas beschäftigte sie. Sie fragte mit gerunzelter Stirn: »Warum hast du gesagt, ich solle kochen lernen?«

»Kochen können ist eine wichtige Eigenschaft«, stellte Onathi fest. »Ich geb dir einfach einen guten Rat.«

Cathy schüttelte den Kopf.

»Nein«, sagte sie, »es stimmt nicht! Eben sagtest du es anders. Ich hatte den Eindruck, du wolltest mich fortschicken.«

Onathi wandte leicht den Kopf ab. Er schien nachdenklich.

»Du hast recht«, sagte er nach einem langen Schweigen. »Ich fände es besser, wenn du die Reservation verlassen würdest.«

»Aber wohin soll ich denn gehen?«, rief Cathy verzweifelt. »Ich habe niemand! Keine Verwandten, keine Freunde. Nur – nur Mrs Collins ist da.«

Onathi winkte mit einer Handbewegung ab.

»Lass Mrs Collins aus dem Spiel.« Besorgt und prüfend betrachtete er das Mädchen. Es war das erste Mal, dass er sie so anschaute.

Cathy wurde es fast etwas unbehaglich. Was wollte er nur von ihr?

»Im Ernst, Cathy, hast du niemand, zu dem du gehen könntest?«

Cathy schüttelte den Kopf. Plötzlich standen zu ihrem großen Ärger die Augen wieder voller Tränen. Onathis Züge verschwammen mit dem Gezweig der Büsche in einem weißgrünen Nebel.

»Niemand!«, stammelte sie.

Wie von sehr ferne drang Onathis Stimme zu ihr her: »Sei ehrlich, Cathy: Bist du wirklich glücklich bei uns?«

Cathy nickte verzweifelt und drehte den Kopf weg.

Verbissen und ohne es zu merken, kaute sie an ihren Fingernägeln.

»Ja«, schluchzte sie.

Onathi betrachtete das Mädchen. Mit ihrer braunen Haut, dem langen glatten Haar glich sie einer Indianerin. Jetzt schmollte sie mit zusammengekniffenem Mund und gerunzelten Brauen. Unwillkürlich musste Onathi lächeln. Ihm gefiel ihre Energie, ihr trotziger Wille und vielleicht auch einiges mehr, was er nicht zu analysieren vermochte; er wollte auch nicht weiter darüber nachgrübeln. Er schob die Hände in die Hosentaschen und sagte kurz entschlossen: »Nun, wer weiß? Vielleicht ist es wirklich das Leben, für das du geschaffen bist.«

10. Kapitel

Im Verlauf der folgenden Wochen machte sich Onathi energisch an die Durchführung seines Planes, die Navajos aus ihrem dumpfen Dahinleben herauszureißen.

Zuerst fuhr er nach Santa Fé in das Verwaltungsbüro der Reservation. Die zwei Angestellten, die faul bei einem Glas Whisky den Fliegen zusahen, fielen vor Verblüffung fast von ihren Stühlen, als ein hochgewachsener junger Mann ins Büro hereingepoltert kam und sagte: »Ihr Laden hier ist ein Sauladen! Haben Sie nichts anderes zu tun, als sich von früh bis spät beim Gähnen zuzusehen! Los, nehmen Sie ein Formular und notieren Sie. Zuerst brauche ich Maschinen und Werkzeuge . . .«

Die Angestellten trauten ihren Ohren nicht. Noch nie in ihrem Leben hatte ein Indianer in dieser Art mit ihnen zu sprechen gewagt! Der Ältere, ein dicker Mann in verschwitztem Hemd, stand schwerfällig schnaubend auf und fauchte Onathi an: »Wer bist du? Hat man je eine solche Frechheit erlebt?«

Onathi ließ sich nicht einschüchtern. Er spielte lässig mit seiner Reitpeitsche und musterte den Mann von oben bis unten.

»Ich bin Onathi; mein Vater hat mir die Befehlsgewalt über den Navajo-Stamm übertragen, den Sie von der Regierung aus zu unterstützen haben. Zuerst einmal verlange ich, anständig behandelt zu werden. Ich bin einen solchen Ton nicht gewohnt. Außerdem lasse ich mich nicht an der Nase herumführen. Wenn Sie mir nicht liefern, was ich verlange, werde ich mich in Washington beschweren. Sie wissen, was Ihnen dann blüht. Auf was warten Sie noch? Soll ich vielleicht selber schreiben? Ich will noch vor Monatsende ein Ochsengespann und drei Pflüge – in gutem Zustand selbstverständlich. Ebenso brauche ich Baumaterial und Werkzeug; hier ist eine Liste ...«

In aller Ruhe verließ Onathi das Büro, stieg aufs Pferd und ritt davon.

In der Reservation rief er jeden Tag die erwachsenen Männer zusammen und erläuterte ihnen die neuen Methoden von Ackerbau und Viehzucht. Die Männer lauschten höflich, ohne Widerstand, aber auch ohne Begeisterung. Onathi drängte nicht. Er wusste, dass die Indianer, wenn sie in einer Reservation zusammengepfercht leben müssen, jede Lebenslust und jegliche Energie verlieren und fatalistisch vor sich hin dämmern.

Manchmal verlor Onathi die Geduld. Er hatte Lust, zu toben und zu befehlen. Aber er beherrschte sich, zwang sich zur Gelassenheit. Ob es ihm wohl mit der Zeit gelingen würde, seinen Stamm aus der Gleichgültigkeit herauszureißen?

Eines Tages ging Onathi zu Cathy. Sie saß mit gekreuzten Beinen im Halbdunkel der Hütte und hatte rote Tonschalen vor sich; ihre Finger und ihre Bluse waren voller Farbflecken. Als sie Onathi eintreten sah, lächelte sie und pustete die Haare aus dem Gesicht. Onathi setzte sich neben sie. Er nahm eine Schale und betrachtete sie aufmerksam.

»Nicht schlecht!«, sagte er. »Ich wusste gar nicht, dass du künstlerische Begabung hast.«

Cathy lachte. »Die Leute staunen immer, wenn ich etwas zustande bringe!«

Onathi drehte nachdenklich die Schale in seinen Fingern. »Erstaunlich, wie genau du den Stil unserer indianischen Töpferkunst getroffen hast. Du verfügst über eine bemerkenswerte Einfühlungsgabe. Wusstest du das?«

»Nein«, antwortete Cathy. »Ich mache einfach, was mir gefällt.«

Onathi lehnte sich zurück und lächelte zerstreut.

»Du bist ein merkwürdiges Mädchen!«

Cathy antwortete nicht. Mit ruhigen, geschickten Bewegungen fuhr sie in ihrer Arbeit fort. Onathi beobachtete sie einen Augenblick lang, dann sagte er plötzlich: »Cathy, willst du mir helfen?«

Das Mädchen runzelte überrascht die Stirn.

»Dir helfen? Wie denn?«

Onathi schaute grinsend zur Decke.

»Du wirst jetzt denken, ich sei verrückt geworden! Ich weiß, dass du keine Lust hast, Bücher zu lesen. Trotzdem: Würde es dir nicht Spaß machen, die Kinder im Indianerdorf lesen zu lehren? So lange wenigstens, bis wir eine Schule gebaut und einen Lehrer aufgetrieben haben?«

»Ich?«, stotterte Cathy. »Ich soll den Kindern das Lesen beibringen? Aber ich habe noch nie so etwas gemacht!«

Onathis Augen blitzten schelmisch.

»Hast du Angst?«

»Angst? Ich?«

Onathi lachte leise.

»Gut, dann bist du also einverstanden?«

»Ja, aber . . .«, begann Cathy.

Onathi schüttelte den Kopf.

»Cathy. Es genügt, wenn sie ihren Namen schreiben und ein paar Sätze lesen können. Sag mir nicht, dass du das nicht fertig bringst! Ich glaube dir kein Wort!«

Cathy seufzte, rutschte nervös hin und her. Schließlich gab sie nach. Onathi sollte nicht meinen, sie sei ein Hasenfuß! »Einverstanden«, sagte sie resigniert. »Ich will es versuchen. Nur . . .«

»Ja?«

»Ich muss selber zuerst wieder üben, bevor ich beginne«, jammerte sie. »Es ist schon lange her, seit ich zum letzten Mal ein Buch aufgeschlagen habe!«

»Ich hoffe, du bekommst deswegen keine Albträume?«, lachte Onathi. »Also, abgemacht! Gleich morgen reite ich in die Stadt und besorge das Nötigste!«

Cathy schaute ihn Hilfe suchend an.

»Wenn ich alle Kinder unterrichten soll, werde ich nie damit fertig!«, platzte sie heraus.

»Ich auch nicht«, antwortete Onathi und sein Gesicht wurde ernst. »Wenn fünf Kinder in den Unterricht kommen, will ich zufrieden sein. Die Vorurteile in diesem Stamm sind nicht zum Aushalten! Sie glauben, es bringe Unglück, seinen Namen auf ein Papier zu schreiben. Man sagt, es trenne die Seele vom Körper oder ein ähnlicher Blödsinn. Die Klügeren unter uns halten es ganz einfach für unnötig. Mit Lesen und Schreiben könne man kein störrisches Pferd zähmen, sagen sie.« Ärgerlich hob er die Schultern. »Wenn du wüsstest, mit welchen Schwierigkeiten ich mich herumschlagen muss, um dir die ersten Schüler zu bringen! Aber sie werden kommen, ich garantiere es dir, und wenn ich sie an den Haaren herbeischleppen muss! Glücklicherweise gibt es Ausnahmen wie Sarita, die viel Freude am Lernen hat. Sie ist intelligent und klug. Ich hoffe sehr, dass ihr Beispiel die Leute umstimmen wird . . .«

Onathi beugte sich zu Cathy hinunter und legte ihr die Hand auf die Schulter.

»Nun sind wir zu dritt, um die Zukunft des Stammes zu formen: Sarita, du und ich.«

Cathy wurde rot bis zu den Haarwurzeln.

»Wirklich? Auch ich?«, stotterte sie.

»Ja«, sagte Onathi ernst. »Du bedeutest mehr, als du dir vorstellst.«

»Dann . . . Cathys Augen funkelten vor Freude, »dann schickst du mich nicht mehr fort?«

Onathi lachte schallend.

»Dich fortschicken? Ich denke nicht daran, wir brauchen dich doch!«

Cathy senkte den Kopf. Sie würde im Indianerdorf bleiben und den Kindern Lesen und Schreiben beibringen. Es war fast zu schön, um wahr zu sein! Onathi betrachtete nachdenklich ihr ausdrucksvolles Gesicht, auf dem sich alle ihre Empfindungen widerspiegelten.

»Zufrieden, Cathy?«, fragte er freundlich.

Cathy nickte. »Es ist – es ist einfach wunderbar!«

Sie blickte nachdenklich auf ihre Tonschalen, suchte die schönste heraus und zeigte sie Onathi.

»Gefällt dir diese?«

»Sehr.«

»Dann bekommst du sie, wenn sie fertig ist.«

»Danke, Cathy. Noch nie hat mir ein Geschenk solche Freude gemacht«, sagte Onathi mit ernstem Nachdruck, dass Cathy ganz überrascht zu ihm aufschaute. In seiner Stimme war nichts Ironisches mehr. Nicht einmal die gewohnte Energie konnte man darin spüren. Er schien auf seltsame Weise mutlos und bedrückt. Kein Wunder!, dachte Cathy. Bei der Verantwortung, die er trägt! Sie hätte ihm gerne gesagt, dass sie seine Sorgen verstünde, ja, sogar teile, aber sie wagte es nicht. Sie war stolz, mit Onathi zusammenzuarbeiten. Man hatte sie nötig! Sie war jemand, den man brauchte und zu dem man Vertrauen hatte. Das war ein herrliches Gefühl!

11. Kapitel

Am Morgen des ersten Unterrichtstages erschienen außer Sarita und Naitsche (der sehr böse war) drei Jungen und ein verschüchtertes kleines Mädchen. Das war kein aufmunternder Beginn! Cathy erinnerte sich mit Unbehagen an Onathis düstere Voraussage. Noch ungemütlicher wurde es ihr, als die gesamte Dorfbevölkerung zeremoniell aufmarschierte; feierlich und schweigend stellten sie sich im Halbkreis um die kleine Schulklasse herum. Cathy brach der Angstschweiß aus. Mit klopfendem Herzen betrachtete sie die starren Gesichter der Indianer. Sie fühlte sich durch eine unsichtbare, undurchdringliche Mauer von ihnen getrennt. Von Neuem war sie die Fremde, die Amerikanerin, von der nichts Gutes kommen konnte. Die gleiche Feindseligkeit lag auch auf den Gesichtern der Kinder, mit denen sie so oft gespielt hatte. Schwarze, misstrauisch halb geschlossene Augen verfolgten jede ihrer Bewegungen. Zum Donnerwetter, was gafften die alle so! Erwarteten sie vielleicht, dass ich davonlaufen würde? In diesem Augenblick wurde Cathy klar, dass die Indianer Angst hatten. Sie erinnerte sich an die Worte Onathis: Sie fürchten, dass ihnen beim Schreiben die Seele vom Körper getrennt wird. Cathy fühlte eine seltsame Ruhe in sich aufsteigen. Es war doch ganz einfach: Man musste ihnen erklären, dass das nicht stimmte. Kein vernünftiger Mensch konnte so etwas glauben! Sie schaute um sich und bemerkte im Hintergrund Onathi. Als sie ihn anblickte, zuckte er leicht mit den Schultern. Cathy lächelte ihm zu. Er antwortete mit einem aufmunternden Blinzeln.

Cathy beugte sich zu Sarita, ihrer zweiten Verbündeten, die mit gekreuzten Beinen auf dem Boden saß, und legte ihr freundschaftlich die Hand auf die Schulter. Neben ihr schmollte Naitsche. Cathy beachtete ihn nicht. Sie warf energisch die Haare zurück und setzte sich ihrer Schulklasse gegenüber auf den Boden.

»Schaut doch nicht so böse in die Welt! Ich will euch ein neues Spiel zeigen!«

Sie nahm eine der Schiefertafeln, die Onathi ihr aus der Stadt gebracht hatte, und hob sie in die Höhe.

»Seht diese kleine Zeichnung! Das ist ein S, wie Sarita. Versuche einmal, es nachzumachen, Sarita. Es ist ganz einfach!«

Die junge Indianerin lachte vor Vergnügen. Geschickt schrieb sie ein S auf die Tafel, etwas unbeholfen, aber doch leserlich. Triumphierend zeigte sie es herum. Die Kinder tuschelten interessiert und das Misstrauen verschwand langsam. Sie hatten Freude an diesem ungewohnten Spiel. Mit wachsender Begeisterung wollte bald jedes den Anfangsbuchstaben seines Namens schreiben, und Cathy, froh, die Aufmerksamkeit der Kinder so schnell gewonnen zu haben, merkte gar nicht, wie die Menge sich langsam zerstreute. Als sie einmal den Kopf hob, sah sie nur noch ein paar alte Frauen, in ihre bunten Decken gehüllt, mit unbeweglichem Gesicht am Boden hocken: Sie warteten immer noch auf die bösen Geister! Cathy atmete erleichtert auf. Es war doch komisch, wie aus ihr, der unaufmerksamsten Schülerin, die man sich denken konnte, eine Lehrerin geworden war. Sie prustete los vor Vergnügen, und Naitsche schaute sie entrüstet an, in der Meinung, sie lache über seine Ungeschicklichkeit, ein einigermaßen leserliches N zustande zu bringen.

In den folgenden Tagen wuchs die Schülerzahl; bald waren es fünfzehn Kinder zwischen acht und siebzehn Jahren, die sich um Cathy scharten. Sie hatte die größte Mühe, einigermaßen Ruhe und Ordnung einzuführen; es kam oft vor, dass ein Schüler mitten in einer Erklärung wegrannte, um ein Pferd zur Tränke zu führen oder ein paar Schafe vom Süßkartoffelfeld zu vertreiben. Sarita war begeistert. Sie lernte so rasch und leicht, dass Cathy bald selber nicht mehr mitkam! Stundenlang saß sie im Schatten der Hütte, hielt ihren jungen Fuchs auf dem Arm und malte völlig versunken Buchstaben auf ihre Tafel. Bald versuchte sie, die einfachen Wörter zu entziffern, die ihr Cathy aufgeschrieben hatte. Auch im Rechnen war sie sehr gewandt. Das Einmaleins konnte sie schon auswendig. Es war eine Freude, mit ihr zu lernen und zu üben!

Naitsche blieb störrisch; er war bei seinem N stecken geblieben und zeigte keine Lust, dieses lächerliche Spiel fortzusetzen. Nicht, dass es ihm an Intelligenz fehlte: Er war einfach zu träge und hielt es unter seiner Würde, mit jüngeren Kindern zusammen bei Cathy in die Schule zu gehen.

»Wozu soll ich lesen lernen?«, brummte er mürrisch. »Ein Mann braucht keine Bücher; er führt Krieg, geht auf die Jagd, reitet Pferde zu . . .«

». . . und wird sich sehr schämen müssen, wenn er einmal eine wichtige Urkunde unterschreiben soll und nur ein Kreuz auf das Papier malen kann!«, sagte Onathi unbeirrt.

Naitsche zuckte mit den Schultern; aber er war beeindruckt. Es behagte ihm nicht, als Dummkopf zu gelten, und er war neidisch auf die Erfolge seiner Schwester. Auch ärgerte es ihn immer mehr, dass die jüngeren Kinder das Alphabet und das Einmaleins besser beherrschten als er. Naitsche biss die Zähne aufeinander. Denen würde er es zeigen! Schließlich war er der Häuptlingssohn. Also gab er sich Mühe und machte in den folgenden Wochen ganz hübsche Fortschritte.

12. Kapitel

»Nun, wie fühlen Sie sich, Fräulein Lehrerin?«, fragte Onathi. Er betrachtete amüsiert Cathy, die mit einem ganzen Stapel Schulbücher unter dem Arm vom Unterrichtsplatz zurückkehrte.

»Oh, mein armer Kopf«, jammerte Cathy.

Onathi grinste.

Cathy stieß einen Seufzer aus. »Seit zwei Jahren hatte ich kein Buch mehr aufgemacht, ehrlich! Das ist nicht zum Lachen!«

»Was würdest du zu einem Spazierritt als Gegengewicht zu deiner intellektuellen Belastung sagen?«, fragte Onathi. »Ich will zu den Weiden reiten und nach dem Füllen sehen. Kommst du mit?«

»Sofort!«, rief Cathy strahlend. Vor Aufregung ließ sie sich zwei dicke Wälzer auf die Zehen fallen. Lachend bückte sich Onathi. Er sah ihr nach, wie sie zur Hütte rannte, die Schulbücher achtlos in die Ecke warf und mit fliegenden Haaren und leuchtenden Augen zurückkam. Sie sah aus wie eine Schülerin, die gerade aus der Mathematikstunde entlassen wird. Onathi schüttelte langsam den Kopf.

»Cathy, du bist unverbesserlich!«

Sie gingen zum Korral und sattelten die Pferde. Nach wenigen Augenblicken galoppierten sie in die Ebene hinaus. Die Luft war klar wie Glas. Ein trockener, heißer Wind strich durch das dürre Gras. Der Schatten eines Falken glitt langsam über den Boden.

»Ich möchte ein neues Pferd zureiten«, sagte Onathi, während sie durch ein ausgetrocknetes Flussbett ritten. »Dieses Tier da wird alt und kann mich nicht mehr lange tragen.« Er tätschelte freundlich den Pferdehals. »Ein braver Kerl! Wir haben einiges durchgemacht miteinander. Nun wird es Zeit, dass du zur Ruhe kommst.«

»Ich habe Buster auch selber zugeritten«, sagte Cathy stolz. »Er war so wild, dass alle Leute Angst vor ihm hatten!«

»Ein Pferd ist etwas sehr Empfindliches«, meinte Onathi. »Man braucht unendlich viel Geduld und Sanftmut, um es zuzureiten.« Cathy nickte ernst.

Ein großer Felsbrocken lag auf der Piste. Cathy drückte Buster die Fersen in die Flanken. Das Pferd schnaubte, sauste dahin wie ein Pfeil und setzte über den Felsen. Ross und Reiterin schienen einen Augenblick lang in der Luft zu schweben, bevor die Hufe wieder den Boden berührten. Dann raste Buster in einer Staubwolke davon.

Cathy drehte den Kopf und rief triumphierend: »Hast du gesehen, wie ich ihn hinüberbrachte?«

Onathi verzog bewundernd das Gesicht.

»Wenn mein Pferd nicht so kurzatmig wäre, nähme ich es mit dir auf!«

Cathys Hände hielten kaum die Zügel. Sie ließ sich in rasendem Galopp dahertreiben. Ihre Haare flatterten um ihren Kopf. Die Augen halb geschlossen, sog sie die würzige Wüstenluft in vollen Zügen ein.

Als Onathi sie einholte, warf sie den Kopf in den Nacken und schrie aus vollem Halse: »Ich freue mich so! Ich könnte schreien vor Freude!«

»Warum?«, rief Onathi.

Cathy lachte, das Gesicht voller Staub, verklebt mit Schweiß und Haaren.

»Ich weiß es nicht! Gerade nur so. Geschieht dir das nie, dass du vor Freude schreien möchtest?«

»Nein«, antwortete Onathi langsam. »Nein, das ist mir schon lange nicht mehr passiert . . .«

Plötzlich streckte er den Arm aus: »Sieh da – da ist unsere Herde!«

Die Pferde hatten sich in den Schatten einer Felswand zurückgezogen, wo noch etwas Gras zu finden war. Die langbeinigen Füllen tranken am Euter der Mutter oder sprangen wie ungezogene Kinder um die alten Tiere herum.

»Es ist besser abzusteigen«, riet Onathi. »Die Pferde sind noch halb wild.«

Ihre Reittiere am Zügel führend, näherten sie sich langsam der Herde. Unruhig spitzten die Pferde die

Ohren. Die Stuten näherten sich den Füllen, während die Hengste und die Leittiere nervös mit den Hufen scharrten.

Onathi blieb stehen, legte Cathy die Hand auf die Schulter: »Sieh dort! Was hältst du von dem?«

Cathy folgte seinem Blick und sah ein ebenholzschwarzes Pferd, welches auf hohen, außerordentlich schlanken Beinen aufgeregt tänzelte. Der Kopf mit den kleinen aufgeblähten Nüstern drehte sich aufmerksam nach allen Seiten. Cathy bemerkte auf seiner Stirn einen kreisrunden weißen Fleck. Sie hielt den Atem an.

»Wunderbar!«, flüsterte sie. »Es – es ist noch schöner als Buster!«

Es war das herrlichste Pferd, das sie je gesehen hatte.

»Wir dürfen ihn nicht erschrecken«, murmelte Onathi. Er ging mit ruhigen Schritten auf das Tier zu. Das Pferd beobachtete ihn misstrauisch. Es machte ein paar tänzelnde Schritte zurück, bäumte sich mit leisem Schnauben auf. Dann stand es ganz still, mit gespitzten Ohren, während Onathi immer näher kam und halblaut in singendem Ton zu ihm sprach.

»Komm zu mir! Hab keine Angst! Ich tue dir nichts. Ja, du weißt es genau: Du bist das schönste Pferd der Welt . . .«

Er blieb stehen, streckte langsam die Hand aus.

Das Pferd zögerte, verdrehte unruhig die blanken Augen. Plötzlich streckte es den langen, glänzenden Hals aus und seine weichen Lippen berührten Onathis Finger. Der Indianer stand völlig unbeweglich. Dann machte der junge Hengst eine stürmische

Wendung, schoss wie ein Pfeil davon und tauchte in der Herde unter.

Ein Lächeln glitt über Onathis ernstes Gesicht.

»Du gefällst mir! Mit dir werde ich schon fertig werden.« Cathy kam atemlos angerannt und strich sich die Haare aus dem Gesicht.

»Willst du ihn einfangen und zähmen?«, rief sie begeistert.

Onathi kramte in seiner Hosentasche und steckte sich eine Zigarette an.

»Ja. Morgen will ich es versuchen. Gefällt es dir?«

Cathy war vor Aufregung ganz außer sich.

»Es ist ein herrliches Tier. Hat er schon einen Namen?«

Onathi schüttelte den Kopf.

»Nein. Hast du eine Idee?«

»Ich würde ihn ›Shadow‹ nennen, weil er so schwarz ist wie die Nacht!«

»Shadow?«, wiederholte Onathi. »Der Name passt nicht schlecht! Einverstanden: Wir werden ihn so nennen!«

Schon am folgenden Tag begann die Dressur Shadows. Er war mit größter Mühe eingefangen und in den Korral gebracht worden. Nun sah man ihn unaufhörlich zuckend und bebend Runden drehen. Wenn sich ihm jemand näherte, blieb er stehen, senkte den Kopf und scharrte kampflustig mit den Hufen. Anfangs begnügte sich Onathi damit, auf der Umzäunung zu sitzen und zu dem Tier in dem etwas singenden Ton zu sprechen, der Shadow zu beruhigen schien. Er kümmerte sich auch selber um die Nahrung des Pferdes, brachte ihm Arme voller Heu und füllte seinen Eimer mit frischen Wasser. Schließlich hatte Shadow Vertrauen gefasst und duldete Onathi in seiner Nähe. Mit ruhigen Bewegungen klopfte er ihm auf den Hals, streichelte seine Nüstern und kämmte mit den Fingern die lange, zerzauste Mähne.

Cathy saß oben auf dem Zaun, baumelte mit den Beinen und verfolgte mit Kennerblick diese Erziehung. Shadow wurde immer zutraulicher und begrüßte Onathi bald mit freudigem Wiehern. Auch gewöhnte er sich langsam daran, an einer Leine geführt zu werden. Er gehorchte Onathi aufs Wort. Eines Morgens sagte der junge Indianer: »Heute will ich versuchen aufzusitzen. Aber keine Illusionen: In weniger als fünf Sekunden liege ich im Staub!«

Als Onathi das Tor des Korrals öffnete, trabte Shadow freundschaftlich herbei und rieb den Kopf an Onathis Schultern. Er streichelte den Hals des Pferdes. Dann, mit einer vorsichtigen, aber blitzschnellen Bewegung, legte er ihm einen Halfter um das Maul. Shadow zuckte zurück, doch da das weiche Seil ihn nicht belästigte, blieb er ruhig stehen. Onathi ergriff mit der einen Hand die Mähne des Pferdes, trat einen Schritt zurück und schwang sich auf Shadows Rücken. Ein Beben ging durch den Körper des Tieres; es riss den Kopf hoch, schnaubte vor Überraschung und Zorn. Dann war der Teufel los; der Rücken Shadows bog und entspannte sich wie eine Stahlfeder und Onathi flog in hohem Bogen über den Kopf des Pferdes auf den Boden. Er sprang sofort wieder auf und lief zu Cathy an den Zaun, während Shadow in einer Staubwolke inmitten des Korrals wie rasend tobte. Lachend kletterte Onathi zu Cathy auf die Korralstange und klopft sich den Staub von den Kleidern.

»Was habe ich dir gesagt? Für heute ist's genug; er muss sich erst wieder von seiner Aufregung erholen!«

Zwei Wochen später war es so weit. Shadow warf Onathi nicht mehr ab. Onathi ritt ohne Sattel und lenkte Shadow mit einem selbst angefertigten kleinen Halfter. Jeden Tag führte Onathi das Pferd auf die Weide, ließ es längs der roten Felsenwände bis zur Ermattung galoppieren.

Nach der Rückkehr rieb er es sorgfältig mit einem Strohwisch trocken und bürstete es, bis das Fell wieder seidig glänzte. Shadow war gezähmt. Gelegentlich brach seine Wildheit durch; er wieherte, stampfte mit den Hufen, unter dem Fell zuckten die Nerven und Muskeln. Onathi lachte nur. Er pfiff leise zwischen den Zähnen und Shadow beruhigte sich sofort, kam zu ihm und stieß zärtlich mit den Nüstern an Onathis Schultern. Donnerwetter! Der versteht etwas von Pferden!, dachte Cathy anerkennend.

13. Kapitel

Drückend lastete die Hitze über der ausgedörrten Weide. Die rote Erde war nur noch Staub. Die Wildbäche trockneten aus; die Sonne brannte auf die runden Steine. Man musste stundenlang durch die staubige Öde reiten, bis man zu einem Wasserloch kam, wo die Pferde und die Schafe ihren Durst löschen konnten.

Eines Tages um die Mittagszeit schien sich die ganze Ebene in einen riesigen bewegten Sandteppich zu verwandeln. Die Schafherde strebte in wilder Panik nach allen Richtungen auseinander. Cathy, Sarita und die anderen Mädchen trieben ihre Pferde an, um die Tiere wieder zusammenzutreiben und zu beruhigen. Der Sturm wurde immer heftiger, die Sandwolken immer dichter, von den Schafen waren nur noch undeutliche Schemen zu sehen. Durch das Sausen des Sturmes drang undeutlich das Gebell der Hunde, das klägliche Blöken der herumirrenden Tiere. Mit zusammengekniffenen Augen kämpfte sich Cathy durch das Unwetter. Mund und Nase waren voller Staub; sie konnte kaum atmen. Ein trockener Husten schüttelte sie. Der Sturm wurde immer wilder, immer tosender. Es war Cathy, als würde sie der Wind mitsamt ihrem Pferd vom Boden reißen und in die Lüfte wirbeln. Sie hatte schon viele gewaltige Stürme erlebt, doch noch nie so einen mit solcher Macht. Plötzlich merkte sie, dass sie die Orientierung verloren hatte; Buster schien sich im Kreise zu drehen. Sarita und die anderen Mädchen waren verschwunden. Keuchend und hustend rief Cathy, so laut sie konnte. Doch ihre Stimme verhallte im tosenden Brausen. Unerbittlich fegten ihr Sandwolken ins Gesicht; es stach wie tausend feine Nadeln. Cathy glaubte zu ersticken. Buster geriet in Panik; ziellos und wild um sich schlagend rannte er los; Cathy spürte mit Entsetzen, dass sie die Herrschaft über das verstörte Pferd verloren hatte. Sie klammerte sich an die Zügel und hatte nur noch einen Gedanken: im Sattel bleiben! Da – vor ihr stieg im rötlichen Staubwirbel eine steile Felswand auf! Mit aller Kraft riss Cathy ihr Pferd zur Seite. Sie verlor das Gleichgewicht; es war, als ob Buster unter ihr weggeschoben würde. Sie fiel aus dem Sattel und prallte auf dem Boden auf. Benommen versuchte sie, sich aufzurichten; ihre Hände und Knie waren aufgeschürft und sie spürte, wie ihr das Blut übers Gesicht rann. Schwankend machte sie einige Schritte auf die Felswand zu, um dort Schutz zu suchen. Halb blind tappte sie durch ein erstickend heißes Meer von Sand. Sand drang in ihren Mund, in ihren Hals; es brannte wie Feuer. Vor ihren Augen verschwamm alles in rotem Dunst! Sie brach zusammen und blieb regungslos liegen. So fand sie Onathi einige Stunden später. Er war mit einigen Männern aufgebrochen, um sie zu suchen. Der Sturm hatte sich gelegt. Nur eine kupferrote Staubglocke schwebte fast regungslos über der Erde und durch sie hindurch glänzte die untergehende Sonne. Cathy war völlig von Sand bedeckt. Sie atmete kaum. Onathi hob sie vorsichtig auf und wischte ihr den Schmutz vom Gesicht; sie seufzte, mit Mühe öffnete sie die verklebten Augen, schien aber niemand zu erkennen. Schweigend nahm Onathi sie auf die Arme und trug sie zu seinem Pferd. Die Indianer sprachen kein Wort. Ein Mann half ihm, das Mädchen zu halten, während er sich in den Sattel schwang. Onathi legte Cathys Kopf an seine Schulter, umfasste sie fest mit beiden Armen. Dann ritt er los; leblos wie eine Stoffpuppe hing Cathy im Sattel. Ihr Gesicht war grau, bleich und blutbeschmiert.

14. Kapitel

Als Cathy erwachte, fühlte sie sich matt und wehrlos wie ein kleines Kind. Ihr Körper war steif, schmerzte sie überall. Sarita beugte sich über sie. Cathy versuchte zu lächeln.

»Was ist . . . was ist geschehen?«

»Du bist vom Pferd gestürzt und hast dich verletzt«, sagte Sarita und strich ihr zärtlich mit der Hand durch die Haare. »Wie fühlst du dich?«

»Gut, glaube ich«, murmelte Cathy. Sie versuchte, sich aufzurichten, und fiel mit einem leisen Aufschrei wieder zurück.

»Es ist besser, du bleibst ruhig liegen«, sagte Sarita und zog die Decke über Cathys Schultern. Cathy runzelte leicht die Brauen. Sie versuchte zu überlegen, wie alles gekommen war.

Der Sandsturm, ihr Sturz . . . und dann nichts mehr. Nichts mehr? Doch, sie erinnerte sich verschwommen an den wiegenden Gang eines Pferdes. Es wurde Nacht. Jemand hielt sie umschlungen . . . Plötzlich errötete Cathy bis zu den Haarwurzeln. Du lieber Himmel! Das war Onathi gewesen! Er hielt sie in den Armen und sie hatte ihren Kopf an seine Schulter gelehnt! . . . Cathy erinnerte sich noch genau an das Gefühl von Geborgenheit und Glück, das sie empfunden hatte. Mit Bestürzung wurde ihr klar, dass sie bis über beide Ohren in Onathi verliebt war!

Sie dachte mit Schrecken daran, was passieren würde, wenn Onathi davon erfahren sollte!

Er darf es nicht wissen!, dachte sie verstört. Er nimmt mich ja ohnehin nicht ernst . . . Was hatte ihr Vater immer gesagt? Wenn ein Mädchen anfängt, sich für einen Jungen zu interessieren, dann geht der Ärger los!

Cathy biss sich nervös auf die Lippen. Ärger wollte sie keinen haben. Außerdem interessierte sie sich keineswegs für junge Männer. Mit Onathi war es etwas anderes; schließlich gehörte sie zur Familie. Trotzdem: Es war sehr verwirrend!

»Woran denkst du?«, fragte Sarita halblaut. Cathy zuckte zusammen und stotterte kläglich: »Was . . . was ist mit Buster passiert?«

Sarita erzählte, dass das Pferd nach dem Sandsturm allein ins Dorf zurückgekommen war.

»Wir wussten sofort, dass etwas passiert war. Wir

haben solche Angst gehabt. Onathi war ganz außer sich.«

Wieder drehte Cathy den Kopf weg. Es war wirklich blöde, jedes Mal, wenn der Name Onathi fiel, zu erröten! Ich muss mich zusammennehmen, dachte sie ärgerlich, sonst weiß es morgen das ganze Dorf!

Am nächsten Morgen fühlte sich Cathy wieder kräftig und gesund. Die blauen Flecken am ganzen Körper würden bald verschwinden und auch die Wunde an der Stirn schloss sich gut. Die Sonne blendete und stach, als sie aus der Hütte trat. Cathy setzte sich in den Schatten und kämmte ihre zerzausten Haare. Da bemerkte sie Onathi. Er trug den Sattel auf der Schulter und schlenderte langsam den Korral entlang. Zum ersten Mal fiel es Cathy auf, wie sehr er sich verändert hatte. Sein Gesicht war schmaler, seine Hautfarbe dunkler geworden; die Haare, die er nicht mehr schnitt, fielen glatt und strähnig auf seine Schultern. Wie die meisten Navajos trug er Bluejeans und ein buntes Baumwollhemd. Um seine Stirn hatte er ein breites Band mit einem Türkis, dem Zeichen des Häuptlings, gebunden.

Er blieb neben Cathy stehen, die ihn verlegen lächelnd anschaute.

»Wie geht es dir?«, fragte er besorgt. Er streckte die Hand aus und berührte leicht die Wunde auf ihrer Stirn. »Das scheint gut zu verheilen.«

Cathy verzog das Gesicht. »Ich glaube, ich bekomme eine Narbe! Übrigens danke, dass du mich ... dass du mich zurückgebracht hast«, fügte sie hinzu und wurde rot, weil sie so herumstotterte.

»War doch wohl ganz selbstverständlich«, brummte Onathi. Er legte den Sattel auf den Boden, setzte sich mit dem Rücken dagegen und zündete sich eine Zigarette an. Er schien abwesend und zerstreut. Cathy schaute seine Hände an und bemerkte plötzlich, dass sie zitterten.

»Geht nicht alles, wie es soll?«, fragte sie sanft.

Als ob Onathi nur auf diese Frage gewartet hätte, platzte er los: »Nein! Nur Ärger habe ich! Ich komme vom Indianerbüro. Man hatte mir für heute Werkzeug versprochen. Nun sagt man, dass ich es frühestens in vierzehn Tagen bekomme. Ich könnte diesen Kerlen den Hals umdrehen!« Wütend kaute er an seiner Zigarette.

»Ich habe die größte Lust, alles stehen und liegen zu lassen, fortzugehen, weit weg, ich weiß nicht, wohin ... Aber es ist selbstverständlich überall gleich; es wäre besser, sich endgültig damit abzufinden.«

»Onathi!«, sagte Cathy verblüfft und runzelte die Stirn, »wovon redest du eigentlich?«

»Von meiner Lage als Indianer, wovon denn sonst?«

»Oh nein, du wirst doch nicht wieder damit anfangen!«

Onathi lachte bitter. »Einverstanden! Ich habe meine Erfahrungen gemacht. Mich sollte das kaltlassen. Aber diese Demütigungen, diese stillschweigende Verachtung, wenn ich über die Straßen gehe, ich weiß nicht, wie lange ich das noch ertragen kann!«

Als Cathy schwieg, fügte er hinzu: »Aber wahrscheinlich kannst du das nicht verstehen ...«

»Doch«, murmelte Cathy, »doch, ich verstehe ...«

Plötzlich explodierte sie: »Ich verachte nichts so sehr wie Ungerechtigkeit, Heuchelei und Dummheit!

Alle diese Menschen, die dich so blöde anstarren, wollen doch nur eine unterhaltsame Ablenkung. Sich über jemand lustig machen, der anders aussieht, gibt ihnen das Gefühl, jemand besonders Wichtiger zu sein! Dabei ist es ja reiner Zufall, dass diese Weißen nicht als Schwarze auf die Welt gekommen sind! Darauf brauchen sie gar nicht stolz zu sein!«

»Hm«, sagte Onathi und der spöttische Ausdruck erschien wieder auf seinem Gesicht. »Das ist eine logische Gedankenfolge . . .«

Cathy bemerkte die Unterbrechung nicht. Sie sprudelte nur so hervor: »Ich habe die Freiheit gefunden, die es nach deiner Meinung nicht gibt. Die Freiheit zu lachen, wann es mir gefällt, zu singen oder zu weinen, wenn ich Lust dazu habe. Die Freiheit, zu tun und zu denken, was ich will, ohne dass jemand versucht, einen anderen Menschen aus mir zu machen . . .«

Sie verstummte. Wieder einmal hatte sie zu viel geredet! Gleich würde Onathi anfangen, sie zu necken, und sie würde nicht den Mut haben, sich zu wehren. Nur losheulen würde sie . . . Doch Onathi sah sie schweigend an. Nach einer Weile sagte er mit leisem Lächeln: »Das klingt sehr schön, Cathy. Leider habe ich nicht deine blühende Fantasie.«

»Wozu braucht es das?«, antwortete Cathy kopfschüttelnd. »Es ist so einfach, glücklich zu sein!«

In Gedanken versunken, starrte Onathi vor sich hin. Cathy spreizte hilflos die Hände. Wie konnte sie ihm wieder Mut geben, ihm begreiflich machen, wie schön das Leben war? Verwirrt griff sie nach dem Kamm, strich mit zerstreuten Bewegungen durch ihr langes, dichtes Haar.

Onathi betrachtete sie mit undurchdringlicher Miene. Plötzlich sagte er: »Seltsam ... Wie oft ertappe ich mich dabei zu denken, du wärst Indianerin. Dein schwarzes Haar, die braune Haut ... Nur deine Augen sind anders als unsere ...«

Cathy schaute ihn völlig verwirrt an.

»Man vergisst so leicht, dass du Amerikanerin bist.«

Cathy versuchte verzweifelt, einen vernünftigen Satz zu bilden.

»Aber ich bin es doch gar nicht mehr! Weshalb soll man etwas sein, wenn man es nicht mit dem Herzen empfindet?«

Onathi drückte die Zigarette im Sand aus und erhob sich.

»Man hat nicht immer die Wahl«, sagte er düster. Dann nahm er den Sattel auf, schwang ihn über die Schulter und sagte: »Ich muss gehen. Ich habe noch viel zu tun heute.« Er winkte lässig und ging mit seinem etwas schleppenden Gang zwischen den Hütten hindurch. Verwirrt und völlig durcheinander sah ihm Cathy nach, doch er wandte sich nicht um.

15. Kapitel

Einige Tage später ritten Cathy und Sarita bis in die Nähe der alten, nach Santa Fé führenden Poststraße. Es war das erste Mal seit ihrer Flucht, dass Cathy sich so weit in Richtung der Stadt vorwagte. Unbehaglich spähte sie nach allen Richtungen.

»Sarita«, rief sie und zügelte ihr Pferd. »Es ist besser, wir kehren um . . .«

Sarita, die an der Spitze ritt, schaute zurück.

»Warum?«, rief sie lachend. »Hast du Angst, Mrs Collins zu begegnen?«

Cathy biss sich nervös auf die Lippen. »Ich habe so ein seltsames Gefühl. Komm! Mir ist wohler, wenn ich diese Gegend verlasse.«

Sarita hielt ihr Pferd auf dem Hügel an. Sie wischte sich mit dem Handrücken den Schweiß von der Stirn.

»Hast du die Feldflasche bei dir?«

Cathy reichte sie ihr. Sarita öffnete sie und trank in vollen Zügen. Auch Cathy löschte ihren Durst. Sie war gerade dabei, die Feldflasche wieder am Sattel zu befestigen, als auf der Straße unter ihnen ein Wagen in einer Staubwolke auftauchte. Frank Thornton, der Schullehrer, und seine Frau saßen darin. Sie hatten die mexikanische Missionsschule besucht und waren auf dem Heimweg. Die Sonne brannte. Verdrossen und schläfrig hielt Frank Thornton die Zügel. Das Pferd trabte müde dahin.

Plötzlich schüttelte ihn seine Frau kräftig am Arm. »Frank, sieh mal dort oben!«

Der Schulmeister hob augenzwinkernd den Kopf. Im grellen Sonnenlicht sah er auf dem Scheitel des Hügels zwei Reiter. »Indianer«, murmelte Thornton. »Was machen die so nahe der Stadt?«

Mit einem Taschentuch betupfte sich seine Frau die nassen Schläfen unter dem blumengeschmückten Hut. Sie sagte spitz: »Die Dreistigkeit dieser Wilden überschreitet alle Grenzen. Eines Tages wird der ganze Stamm auf unserer Hauptstraße spazieren gehen und zuschauen, wie wir auf der Terrasse Tee trinken!«

Frank Thornton griff nach seinem Fernglas. Er übergab seiner Frau die Zügel und richtete es auf die zwei Gestalten. Plötzlich stieß er ein überraschtes Grunzen aus.

»Ich will tot umfallen, wenn das nicht die kleine O'Malley ist!«

»Lass mich sehen!«, zischte seine Gattin und riss ihm das Fernglas aus den Händen. Sie setzte es auf ihre Nasenspitze und spähte nach dem Hügel. Ihr bleiches Gesicht bekam vor Empörung zwei rote Flecken.

»Wahrhaftig, das ist sie! Ich erkenne sie genau: Sie trägt Hosen wie ein Mann und hat sich mit Glasperlen behängt. Es ist nicht zu fassen: Genau wie eine dieser Wilden läuft sie herum! Ah! Jetzt hat sie uns bemerkt!«

Im gleichen Augenblick sagte Cathy zu Sarita: »Machen wir, dass wir fortkommen! Ich glaube, die beobachten uns!«

Jetzt bekam es auch Sarita mit der Angst zu tun. Sie gab ihrem Pferd die Sporen.

»Cathy! Komm! Sei vorsichtig! Vielleicht sind das Leute, die dich kennen.«

»Sie sind zu weit entfernt, um mich erkennen zu können«, meinte Cathy; sie konnte auf die weite Entfernung nicht sehen, dass im Wagen ein Fernglas benutzt wurde. Herausfordernd beugte sie sich über Busters Hals und streckte in Richtung der Kutsche die Zunge hinaus, so weit es ging.

Mrs Thornton senkte schockiert das Fernglas. Ihre Augen blitzten vor gerechtem Zorn.

»Diese unverschämte Person!«, sagte sie. »Jetzt hat sie mir die Zunge herausgestreckt! Ich bin sicher, dass sie mich erkannt hat! Oh, solch eine Frechheit.«

»Fort von hier!«, rief Cathy oben auf dem Hügel. Sie wendete ihr Pferd und raste mit fliegenden Haaren Sarita nach.

Noch am gleichen Abend stürzte Mrs Thornton, den Hut schief auf dem Kopf, zu Mrs Collins, die im

Schaukelstuhl auf ihrer Terrasse die Abendkühle genoss. Die brave Dame war außer sich. Atemlos berichtete sie: »Meine Liebe, wissen Sie, wen wir auf der Rückkehr von der Missionsschule getroffen haben? Raten Sie, meine Liebe! Sie werden überrascht sein!«

Mrs Collins schüttelte würdevoll den Kopf. »Nein – wirklich – ich weiß nicht . . .«, sagte sie kühl. Sie fand Mrs Thorntons Aufregung völlig übertrieben.

Die Frau des Lehrers schöpfte tief Atem.

»Also, ich will es Ihnen sagen«, begann sie feierlich. »Es war die kleine O'Malley.«

Mit einem Ruck stand der Schaukelstuhl still. Mrs Collins beugte sich leicht nach vorne.

»Cathy!«

Mrs Thornton hob die Augen zum Himmel und seufzte verhalten.

»Wie ich es Ihnen sage. Und wissen Sie, in was für einer Gesellschaft?« Ihre Stimme wurde ein Flüstern. Sie schaute besorgt nach allen Seiten.

»Sie war – bitte erschrecken Sie nicht, es ist nicht gut für Ihren Kreislauf! – in Begleitung einer Rothaut aus der Reservation! Sie trug Hosen wie ein Mann und hatte einen ganzen Berg von Glasperlen um den Hals. Und als sie mich erblickte, hat sie – ich wage es kaum zu sagen – hat sie mir die Zunge herausgestreckt! . . .«

Mrs Collins zuckte zusammen. Im Abendlicht sah sie ganz grün aus.

»Das ist unmöglich!«, stieß sie hervor und ihr Kinn zitterte. »Das arme, unglückselige Kind! Nein, ich kann es nicht fassen!«

Mrs Thornton wiegte bedeutungsvoll den blumengeschmückten Kopf.

»Bedauern Sie sie nicht!«, sagte sie spitz. »Diese junge Person erleidet nur das Schicksal, das sie verdient!«

Mrs Collins schluckte. Ihr magerer Hals in der rüschenbesetzten Bluse bewegte sich wie der einer Truthenne.

»Nein«, verkündete sie dramatisch, »es ist nie zu spät, eine Seele aus den Klauen des Bösen zu erretten.«

Mrs Thornton zupfte nervös ihren Hut zurecht. Sie nestelte an ihrer Hutnadel und steckte sie so schwungvoll hinein, dass es aussah, als wolle sie sich den Kopf durchbohren. Dann beugte sie sich zu Mrs Collins und flüsterte tragisch: »Es ist schrecklich, so etwas zu sagen, aber wenn der arme unschuldige O'Malley seine Tochter sähe, er würde sich im Grabe umdrehen.«

Als Joe Collins eine Stunde später heimkehrte, überfiel ihn seine Frau mit der großen Neuigkeit. Wie immer, wenn sie etwas aufregte, ging Mrs Collins mit würdevollen Schritten im Zimmer umher. Ihre Röcke raschelten. Mit dem Spitzentaschentuch betupfte sie sich kleine Schweißperlen auf der Oberlippe.

»Deswegen also ist das arme Kind verschwunden! Vielleicht haben diese Wilden sie entführt und halten sie gefangen? Joe, wir können das nicht dulden! Jetzt musst du als Hilfssheriff einschreiten!«

Die Hände in die Armlöcher seiner Weste gesteckt, kaute Collins auf seiner Zigarre herum.

»Was soll ich tun?«, sagte er uninteressiert. »Die einzige Möglichkeit besteht darin, eine Polizei-Expedition in die Reservation zu schicken und sie mit Gewalt zurückzuholen.«

Mrs Collins nickte zufrieden. »Ausgezeichnet! Sie werden nicht wagen, sich der Autorität der amerikanischen Polizei entgegenzustellen.«

Collins gähnte. Er warf sich in einen Sessel und faltete die Zeitung auseinander.

»Wirklich, Agathe, lohnt es sich, mit diesem Mädchen so viel Aufwand zu treiben? Ich glaube nicht an eine Entführung. Ihre Familie hat immer mit den Rothäuten sympathisiert. Wenn es ihr bei den Wilden gefällt, so soll sie doch dortbleiben.«

Mrs Collins reckte entrüstet ihr knochiges Kinn. Sie bebte vor Empörung. »Joe Collins! Wagst du es, deine Pflicht als Amerikaner und als Hüter der Ordnung so zu vernachlässigen? Kannst du untätig zuschauen, wenn ein unschuldiges Mädchen ins Verderben rennt?«

Collins verzog das Gesicht hinter seiner Zeitung. Obwohl er seit vielen Jahren Hilfssheriff war, hatte er zu Hause nicht viel zu sagen: Dort führte seine Gattin das Regiment!

»In Ordnung«, brummte er resigniert. »Rege dich nicht auf! In den nächsten Tagen werde ich mal nachsehen . . .!«

16. Kapitel

Als Cathy an diesem Nachmittag mit Sarita und einigen anderen Mädchen von der Weide kam, sahen sie schon von Weitem mitten im Dorf eine ungewöhnliche Menschenansammlung.

»Vielleicht hat es einen Unfall gegeben?«, meinte Sarita.

Cathy schwang ein Bein über den Sattel und stieg langsam vom Pferd. Irgendetwas war ihr unheimlich.

»Nein«, sagte sie mit gerunzelter Stirn. »Ich glaube nicht . . .«

»Gehen wir schauen!«, rief eines der Mädchen. Die anderen folgten tuschelnd. Cathy nestelte nervös an

Busters Zaumzeug. Plötzlich blieb sie stehen: Ihr Herz schlug ihr bis in den Hals.

»Sarita ...«, stammelte sie und ergriff den Arm ihrer Freundin. »Das sind Uniformen! Die Polizei ist da! Sie sind meinetwegen gekommen!«

Sarita klammerte sich verstört an Cathy. »Oh nein! Das ist nicht möglich! Sicher sind sie wegen einer anderen Sache gekommen.«

Unschlüssig und misstrauisch schauten die Mädchen zu den Hütten. Plötzlich nahm Sarita Cathy bei den Schultern und flüsterte: »Verstecke dich! Wir wollen einmal nachsehen!«

Cathy nickte. Sie übergab Busters Zügel einem Mädchen und blieb in den Felsen zurück, während Sarita mit den anderen Mädchen ins Dorf ritt.

Dort angekommen stieg Sarita vom Pferd und drängte sich mit dem Ellbogen durch die Menge. Sie erblickte den Hilfssheriff und drei uniformierte Soldaten, die mit ihrem Vater verhandelten. Onathi stand abseits, mit undurchdringlichem Gesicht. Melida hatte sich in die schweigende Gruppe der Frauen zurückgezogen.

»Dieses Mädchen kam zu uns nach dem Tode ihres Vaters und bat um unsere Gastfreundschaft«, sagte Nehadschi mit leiser, aber fester Stimme. »Sie war allein und schutzlos. Wir haben sie aufgenommen. Sie lebt bei den Navajos und ich kann sagen, dass sie glücklich ist. Warum wollen Sie sie uns wegnehmen?«
Collins schnalzte ungeduldig mit den Lippen. Er war schlecht gelaunt und hatte Durst.

»Es handelt sich um eine junge Weiße«, erklärte er betont, als spreche er zu einem Kind. »Sie hat das

Recht auf eine ihrer Rasse und Herkunft entsprechende Erziehung. Sie kann nicht unter ... unter ...«

»... unter Wilden leben, meinen Sie wohl«, explodierte Onathi, der bisher kein Wort gesagt hatte.

Der Hilfssheriff warf Onathi einen eisigen Blick zu; er bekam Magenschmerzen, wie immer, wenn er sich aufregte, und der Bursche dort war ihm sowieso unsympathisch.

»Hüten Sie Ihre Zunge, junger Mann. Ich rede mit Ihrem Vater.«

»Fragen Sie doch das Mädchen selbst«, riet Nehadschi und machte Onathi ein Zeichen, er solle schweigen. »Sie werden sehen, dass sie keineswegs die Reservation verlassen will.«

»Sie wird gar nicht um ihre Meinung gefragt!«, sagte Collins barsch. Er holte tief Luft. »Es besteht ein amerikanisches Gesetz, wonach jeder minderjährige Mensch unter die Vormundschaft einer geeigneten Persönlichkeit gestellt wird, die alle notwendigen Entscheidungen für den Minderjährigen zu treffen hat. Ein Indianer-Reservat ist keine für eine junge Weiße geeignete Umwelt. Falls Sie sich weigern, uns das Mädchen zu übergeben, muss ich feststellen, dass Sie sie festhalten wollen, und ich werde von meinem Recht als Hilfssheriff Gebrauch machen und Sie zur Herausgabe des Mädchens zwingen.«

Pause. Die Indianer schwiegen. Das saß!, dachte Collins zufrieden. Dann hörte er Onathi sagen: »Falls Sie sie unglücklich machen wollen, werden Sie auf diese Weise Ihr Ziel sicherlich erreichen!«

Der dicke Mr Collins reckte beleidigt die Schultern.

Noch nie hatte ihn jemand so verachtungsvoll angeschaut.

Agatha hatte recht, dachte er; es ist höchste Zeit, dass das junge Ding hier herauskommt.

»Wo ist das Mädchen?«, fragte er. Nehadschi sah sich um und entdeckte in der vordersten Reihe Sarita, die ihn mit weit aufgerissenen Augen anstarrte.

»Geh, Sarita«, winkte er müde. »Sage Cathy, sie müsse kommen.«

»Nein«, flüsterte sie, »bitte nicht!«

Obwohl ihr Vater die Worte nicht verstehen konnte, wusste er, was sie empfand.

»Geh«, sagte er mit sanfter Stimme. Sarita sah ein, dass jeder Widerstand sinnlos war. Tränenblind wandte sie sich um und lief durch die Menge, die sich schweigend vor ihr öffnete.

Cathy sah sie schon von Weitem kommen. Atemlos hastete Sarita über die Geröllhalde. Die Tränen liefen ihr übers Gesicht. Cathy rannte ihr entgegen.

»Sarita! Was ist los?«

»Sie wollen dich mitnehmen«, keuchte Sarita. »Ich will nicht, dass du fortgehst! Ich will es nicht!«

Cathy atmete tief. Obwohl ihr Herz wild und heftig schlug, blieb ihr Gesichtsausdruck kühl, fast unbeteiligt. »Sie können mich nicht zwingen«, flüsterte sie.

»Du musst!«, schluchzte Sarita. »Mein Vater – Vater hat es befohlen!«

Cathy zuckte zusammen. Sie konnte es nicht glauben.

»Was? Er jagt mich fort?«, stammelte sie entgeistert.

»Nein, nein!«, protestierte Sarita. »Sie haben ihn gezwungen, dich gehen zu lassen.«

Cathy grub ihre Nägel in die Handflächen und fragte mit rauer Stimme: »Sie haben deinem Vater gedroht?«

Sie bedauerte, keinen Revolver zu haben. Wer konnte so gemein sein und dem alten, von allen geachteten und geliebten Häuptling zu drohen? Und das alles nur ihretwegen! Oh, das war zu ungerecht! Sie presste die Lippen aufeinander.

»Komm«, sagte sie in entschlossenem Ton.

»Was willst du tun?«, fragte Sarita, völlig außer sich.

Cathy antwortete nicht. Mit festen, schnellen Schritten ging sie zum Dorf, Sarita lief schluchzend hinter ihr her. Cathy bahnte sich einen Weg durch die Indianer und blieb mit hängenden Armen vor Joe Collins stehen. Der Hilfssheriff betrachtete verblüfft das hochgewachsene braune und wie eine Indianerin gekleidete Mädchen, das ihn kalt musterte. Sie hatte sich verändert, die kleine Cathy O'Malley. Er zwang sich zu einem Lächeln.

»Guten Tag, Miss O'Malley!«, sagte er höflich und zog seinen Hut. »Ich freue mich zu sehen, dass es Ihnen gut geht.«

Cathy zuckte mit keiner Wimper. Ihr Gesicht war absolut ausdruckslos. Genau wie das einer Indianerin, dachte Collins verstört.

Dann sagte Cathy ruhig und deutlich: »Mr Collins, Sie können zurück, woher Sie kommen, aber ohne mich. Ich bleibe hier.«

Collins rieb sich nervös das Kinn. Er war auf Widerstand gefasst gewesen, auf Tränen, ja sogar auf eine Nervenkrise. Dieser Auftritt brachte ihn aus der Fassung. Nun, es war ja bekannt: Bei diesen Iren wusste man nie, woran man war! Doch Cathy sprach weiter und nun blieb ihm buchstäblich die Luft weg: »Wie konnten Sie es wagen, Mr Collins, den Häuptling der Navajos so zu beleidigen? Sie sind ein Feigling, Mr Collins! Man sollte Sie und Ihre Soldaten aus der Reservation jagen!«

Eine Bewegung ging durch die Menge. Eine dumpfe Spannung lag in der Luft. Die Soldaten schauten auf die drohenden Gesichter der Indianer und ihre Finger krampften sich um den Revolvergurt. Collins hüstelte, er bekam immer stärkere Magenschmerzen. Mit dem Mädchen musste man vorsichtig umgehen: Sie war imstande, den ganzen Stamm aufzuhetzen!

»Wie alt sind Sie, Miss O'Malley?«, fragte er bedächtig.

Cathy zögerte. Sie witterte eine Falle. »Ich bin siebzehn.«

»Nun, Sie sind also minderjährig und glücklicherweise zu jung, um die Tragweite Ihrer Worte beurteilen zu können«, sagte Collins fast freundlich. »Darum will ich sie gerne vergessen. Wir sind einzig zu Ihrem Wohle hier. Später werden Sie es uns danken. Packen Sie Ihre Sachen zusammen, sofern Sie welche haben, und folgen Sie uns. Ich gebe Ihnen fünf Minuten.«

Plötzlich verlor Cathy die Beherrschung.

»Ich gehe nicht mit Ihnen!«, schrie sie, außer sich. »Ich will nicht! Ich werde mich verstecken!«

»Wo?«, fragte Collins kühl. »In der Wüste? Dort können Sie nicht leben. Hier im Dorf? Wir werden jede Hütte durchsuchen. Seien Sie doch vernünftig, Miss O'Malley! Sie werden doch nicht wollen, dass Ihre indianischen Freunde weiteren Schwierigkeiten ausgesetzt sind, nicht wahr?«

Cathy fühlte, wie sich die Falle schloss. Nirgendwo ein Ausweg. Sie versuchte zu verhandeln. Verzweifelt stotterte sie: »Wenn ich mit Ihnen gehe, werden Sie mir erlauben, meine Freunde zu besuchen, wann ich will?«

»Das hängt von Ihrem Benehmen ab«, antwortete Collins ungerührt. »Wir werden uns später darüber unterhalten.«

Onathi ballte die Fäuste. Sie werden sie niemals zurückkommen lassen!, dachte er. Auch Cathy schien das zu fühlen; ihr Gesicht verzerrte sich vor Kummer. Sie öffnete den Mund, um etwas hinzuzufügen, besann sich dann und drehte sich wortlos um. Mit erhobenem Kopf ging sie zur Hütte des Häuptlings und verschwand darin. Einen Augenblick blieb sie stehen, um ihre Augen an das Halbdunkel zu gewöhnen. Sie empfand nichts als eine ungeheure, schmerzliche Leere. Langsam ging sie in der Hütte herum, suchte ihre Sachen zusammen, wickelte sie in eine Decke und machte ein Bündel daraus. Plötzlich richtete sie sich auf; ihre Augen flogen in alle Richtungen. Sie konnte das nicht geschehen lassen! Es musste eine Möglichkeit geben zu fliehen. Ein Loch in die hintere Hüttenwand schlagen, sich zum Korral schleichen, ihr Pferd holen und in die Berge fliehen! Sie kannte Schlupfwinkel, wo niemand sie aufstöbern könnte. Die Indianer würden ihr Nahrung bringen ...

Fieberhaft suchte sie nach einem Gegenstand, um die dünne Lehmwand zu durchbrechen. Sie entdeckte den Mörser, mit dem Melida Maiskörner zerkleinerte, und griff hastig nach ihm. Ein Geräusch hinter ihr ließ sie zusammenschrecken. Sie fuhr herum, den Mörser hinter dem Rücken versteckt. – Onathi stand in der Hütte. Cathy ließ langsam die Arme sinken, warf den Mörser auf den Boden. Ein Lichtstrahl fiel auf ihr Gesicht; man sah nur ihre Augen, geängstigt und verzweifelt wie die eines gefangenen Tieres. Onathi bewegte sich nicht, sagte kein Wort. Er sah sie nur an. Cathy konnte seine Züge kaum erkennen. Plötzlich ging er wortlos auf sie zu und nahm sie in die Arme. Cathy legte den Kopf an seine Schulter und brach in Tränen aus. Onathi zog sie an sich; er wiegte sie wie ein kleines Kind; er strich ihr übers Haar, immer wieder. Cathy weinte lautlos, ohne Seufzer; die Tränen rannen ihr über die Wangen. Nach und nach beruhigte sie sich. Onathi hob sachte ihr Kinn hoch, blickte sie an.

»Es hätte so einfach sein können!«, sagte er bitter.

Cathy lächelte unter Tränen. »Es ist einfach«, antwortete sie.

»Nein«, sagte Onathi mit müder Stimme, »es ist im Gegenteil fürchterlich verwickelt. Als mir klar wurde, dass ich dich liebe, versuchte ich dich dazu zu bringen, das Lager zu verlassen. Du hast es nicht gewollt. Ich hatte nicht den Mut, dich weiterzudrängen!«

»Das geschah also deswegen . . .«, flüsterte Cathy.

»Ja. Und heute gehst du dennoch weg. Aber es ist zu spät.«

Er fasste Cathy bei den Schultern. »Cathy! Vergiss alles, was ich eben gesagt habe, und versuch, mir zu verzeihen. Es ist meine Schuld!«

»Vergessen?«, rief Cathy. »Das ist unmöglich!« Sie

nahm Onathis Hände und legte sie auf ihre Wangen. »Jetzt erst fängt mein Leben an . . . Mir ist, als ob ich aus einem langen, sehr langen Schlaf erwache . . .«

»Cathy! Sprich nicht so!«, sagte Onathi heftig; mit verzweifeltem Gesicht wandte er sich ab. »Was für ein Idiot bin ich doch gewesen!«

Zögernd streckte Cathy die Hand aus; Onathi spürte, wie ihre Finger seine Schulter streiften.

»Bitte, Onathi, vergiss mich nicht«, flehte sie. »Ich wüsste nicht, was aus mir werden sollte.«

Onathi atmete auf, er schien sich zu entspannen; mit kurzem Lachen sagte er: »Nun, wenn es mir gelungen ist, dir etwas Mut zu machen, habe ich weniger Gewissensbisse.«

Wieder nahm er Cathy in die Arme; er küsste ihre Lippen und die tränenfeuchten Wangen.

»Ich werde versuchen, dich in Santa Fé zu treffen. Wir haben uns noch viel zu sagen. Ich werde dir eine Nachricht geben.«

Er schob Cathy langsam von sich und versuchte zu lächeln. »Kopf hoch, Cathy! Wir haben's beide nötig!«

Brüsk wandte er sich ab, um die Hütte zu verlassen, und stieß vor dem Eingang mit Collins zusammen.

»Lassen Sie gefälligst die junge Dame in Ruhe!«, zischte der Hilfssheriff argwöhnisch. »Von nun an steht sie unter meinem Schutz!«

»Eine Ehre, die sie bestimmt zu schätzen weiß!«, antwortete Onathi bissig und ging an ihm vorbei.

Einen Augenblick später verließ auch Cathy die Hütte; sie sah Collins und prallte erschrocken zurück.

»Los, los, Miss O'Malley«, drängte dieser ungeduldig. »Wir müssen vor der Dunkelheit in Santa Fé sein.«

Cathy senkte den Kopf; sie hatte das Gefühl, jedermann müsse an ihrem Gesicht ablesen, was sie gerade erlebt hatte.

»Warten Sie«, murmelte sie. Mit schleppenden Schritten ging sie zum Häuptling Nehadschi und seiner Frau, die schweigend abseitsstanden. Tief verneigte sie sich vor den beiden alten Leuten.

»Möge die allmächtige Göttin dich beschützen«, flüsterte der Häuptling. Er hob die Hand. Seine hageren Fingerspitzen berührten zärtlich Cathys Stirn. Melidas Gesicht war ausdruckslos und leer. Sie schwieg, denn eine Häuptlingsfrau muss ihre Gefühle in der Öffentlichkeit verbergen. Cathy kannte die Bräuche und umarmte die Indianerin nicht.

Als Cathy von Naitsche Abschied nahm, sah sie voller Erstaunen, dass er betrübt schien. Er schaute auf seine Füße und brachte kein Wort heraus.

Die Art, wie sie mit Collins fertig geworden war, hatte ihn sehr beeindruckt.

Sarita stand stumm neben ihrem Bruder.

»Weine nicht, Sarita«, flüsterte Cathy. »Bitte weine nicht, sonst muss ich auch heulen, und ich möchte nicht, dass diese Kerle dort sehen, wie groß mein Kummer ist . . .«

Sarita schluckte. »Wann . . . wann sehen wir uns wieder?«

»Bald«, tröstete sie Cathy, die Augen voller Tränen. »Ich komme wieder. Ich verspreche es dir! Niemand kann mich daran hindern.«

Collins spielte nervös mit seiner Reitpeitsche. Was

war dieser Abschied für eine mühsame Angelegenheit!

Einer der Polizisten kam vom Korral zurück und führte Buster am Zügel. Cathy ließ Sarita stehen und schaute nach allen Seiten: vergeblich! Onathi war verschwunden. Der Polizist schnürte Cathys Bündel hinter dem Sattel fest und brachte das Pferd.

»Nun, Miss O'Malley, wird es bald?«, rief Collins, der vor Ungeduld platzte. Cathy drehte ihm den Rücken zu. Gemächlich stieg sie aufs Pferd, ordnete ruhig die Zügel. Dann hob sie die Hand, winkte den Freunden zu und sprengte im wilden Galopp davon. Fassungslos starrten Collins und seine Männer ihr nach. Wollte sie doch noch fliehen?

»Ihr nach, zum Teufel noch mal!«, brüllte Collins. Die Polizisten schwangen sich in den Sattel und jagten ihr nach. Keuchend und japsend gelang es Collins endlich, das Mädchen einzuholen. Cathy schaute ihn mit bösem Lächeln an. Durch den Lärm der Hufe vernahm er ihre Stimme: »Befürchten Sie, dass ich Ihnen ausreiße?«

»Zügeln Sie gefälligst Ihren Gaul!«

Cathy lachte schallend. Mit der Faust schlug sie auf Busters Hals und rief: »Schneller, Buster, schneller, schneller!«

»Sie sind verrückt!«, brüllte Collins krebsrot. »Reiten Sie unverzüglich in unserem Tempo!«

»Sie sehen, Mr Collins«, sagte sie spöttisch. »Ich bin das sanfteste, gelehrigste und bravste Mädchen der Welt . . .«

Collins platzte beinahe vor Wut. Er hatte genug. »Warten Sie, junge Dame! Wir werden schon mit Ihnen fertig werden! Und jetzt – Ruhe! Ich will keinen Ton mehr von Ihnen hören, bis wir in Santa Fé sind, verstanden?«

17. Kapitel

Collins hatte genug von Cathy. Dieser Wildfang im Haus, das hatte ihm gerade noch gefehlt. Noch am gleichen Abend schlug er seiner Frau vor, Cathy wieder in ihre Farm zurückzubringen, wo die Barkers sich mit ihr abplagen konnten. Doch Mrs Collins fürchtete, Cathy würde dort bei der ersten Gelegenheit ausreißen.

»Ich werde mich selber um sie kümmern«, beharrte sie hartnäckig. Collins polterte und tobte, gab aber schließlich, wie immer, nach.

»Also gut, tu was du willst! Doch sorge um Himmels willen dafür, dass ich diese Person nicht zu oft zu Gesicht bekomme! Sie geht mir auf die Nerven mit ihrer Indianeraufmachung, ihren schlechten Manieren und diesen langen, schmutzigen Haaren. Ich werde bestimmt eines davon in der Suppe wiederfinden!«

Schon am folgenden Tag wurde Cathy gezwungen, ein Korsett zu tragen.

»Aber – aber – ich werde ja nie damit atmen können«, jammerte sie.

Mrs Collins schnürte sie unerbittlich.

»Wieso sollst du das nicht können, wenn jedes andere Mädchen es kann? Da – zieh dieses Kleid an!« Das lange graue Kleid hatte einen gestärkten Kragen und Ärmel bis zu den Handgelenken. Darüber musste Cathy eine weite, im Rücken bis zum Hals zugeknöpfte Schürze tragen. Bei jedem Schritt wurden ihre Zehen durch die engen Schnürschuhe zusammengepresst. Ihr Haar wurde in einem straff gebundenen Knoten gebändigt und so stark im Nacken festgesteckt, dass Cathy schien, als könne sie ihre Gesichtsmuskeln nicht mehr bewegen.

Mrs Collins hatte einen Stundenplan aufgestellt. Um sechs Uhr aufstehen. Der Vormittag wurde in der Küche zugebracht. Mit roten Backen und tränenden Augen kochte und backte Cathy unter der Fuchtel von Mrs Collins. Die brave Dame verstand einiges davon; denn ihr Gatte legte allergrößten Wert auf gutes Essen. Collins konnte mittags und abends unglaubliche Mengen vertilgen. Cathy, die bei Tisch servierte, sah mit Ekel, wie er sich vollstopfte. Später gewöhnte sie sich daran.

Sie selber musste in der Küche essen, und zwar mit dem schwarzen Dienstmädchen Priscilla. Cathy hatte nie Hunger; erstens vermisste sie die Bewegung in freier Luft und außerdem vertrieb die stundenlange Vorbereitung der Speisen ihr jeglichen Appetit.

Nachmittags, nach einem nicht endenden Geschirrspülen, erschien Cathy müde und gelangweilt im halbdunklen Salon, wo Mrs Collins mit der Brille auf der Nase, umgeben von Nähkorb und Wäsche, auf sie wartete. Zwischen den Fensterladenritzen konnte man einen Streifen blauen Himmels sehen, ein leichter Luftzug bewegte die Vorhänge, jenseits dieses Fensters schien die Sonne, dort war Freiheit, das Leben überhaupt! Cathy seufzte vor Sehnsucht.

»Komm her, mein Kind«, säuselte Mrs Collins. »Für den Anfang werde ich dir das Säumen beibringen.«

Während Cathy voller Unlust arbeitete, fragte Mrs Collins: »Hast du schon daran gedacht, dir eine Aussteuer anzuschaffen?«

»Nein«, brummte Cathy zerstreut, denn sie hatte sich gerade in den Finger gestochen.

»Was wirst du denn an deinem Hochzeitstag anfangen, wenn du keine Aussteuer hast?«

»Ich werde darauf verzichten«, murmelte Cathy und lutschte an ihrem Finger. Wie ging ihr diese Näherei auf die Nerven!

Zweimal in der Woche begleitete sie Mrs Collins ins Krankenhaus. Das gefiel Cathy noch am besten, denn sie sorgte gerne für hilflose Menschen. Sie erfüllte sehr gewissenhaft ihre kleinen Aufgaben und hatte für jeden ein freundliches Wort, einen Scherz oder ein aufmunterndes Lächeln. Bald wurde sie im Krankenhaus sehr beliebt. Eines Tages erregte sie jedoch Missfallen, als sie unschuldig fragte, ob man nicht bei bestimmten Krankheiten Kräutertee und Schlammbäder anwenden könnte.

Mrs Collins rümpfte angewidert ihre spitze Nase. »Woher hast du diese Dummheiten? Wohl von deinen Rothäuten!«

»Ich habe gute Erfolge bei dieser Behandlung gesehen!«, beharrte Cathy. »Bei uns in der Reservation ...«

»Wir begünstigen hier keinen Aberglauben der Wilden! Zur Heilung der Kranken vertrauen wir der Wissenschaft und Gott.«

Von da an hütete sich Cathy, weitere Vorschläge zu machen.

Am Sonntag auf dem Weg zur Kirche wurde Cathy wie ein fremdländisches Tier bestaunt. Die biederen Bürger senkten nicht einmal die Stimme, wenn sie ihre Bemerkungen machten! Cathy war es vollkommen gleichgültig, was man über sie redete. Sie ging geradeaus, ohne nach rechts oder links zu schauen. Manchmal musste sie sich zusammennehmen, um nicht loszuprusten, wenn die Leute tuschelten: »Sehen Sie – das ist die Kleine, die von den Rothäuten entführt wurde! Sie muss Furchtbares erlebt haben ...«

»Man sagt, dass sie sich bei den Wilden nie wusch und rohes Fleisch essen musste!«

»Lasst Euch durch ihre Sanftheit nicht täuschen! Haben Sie ihre frechen Augen bemerkt? Wenn ich eine Tochter hätte, würde ich ihr nie erlauben, auch nur ein Wort mit ihr zu sprechen!«

»Sie hat wahrscheinlich Läuse!«

Es nützte nichts, sich darüber zu empören. Freundlich und unbeteiligt bahnte sich Cathy einen Weg durch die Menge. Ein ganz anderer Mensch schien an ihrer Stelle zu sprechen, zu lächeln, mit züchtig niedergeschlagenen Augen Ja oder Nein zu hauchen. Ein anderer Mensch überwachte die Gemüsesuppe, bestickte stundenlang Tischdeckchen und Kissenbezüge. Die echte Cathy schien irgendwo zu ruhen – leblos und starr wie im Winterschlaf.

Wenn sie ihren Mut verlor und nächtelang weinte, dann dachte sie an Onathi und an das, was er ihr beim Abschied versprochen hatte. »Wir sehen uns in Santa Fé. Ich werde dir eine Nachricht schicken.« Cathy wusste, dass er sein Wort halten würde.

An einem Sonntagmorgen begegnete sie auf dem Weg zur Kirche der Familie Barker. Cathy wollte rasch wegsehen, doch Mrs Collins kniff sie in den Arm und zischte: »Grüße sie!« Cathy lächelte krampfhaft. Sie war voller Hass gegen diese Leute, die sich auf ihrer Farm breitgemacht hatten und sich betrugen, als wären sie die Besitzer. Bockig und verdrossen musterte sie die Ankömmlinge. Mrs Barker war noch dicker geworden. Ihr Mann stolzierte in seinem Sonntagsanzug daher, als ob er einen Stock verschluckt hätte. Stuart, der Sohn, war ein baumlanger, kräftiger Bursche geworden; sein strähniges blondes Haar hing ihm ins Gesicht; er blinzelte in der Sonne. Verlegen trat er von einem Fuß auf den anderen, grinste höflich und rieb sich die sehnigen Hände. »Wie geht's?«, fragte er. In ihrer Einsamkeit war Cathy für jede Freundlichkeit dankbar. Sie hatte als Kind Stuart einmal verprügelt. Nun, jetzt war er erwachsen und schien einigermaßen vernünftig. So lächelte sie ihn freundlich an. Er errötete bis zu den Haarwurzeln.

Es wurde zur Gewohnheit: Jeden Sonntag trafen sie die Barkers und besuchten gemeinsam den Gottesdienst. Cathy wurde langsam nachsichtiger, die Barkers waren derbe, aber gutmütige Leute. Sie arbeiteten redlich, liebten gutes Essen, viel zu trinken und waren mit sich selbst und der Welt zufrieden. Aber Stuart war der langweiligste Bursche weit und breit! Da stand er herum, hüstelte, drehte seinen Hut in den Händen und wusste nicht, was er reden sollte. Er taute nur auf, wenn ihn Cathy nach der Farm fragte: Viehzucht und Maisanbau waren seine liebsten Gesprächsthemen! Cathy ließ ihn reden, gähnte verstohlen und dachte an etwas anderes. Eines Tages fragte sie ihn allerdings, ob er die Pferde immer noch schlüge, worauf er knallrot wurde und verwirrt etwas murmelte. Cathy grinste. Halb freundschaftlich, halb ernst drohte sie ihm: »Dass ich Sie dabei nicht noch mal erwische! Ich habe Sie deswegen schon einmal verprügelt!«

Stuart stotterte, die Pferde seien eben manchmal recht störrisch . . .

Cathys Gesicht verdüsterte sich.

»Sie werden sich ein Pferd nie zum Freund machen, wenn Sie es schlagen«, sagte sie kopfschüttelnd. »Die Navajos . . .«

Sie stockte, biss sich auf die Lippen. Stuart schluckte und fragte dann töricht: »Stimmt es wirklich? Haben Sie bei den Wilden gelebt?«

»Ich kenne keine Wilden!«, gab Cathy bissig zurück.

18. Kapitel

Da Cathy brav und fügsam schien, gewährte ihr Mrs Collins etwas mehr Freiheit. So durfte sie zum Beispiel allein Einkäufe in den Drugstores der Umgebung machen. Auch bekam sie die Erlaubnis, sich im Garten zu beschäftigen.

Die Spaziergänger konnten nun, wenn sie an Mrs Collins' Gartenzaun vorbeigingen, ein hageres braunes Mädchen in Trauerkleidern, das Haar unter ihrem Strohhut im Nacken zusammengefasst, energisch hacken und jäten sehen. Nichts mehr erinnerte an den perlenumhängten, kleinen Wildfang, den man aus der Reservation in die Stadt geschleppt hatte. Die Leute nickten zufrieden; Mrs Collins hatte gute Arbeit geleistet: Jetzt sah die junge Dame fast normal aus. Hoffentlich ist das von Dauer!

Als Cathy eines Tages in einem Blumenbeet kniete und schwungvoll Unkraut ausriss, war sie besonders schlechter Laune. Das Korsett ging ihr entsetzlich auf die Nerven. Bei jeder Bewegung stachen ihr die Stäbchen in die Rippen. Wenn sie das Ding nur auf den Abfallhaufen werfen könnte.

Cathy seufzte. Wie heiß es war! Sie wischte sich mit dem Handrücken die Schweißperlen von der Stirn und arbeitete verbissen weiter.

Plötzlich ließ ein Geräusch sie aufschauen. Lässig am Zaun gelehnt stand ein kleiner zerlumpter Mexikaner; er kaute Sonnenblumenkerne und spuckte die leeren Hülsen unbekümmert in den Garten.

»Was machst du da?«, rief Cathy entrüstet. Sie sprang auf und eilte zum Zaun. »Willst du wohl verschwinden!«

»He! Bist du die Señorita Cathy?«, murmelte der Lausbub und musterte sie frech von Kopf bis Fuß.

»Woher weißt du meinen Namen?«, fragte Cathy überrascht. Doch dann begriff sie und wurde erst blass, dann rot. Ihr Herz schlug zum Zerspringen.

»Ja! Ich bin's!«, flüsterte sie. Der kleine Mexikaner legte die Stirn in Falten.

»Ist das auch wahr?«, fragte er misstrauisch.

»Aber natürlich! Nun rede doch endlich!«, platzte Cathy los.

Der Junge stopfte sich in aller Ruhe ein paar Sonnenblumenkerne in den Mund.

»Ich hab dir was zu sagen, muss aber wissen, ob du es auch wirklich bist. Der Señor hat zu mir gesagt:

Wenn du mit der falschen Dame sprichst, packe ich dich am Genick und werfe dich ins Wasser. Ich kann aber nicht schwimmen!«

»Onathi . . .«, flüsterte Cathy.

Der Junge nickte kauend und war zufrieden.

»Si. So heißt der Señor.«

Er schaute sich rasch um; es war kurz nach Mittag und die Straße menschenleer.

»Höre, der Senior hat gesagt, er wartet bis zum Abend in der Ruine des spanischen Klosters auf dich. Das ist alles. Adios, Señorita!«

Er spuckte einen weiteren Sonnenblumenkern in den Garten und trabte davon.

Cathy blieb am Zaun stehen. Sie war so aufgeregt, dass es in ihren Ohren summte. Onathi war nach Santa Fé gekommen! Es war kaum auszuhalten! Nervös spähte sie in alle Richtungen. Das Gartentor stand offen. Doch sie musste sich zusammennehmen: Wenn sie jetzt ausriss, würde man sie endgültig ins Haus sperren und sie hätte nie mehr die Möglichkeit, Onathi zu treffen.

Langsam und beherrscht ging sie ins Haus, nahm ihren Strohhut und ihre Schürze ab. Dann setzte sie in der Küche Wasser für Mrs Collins Kaffee auf. Als er fertig war, brachte sie ihn auf einem Tablett in den Salon, wo Mrs Collins Siesta hielt. Cathys Hände zitterten so heftig, dass das Geschirr leise klirrte. Auf der Treppe verfing sich ihr Fuß im Teppich, beinahe wäre sie die Stufen hinaufgestürzt.

Mrs Collins hatte ihre Mittagsruhe beendet und wartete auf den Kaffee. Cathy bediente sie, goss Milch in die Tasse, rührte den Zucker um. Dann nahm sie ihr

Nähkörbchen, setzte sich und holte ihr Strickzeug hervor.

Mrs Collins schlürfte ihren Kaffee.

»Warum arbeitest du nicht mehr im Garten«, fragte sie.

»Es ist zu heiß«, flüsterte Cathy. Ein paar Maschen fielen von der Nadel. Sie fing sie sofort auf. Mrs Collins schüttelte den Kopf.

»Nicht so hastig, mein Kind, nicht so hastig, sonst lernst du es nie.«

Cathy zwang sich zu einem Lächeln.

»Ich . . . ich wollte diesen Schal so schnell wie möglich fertig machen, aber ich habe fast keine blaue Wolle mehr. Kann ich welche kaufen gehen?«

»Ja, aber halte dich unterwegs nicht zu lange auf. Und setze deinen Strohhut auf. Ein ordentliches Mädchen geht nie ohne Kopfbedeckung auf die Straße.«

»Ja, Mrs Collins.«

Cathy legte die Nadeln schön ordentlich ins Körbchen, klappte den Deckel zu und verließ in aller Ruhe den Salon. Kaum war die Tür hinter ihr ins Schloss gefallen, raffte sie ihre Röcke zusammen und sauste lautlos die Treppe hinab. Sie stülpte ihren Strohhut auf und ging würdevoll durch den Garten: Sie wusste, dass Mrs Collins ihr hinter dem Vorhang nachsah. Hinter der nächsten Straßenecke riss sie den Hut vom Kopf und fing an zu laufen, so schnell es mit ihren Schnürschuhen und Röcken ging.

Atemlos erreichte sie die Klostermauern, weiße Mauerreste, von Unkraut überwuchert. Cathy verließ die Straße, irrte klopfenden Herzens in einem weitläufigen Gewirr von Räumen, Wänden, Gängen umher; sie keuchte, ihr Haar war zerzaust; sie stolperte immer wieder über ihre langen Röcke. Ziellos lief sie hin und her; überall Stille. Man vernahm nur den leichten Widerhall ihrer Schritte.

»Cathy!«

Sie wirbelte herum. Onathi war lautlos hinter ihr aufgetaucht. Beim ersten Blick sah sie, wie sehr er sich verändert hatte: Er war älter, ernster geworden. Er trug sein Haar wieder kurz geschnitten. Er fällt dadurch weniger auf, schoss es Cathy durch den Kopf. Aber mit dem Band um die Stirn gefiel er mir besser!

Töricht fragte sie: »Warum trägst du dein Stirnband nicht mehr?«

Onathis Miene erhellte sich. Er lachte schallend.

»Wirklich, Cathy! Trotz aller Mühe hat man es nicht fertig gebracht, dich zu ändern!«

Er streckte ihr die Hände entgegen. Cathy lachte und schluchzte zugleich. Onathi zog sie an sich. Dann nahm er ihr Gesicht in beide Hände.

»Meine Cathy . . .«, sagte er leise. »Bist du sehr unglücklich gewesen?«

»Unglücklich?«, murmelte Cathy. Sie griff sich an den Kopf. »Ich weiß es nicht – ich weiß nichts mehr! Die Leute konnten sagen, was sie wollten, es ließ mich alles kalt. Ich war sicher, dass du eines Tages kommen würdest, um mich zu holen!«

Onathis Gesicht verdüsterte sich.

»Cathy . . . machen wir uns keine Illusionen. Du weißt, dass ich dich nicht mit mir nehmen kann.«

»Jetzt nicht!«, stammelte Cathy. »Aber wenn ich großjährig bin, in vier Jahren. Es ist sehr lang, aber ich werde es aushalten . . .«

»In vier Jahren«, sagte Onathi leise, »wirst du mich vergessen haben.«

»Niemals!«

»Cathy – sei vernünftig! Du kannst nicht in einer Reservation leben.«

»Wieso nicht? Ich tat es doch bis jetzt!«

»Ja«, antwortete Onathi nachsichtig. »Aber du warst ein Kind. Wenn du älter wirst, wenn dir die Vorteile der Zivilisation bewusster geworden sind . . .«

»Vorteile der . . . Oh! Das geht zu weit!«, explodierte Cathy. »Du liebe Zeit! Jetzt fängt er wieder an zu predigen! Vorteile der Zivilisation: sechs Stunden täglich kochen und eine Stunde Geschirr spülen! Sich die Augen mit Kreuzstichstickereien verderben! Und dieses scheußliche Ding zu tragen, das mich nicht atmen lässt!«

Die Augen Onathis blitzten belustigt.

»Ja, es ist mir sofort aufgefallen, dass du ein Korsett trägst. Zumindest hältst du dich aufrecht !«

Mit gespielter Würde entgegnete Cathy: »Ein wohlerzogener junger Mann spricht nicht über Korsetts mit jungen Mädchen!«

»Genau das ist es!«, antwortete Onathi schroff. »Ich bin kein wohlerzogener junger Mann.« Ernst fuhr er fort: »Was würden die würdigen und biederen Einwohner von Santa Fé tun, wenn sie mich in deiner Begleitung sähen? Ich kann es dir genau sagen: Sie würden nach der Flinte greifen und mir eine Kugel in den Kopf jagen! So etwas verdient ein schmutziger Indianer, der seine Augen zu einem weißen Mädchen zu erheben wagt!«

Cathy sah ihn entsetzt an. Noch nie hatte Onathi in

so bitterem Ton zu ihr gesprochen. Sie stieß einen empörten Schrei aus.

»Wenn du das noch einmal sagst ... bekommst du eine Ohrfeige!«

Onathi warf ihr einen raschen Blick zu. Wider Willen musste er lachen.

»Hm ... Ich werde mich in Acht nehmen. Du bist imstande, es zu tun!«

»Warum sagst du so schreckliche Sachen?«, stammelte Cathy vorwurfsvoll. »Es nimmt mir jede Lebensfreude, so etwas zu hören ...«

Onathi sah sehr erschöpft aus; er strich sich mit der Hand über die Stirn.

»Verzeih«, sagte er halblaut. »Ich weiß nicht mehr, was ich sage.« Zärtlich ergriff er Cathys Hände. »Es ist so schwer, eine Entscheidung zu treffen! Seit du aus unserem Dorf verschwunden bist, höre ich nicht auf, mir Gedanken zu machen. Wenn ich dich liebe, bringt es dir Unglück. Wenn ich dich verlasse, bist du ebenso unglücklich. Eines ist so undenkbar wie das andere.« Er schwieg betroffen, dann sagte er achselzuckend: »Es gibt nur eine Möglichkeit: Wir müssen Zeit gewinnen. Bevor du nicht ganz sicher bist ...«

»Aber ich bin es ja schon lange!«, sprudelte Cathy hervor. »Von morgens bis abends denke ich nur an dich ...« Onathi grinste.

»Auf die Gefahr hin, eine Ohrfeige zu erhalten, muss ich feststellen, dass du noch zu jung bist, um derart wichtige Entscheidungen zu treffen.«

»Jetzt redest du wieder wie Mrs Collins!«, fauchte Cathy.

»Wahrscheinlich Gedankenübertragung!«, lachte Onathi. Nach einer Weile fuhr er fort: »Meine Eltern grüßen dich und senden dir ihren Segen. Sarita ist an deiner Stelle Lehrerin geworden. Sie gibt sich große Mühe, ist aber nicht sehr erfolgreich.«

Cathy dachte ans Indianerdorf, an die einfachen Hütten aus Lehm und Zweigen. Sie seufzte vor Heimweh.

»Wenn ich doch wieder bei euch sein könnte! Es ist so ungerecht, dass man mich nicht bei den Menschen, die ich liebe, leben lässt . . .«

Ihre Augen blitzten vor Empörung.

»Geht es jemand etwas an, wenn es mir in einer Indianer-Reservation gefällt? Und dass ich einen Navajo liebe, ist doch meine Angelegenheit, nicht? Alle Mädchen haben einen Freund! Meiner ist ein wenig anders, das ist alles. Er ist übrigens tausend Mal besser als die ganze Bande von jungen Burschen mit roten Ohren und Schuppen im Haar! Nein, danke vielmals, das ist nichts für mich!«

»Was erzählst du da?«, fragte Onathi grinsend.

Cathy wurde rot; in ihrer erregten Stimmung hatte sie laut gedacht.

»Ich mache mir Sorgen!«, stieß sie verdrossen hervor.

»Das sollst du nicht!«, sagte Onathi zärtlich. »Überlass das mir; es reicht, wenn einer von uns sich sorgt.«

Er strich dem Mädchen durchs Haar und fügte leise hinzu: »Wie gerne würde ich dich glücklich sehen!«

Cathy lächelte; ihre Augen glänzten.

»Ich brauche nur an dich zu denken, dann bin ich es!«

Onathi nahm sie schweigend in die Arme. Cathy schloss die Augen, ihre Wimpern zitterten.

»Jetzt geht es mir gut«, seufzte sie. »Jetzt ist es wie damals, als du mich nach dem Sandsturm auf dem Pferd nach Hause brachtest. Erinnerst du dich?«

»Wie sollte ich es vergessen?«, murmelte Onathi träumerisch. »An jenem Abend, als ich fürchtete, dich tot oder schwer verletzt zu finden – an jenem Abend ist mir klar geworden, dass du mir das Liebste auf der Welt bist.«

Eine Weile standen sie schweigend beisammen. Plötzlich riss sich Cathy von Onathi los.

»Himmel! Ich habe Mrs Collins gesagt, ich müsse Wolle kaufen, nur zwei Straßen weiter . . .! Ich . . . ich muss nach Hause, sonst gibt es Krach!«

»Ja«, sagte Onathi. »Wir dürfen keinen Verdacht erwecken. Der kleine Mexikaner ist nicht dumm. Ich will versuchen, ihn fürs nächste Mal wieder aufzutreiben . . .«

Lustlos nahm Cathy ihren Strohhut, setzte ihn auf den Kopf. Der große Rand hing ihr schief über das linke Auge. Onathi lächelte, drehte den Hut gerade und half ihr, die Bänder unter dem Kinn zu verknoten.

»Dieser Hut ist scheußlich! Hat ihn Mrs Collins ausgesucht?«

Cathy nickte. Ihre Mundwinkel zitterten, doch sie weinte nicht.

»Sag ihr, sie habe einen schlechten Geschmack!«

Onathi küsste Cathy leicht auf die Stirn.

»Auf bald, Cathy!«

»Auf bald, Onathi!«, sagte sie schwach und versuchte vergeblich zu lächeln.

Onathi sah ihr nach, wie sie zwischen den Ruinen davonstolperte. Auf der Straße drehte sie sich noch einmal um und winkte; die Tränen liefen ihr übers Gesicht, alles war in einem weißlichen Nebel verschwunden. Onathi hob den Arm. Sein Gesicht war völlig ausdruckslos.

Cathy begann zu laufen; sie entfernte sich immer mehr. Onathi sah nur noch ihr schwarzes Kleid, ihren wieder schief sitzenden Strohhut. Sie verschwand hinter der Kurve. Onathi ging zu seinem Pferd, schwang sich in den Sattel und ritt in entgegengesetzter Richtung davon.

19. Kapitel

Cathys Zimmer war sehr einfach eingerichtet: ein Bett, ein Stuhl, ein altmodischer Schrank. Mrs Collins war der Meinung, man solle den Waisen gegenüber mildtätig sein, ihnen aber nichts Überflüssiges geben, denn das verderbe den Charakter. Cathy nahm in dem Hause eine etwas eigenartige Stellung ein. Sie war mehr als ein Dienstmädchen, aber weniger als eine Verwandte. Cathy wurde nicht bei Tisch geduldet, doch durfte sie nicht, wie ein Dienstbote, ohne Hut ausgehen. Es gab gewisse Regeln, die Mrs Collins sehr genau kannte, die bestimmten, was sich ziemte und was nicht.

Cathy verstand nichts von alledem. Sie verbrachte

ihre Tage damit, sich höflich und würdevoll zu langweilen. Sie hatte gelernt, ihr ausdrucksvolles Mienenspiel sorgfältig unter Kontrolle zu halten. Je nach Gelegenheit zeigte sie freundliche Sanftmut, Ergebenheit oder reservierte Distanz. Am schwersten fiel ihr, nicht zu gähnen; Mrs Collins wiederholte immer wieder, wie taktlos es sei, den Leuten ins Gesicht zu gähnen.

Aber ich kann ja nichts dafür, wenn ich mich so schrecklich langweile!, dachte Cathy verzweifelt. Am meisten litt sie darunter, dass sie so wenig Bewegung hatte; vor Nervosität kribbelte es in ihr von oben bis unten. War sie allein, so nahm sie drei Stufen der Treppe auf einmal und fegte wie der Wind durch alle Zimmer. Schlimm war es, wenn sie bei diesen Übungen eine Vase oder einen Ziergegenstand umwarf; sie riskierte, den ganzen Tag in ihr Zimmer gesperrt zu werden oder kein Mittagessen zu bekommen!

Endlich, nach langem Bitten erhielt sie von Mrs Collins die Erlaubnis, von Zeit zu Zeit eine Stunde auszureiten. Priscilla wurde beauftragt, sie dabei zu begleiten. Das gab Probleme, weil die kleine Schwarze vor Pferden höllische Angst hatte. Sie seufzte und jammerte so lange, bis Mrs Collins ihr ein Maultier besorgte. Priscilla glaubte, wenn man von einem Maultier fiele, täte man sich weniger weh.

Die erste Begegnung mit Buster war für Cathy enttäuschend. Er war in der Poststation untergebracht worden und hatte zu wenig Bewegung. Dick und faul schaute er Cathy an, bewegte gelangweilt die Ohren. Ein Spazierritt schien ihn überhaupt nicht zu locken.

»Oh, zum Donnerwetter!«, entrüstete sich Cathy.

»Das ist ja kein Pferd mehr, das ist ein Hammel! Los, los! Ich werde dafür sorgen, dass du deine überflüssigen Pfunde verlierst!«

Sie bohrte dem Pferd die Fersen in die Flanken und sauste davon. Priscilla schrie vor Entsetzen. Vergeblich versuchte sie, Cathys Tempo einzuhalten, aber wie soll man ein Maultier zum Galoppieren bringen? Das dicke, rundliche Dienstmädchen hüpfte auf dem Sattel wie ein Gummiball auf und ab. Sie stöhnte, ächzte und beschwor Cathy vergeblich, auf sie zu warten. Über Busters Hals gebeugt, lachte Cathy schallend und galoppierte davon.

20. Kapitel

An einem Sonntag nach dem Gottesdienst sagte Mrs Collins zu Cathy: »Mein Kind, die Barkers haben uns für heute Nachmittag auf die Farm eingeladen; wir sollen die Dressur eines wilden Pferdes mit ansehen.«

So!, dachte Cathy ironisch. Sie laden mich auf meine eigene Farm ein! Was man sich nicht alles gefallen lassen muss . . .

Neugierig fragte sie: »Ein wildes Pferd? Woher stammt es?« Stuart Barker tauchte hinter ihr auf. Er hielt den Hut gegen den Magen gedrückt, als ob er Bauchweh hätte.

»Papa und ich haben den Hengst im Gebirge gefangen«, erklärte er aufgeregt. »Er hatte sich in eine

Schlucht verirrt. Wir haben ihn mit dem Lasso eingefangen. Eine harte Arbeit, kann ich Ihnen versichern! Dieses Pferd ist der leibhaftige Teufel! Es hätte Papa beinahe zu Tode getreten!«

»Oh, wirklich?«, sagte Cathy spöttisch. »Hat er sich wehgetan?«

Stuart wurde rot und starrte auf seine Stiefelspitzen. Es fiel ihm keine Antwort ein.

Cathy sah diesem Besuch ohne Begeisterung entgegen. Sie wusste, was die Dressur eines Pferdes bedeutete. Die Barkers hatten nicht gerade den Ruf, besondere Rücksicht auf ihre Tiere zu nehmen.

»Ich kann es nicht ertragen, dass man ein Pferd schlägt!«, rief sie angriffslustig. Joe Collins, der gerade dazukam, hörte diese Worte. Er sagte augenzwinkernd: »Ein widerspenstiges Pferd braucht eine gute Tracht Prügel. Das ist genau wie bei ungehorsamen Kindern.«

Er schaute Cathy bedeutungsvoll an. Das Mädchen blieb ungerührt. Sie dachte an das wilde Pferd, das man gefangen hatte.

Nach einer Stunde Fahrt mit der Kutsche erreichten sie am frühen Nachmittag die Farm. Es war das erste Mal seit ihrer Flucht, dass Cathy ihr Haus wiedersah. Nichts schien sich verändert zu haben! Im nächsten Augenblick würde ihr Vater aus der Türe treten und die Gäste willkommen heißen. Sie würde ins Haus gehen, den Hut an einen Nagel hängen, die Stiefel ausziehen, Feuer anfachen . . .

Doch anstelle von Ben O'Malley trat Jonas Barker aus dem Haus. Er stemmte die Fäuste in die Seiten und blinzelte zufrieden in die Sonne. Wie immer war eine Backe durch Kautabak angeschwollen. Von Zeit zu Zeit spuckte er in den Staub. Hinter ihm erschien seine Frau. Sie trug ein rosa Kleid mit Blüten und Spitzen, ein wahrer Blumengarten. Ihr dickes Gesicht glänzte.

Störrisch drückte sich Cathy in die Kutschenecke und verschränkte die Arme: Dort wollte sie sitzen bleiben und sich bis heute Abend nicht rühren!

Stuart lief herbei und half Mrs Collins beim Aussteigen. Er grinste breit und gewichtig. Sicherlich wollte er sich als Reiter aufspielen. Er wollte auch Cathy behilflich sein, doch sie übersah seine Hand und sprang mit einem Satz aus der Kutsche.

»Wo ist das Pferd?«, fragte sie trocken und schaute sich nach allen Seiten um.

»Im Korral. Kommen Sie mit!«

»Ich kenne den Weg!«, entgegnete Cathy eisig und drehte ihm den Rücken zu. Sie ging mit großen Schritten ums Haus, erreichte den Korral. Da sah sie Ruby und Lord, die Pferde ihres Vaters, die sich ängstlich an den Zaun drückten. In wildem Trab, mit wogender Mähne raste ein blauschwarzer Hengst im Korral rundherum. Die stolz geblähten Nüstern zogen geräuschvoll die Luft ein. Manchmal blieb er stehen, scharrte angriffslustig mit den Hufen.

»Der ist schön, was?«, fragte Stuart stolz. Cathy antwortete nicht. Langsam ging sie zum Korral, legte die Hände auf den Zaun, fasziniert durch den herrlichen Anblick. Plötzlich fuhr sie zusammen: Ein Sonnenstrahl fiel schräg auf den Kopf des Pferdes und ließ auf seiner Stirn einen kreisrunden, handtellergroßen weißen Fleck hervortreten.

»Shadow«, flüsterte Cathy mit bebender Stimme. »Oh nein, das ist nicht möglich!«

Sie wirbelte herum. Stuart starrte in ihr zorniges Gesicht und wich unwillkürlich einen Schritt zurück. So einen Ausdruck hatte er noch nie gesehen.

»Wie konnten Sie so etwas tun?«, zischte Cathy. »Ich kenne dieses Pferd! Es gehört dem – dem Stamm der Navajos! Sie hatten nicht das Recht, es einzufangen! Das ist Diebstahl!«

Stuart trat nervös von einem Fuß auf den anderen. Schließlich zuckte er die Achseln und murmelte gekränkt: »Einem Indianer ein Pferd wegnehmen ist kein Diebstahl.«

»Nein?!«, schrie Cathy. In ihrer Wut fuchtelte sie Stuart vor der Nase herum.

»Wiederholen Sie das noch mal, wenn Sie es wagen! Schämen Sie sich nicht? Sofort werden Sie dieses Pferd freilassen, sonst kriegen Sie es mit mir zu tun . . .«

»Pfui, Miss O'Malley«, ertönte hinter ihr eine spöttische Stimme. »Haben Sie wieder einmal einen Ihrer unschönen Wutanfälle?«

Joe Collins kam grinsend näher, die Zigarre im Mundwinkel und die Hände in den Westentaschen.

»Stuart hat durchaus das Recht, das eingefangene Pferd zu behalten. Wer sagt uns, dass das Tier wirklich den Indianern gehört?«

»Ich sage es Ihnen!«, fauchte Cathy. »Ich habe es gesehen! Ich kenne es! Es heißt Shadow und . . .«

Joe Collins schien keineswegs beeindruckt. »Wenn es ein Navajo-Pferd ist, was hat es dann so weit weg von der Reservation zu suchen?«

»Es wird durchgegangen sein ...«

»Ach was, das glaube ich kaum. Übrigens braucht der Besitzer nur herzukommen und sein verschwundenes Pferd zu reklamieren. Dann muss er aber erst einmal beweisen, dass dieses Pferd ihm gehört. Ich habe es genau untersucht: Es trägt überhaupt kein Zeichen. Ihre Zeugenschaft, liebes Kind, taugt nicht viel, wie ich fürchte. Ihre Sympathien sind nur allzu gut bekannt ...«

Cathy biss sich vor Verzweiflung in die Finger. Schroff wandte sie sich ab und ging auf den Korral zu; dort setzte sie sich auf den Zaun. Das Pferd erblickte sie und hielt mitten im Lauf inne; seine Augen schauten matt und feindlich.

»Shadow«, rief Cathy flehend. »Shadow! Komm her! Hab keine Angst! Erkennst du mich nicht?«

Das Pferd zögerte, spitzte die feinen Ohren. Cathy streckte die Hand aus. Shadow zuckte zusammen, sprang zurück und sauste im wildem Galopp bis ans andere Ende des Korrals. Enttäuscht ließ Cathy die Hand sinken.

»Oh Shadow!«, flüsterte sie vorwurfsvoll.

Collins hatte sie mit unbeteiligtem Gesicht beobachtet.

»Sehen Sie, das Tier erkennt Sie nicht«, sagte er und ließ etwas Zigarrenasche in den Staub fallen.

»Ich habe den Eindruck, dass Sie diese Geschichte erfunden haben.«

»Es hat Angst, weil es eingesperrt ist«, jammerte Cathy. »Die Navajos ...«

»Lassen Sie die Navajos in Ruhe ...!«

»Aber ...«

»Ersparen Sie uns Ihre Erklärungen!«, unterbrach

Collins ungeduldig. »Stuart wird noch glauben, er habe ein Verbrechen begangen!«

Er schlug dem jungen Mann, der mit verlegenem Gesicht dastand, aufmunternd auf die Schulter.

»Los, Junge! Wenn es dir gelingt, das Pferd zu zähmen, gehört es dir!«

Cathy hieb mit aller Kraft die Faust auf den Zaun und zuckte zurück Sie hatte sich an einem Holzsplitter verletzt. Collins lachte dröhnend.

Cathy warf ihm einen bösen Blick zu. Der kleine spießige Mann war ihr noch mehr zuwider als Mrs Collins. Er weiß genau, dass Shadow zur Herde der Reservation gehört, dachte sie niedergeschlagen. Er streitet es nur ab, um mich zu ärgern. Könnte ich wenigstens Onathi benachrichtigen. Aber nein, ich darf ihn nicht in diese Geschichte hineinziehen.

Cathy wusste, dass Onathi fähig wäre, sein Pferd mit dem Revolver in der Hand zurückzuverlangen! Das könnte Joe Collins so passen, ihm Schwierigkeiten zu machen und ihn vielleicht sogar ins Gefängnis zu werfen – wozu war er schließlich Hilfssheriff?

Cathy lutschte an ihrer verletzten Hand und spähte hilflos nach allen Seiten. Stuart war in den Stall gegangen und kam nun mit einem Sattel zurück; ihm folgte sein Vater, der fröhlich grinsend die Jacke auszog und sie seiner Frau zuwarf; dann rollte er sein Lasso und warf es durch die Luft – wie eine Schlange legte es sich um Shadows Hals. Das Pferd blieb zitternd stehen. Seine Muskeln waren zum Zerreißen gespannt. Dann sprang es mit allen vier Beinen auf einmal in die Höhe, bäumte sich wiehernd auf und raste wie toll im Kreis herum. Mit aller Kraft stemmten sich Barker und sein Sohn dem gewaltigen Zug entgegen: Die Schlinge zog sich immer enger um den Hals des verängstigten Tieres.

»Es bekommt ja keine Luft mehr!«, schrie Cathy aufgeregt, doch niemand achtete auf sie. Ein zweites Lasso wurde um den Hals des Pferdes geworfen, ein drittes fesselte seine Knie. Shadow schwankte, richtete sich, am ganzen Körper zitternd, wieder auf. Sein Rücken wölbte sich, sein dichter Schweif fegte durch die Luft wie eine Peitsche.

Cathy sprang vom Zaun herunter. Verzweifelt lief sie um den Korral herum.

Stuart öffnete das Tor des Korrals und ging mit einer Kandare in der Hand zum Pferd. Shadow verdrehte die Augen. Seine Hufe scharrten auf dem Boden. Stuart streckte vorsichtig den Arm aus. Schnell wie der Blitz wendete Shadow den Kopf; seine Zähne schnappten wenige Zentimeter von Stuarts Finger in die Luft. Der Junge wich zurück. Joe Barker kam seinem Sohn zu Hilfe. Beide Hände presste er auf die Nüstern des Pferdes. Halb erstickt öffnete Shadow das Maul und mit einer raschen Bewegung legte ihm Stuart die Kandare an.

»Das wäre geschafft!«, murmelte er und wischte sich den Schweiß von der Stirn.

Shadow biss auf der Kandare herum und versuchte erfolglos, sie auszuspucken. Sein Maul war voller Schaum. Joe Barker ließ ihm keine Zeit, zu sich zu kommen, und stülpte einen Sack über den Kopf. Sofort blieb Shadow stocksteif stehen. Die Dunkelheit machte ihn wie alle Pferde wehrlos.

Während sein Vater das bebende Tier hielt, sattelte

es Stuart in aller Eile. Dann setzte er den Fuß in den Steigbügel und sprang in den Sattel, ohne dass Shadow die geringste Bewegung machte. Nur über sein Fell liefen Schauer wie ein feines Geriesel.

»Fertig?«, keuchte Barker, während Stuart nach den Zügeln griff.

Mit rascher Bewegung riss Barker den Sack von Shadows Kopf und sprang zur Seite; gleichzeitig schnitt Collins das Lasso durch. Einen Augenblick lang stand Shadow wie versteinert. Dann aber krümmte er sich blitzschnell zusammen und schnellte hoch. In einer Staubwolke wirbelte Stuart wie ein Sack durch die Luft. Mit dumpfem Geräusch landete er auf der Erde; er rappelte sich in aller Eile hoch und rannte zum Tor, verfolgt vom wutentbrannten Pferd. Im letzten Moment konnte er sich in Sicherheit bringen, während Shadow durch den Korral stürmte. Cathys Augen leuchteten boshaft.

»Bravo, Shadow! Geschieht ihm ganz recht!«, fauchte sie triumphierend.

Barker und der Hilfssheriff bemühten sich um Stuart, der benommen seine Stirn abtastete, wo eine große Beule langsam anschwoll.

»Na, reicht's dir für heute?«, fragte Collins.

Stuart schüttelte den Kopf.

Zum zweiten Mal wurde nun Shadow durch Lassowürfe gefesselt und unbeweglich gemacht; wieder bekam er einen Sack über den Kopf gestülpt und Stuart setzte sich in den Sattel.

Aufgepasst! Gleich fliegt er wieder!, dachte Cathy voller Schadenfreude. In diesem Augenblick fiel ihr Blick auf Stuarts Stiefel. Sie stieß einen Empörungsschrei aus: Stuart trug nämlich lange, mexikanische Sporen mit Zacken. Aufgebracht und kreidebleich beugte sich Cathy über den Zaun und schrie aus Leibeskräften: »Nein! Nicht so! Stuart, bitte! Hören Sie auf!« Ein durchdringendes Wiehern schnitt ihr das Wort ab; in einer Staubwolke sauste das schwarze Pferd an ihr vorbei. Cathy wich keuchend zurück. Wie eine Rakete flog Shadow durch den Korral. Stuart klammerte sich an die Zügel und hieb mit den Fersen gegen Shadows Flanken. Shadow bäumte sich auf: Seine Hufe schlugen in die Luft. Cathy entdeckte Blutspuren auf seinem Körper. Sie stöhnte vor Verzweiflung und Hilflosigkeit. Plötzlich warf sich Shadow auf die Erde, wälzte sich im Staub.

Stuart hatte gerade noch Zeit, die Füße aus den Steigbügeln zu ziehen, um nicht vom gewaltigen Tierkörper zerdrückt zu werden. Taumelnd stand er auf, hinkte zur Umzäunung. Er keuchte, sein Gesicht war schmerzverzerrt. Sein Vater riss das Tor auf.

»Hast du dich verletzt?«

»Das verfluchte Tier hat mir beinahe das Bein zerquetscht!«, jammerte Stuart. Shadow war aufgesprungen. Mit gesenktem Kopf schleppte er sich durch den Korral und blieb schließlich zitternd, schweiß- und staubbedeckt in einer Ecke stehen. Den Sattel schleifte er hinter sich her.

Cathy ging zu Barker, der brummend und schimpfend seinen Sohn stützte, und zupfte ihn am Ärmel. Er schaute sie mit seinen rot unterlaufenen Augen bissig an.

»Nun, was gibt's?«

»Das Pferd ...«, sagte Cathy zaghaft. »Es ... es kann

sich nicht vom Sattel freimachen. Sie müssen ihm helfen, Mr Barker . . .«

Der alte Barker glaubte seinen Ohren nicht zu trauen.

»Was?«, explodierte er. »Diesem Gaul soll ich helfen? Haben Sie den Verstand verloren? Ich werde ihm eine solche Tracht Prügel versetzen, dass er bis zum Jüngsten Tag daran denkt!«

Er drehte ihr den Rücken zu, ging fluchend und mit großen Schritten zum Stall.

»So ist's recht, Papa!«, stöhnte Stuart und rieb sich das Bein. »Gib es dem Vieh tüchtig!«

»Ich will nicht, dass Shadow geschlagen wird!«, schluchzte Cathy, am Rande einer Nervenkrise.

»Jetzt hören Sie endlich auf!«, schimpfte Collins und packte sie an den Schultern. »Das geht Sie nichts an. Machen Sie, dass Sie wegkommen!«

Mit einer langen Hirtenpeitsche in der Hand kam Barker aus dem Stall zurück. Cathy schrie vor Entsetzen. Da verpasste ihr Collins zwei schallende Ohrfeigen. Cathy hatte den Eindruck, ihr Kopf explodierte. Fassungslos starrte sie den Hilfssheriff an.

»Los! Ins Haus!«, donnerte Collins.

Cathy raffte ihre Röcke zusammen und rannte davon. Vor dem Hauseingang blieb sie stehen; alles drehte sich um sie. Sie hörte das Klatschen der Peitsche, das laute, schmerzvolle Wiehern Shadows. Sie hielt sich die Ohren zu, presste sich schluchzend gegen die Hauswand. In diesem Augenblick erschien Mrs Collins auf der Türschwelle. Ihre Augen wanderten vom zusammengekauerten Mädchen zum Korral, wo Barker mit aller Kraft auf das wehrlose Pferd einschlug. Ihr Mann stand daneben, zog an seiner Zigarre und hatte sichtlich Spaß daran. Mrs Collins kniff ihre Augenlider zusammen. Mit energischen Schritten, den Rock im Staub schleifend, ging sie auf den Korral zu.

»Joe Collins!«, japste sie empört. »Sag diesem Besessenen, er solle aufhören, das Pferd zu schlagen. Ich mag keine Tierquälerei. Außerdem will ich nicht, dass das Mädchen deswegen einen Anfall bekommt. Wenn Mr Barker das Pferd unbedingt prügeln muss, soll er warten, bis wir weg sind.«

In dieser Nacht konnte Cathy nicht schlafen. Immer wieder sah sie Shadow zitternd und blutbefleckt im Korral stehen.

Wäre ich nur ein Mann, dachte sie zähneknirschend. Ich würde Stuart ein Lasso um den Hals werfen, seinen Kopf in einen Sack stecken, auf seinen Rücken springen und ihm mexikanische Sporen in den Bauch jagen!

Sie erinnerte sich an jenen Nachmittag, als sie mit Onathi die Herde der Wildpferde besucht hatte. »Ein Pferd ist etwas sehr Empfindliches. Man muss es mit unendlich viel Geduld und Sanftmut zähmen«, hatte er gesagt.

Cathy barg ihre heißen Wangen in den Händen. Sanftmut! Geduld! Morgen würde Stuart wieder auf Shadows Rücken steigen und ihm die Sporen in die Flanken hauen, und übermorgen und alle folgenden Tage. Und eines Tages würde Shadow den Kampf aufgeben. Er würde gleichgültig und stumpf werden, ohne eigenen Willen und ohne Schwung, genau wie die Navajos in der Reservation. Genau so.

Niedergeschlagen starrte Cathy in die Dunkelheit. Ach, es war ungerecht! Wie sollte sie das bloß ertragen? Plötzlich richtete sie sich auf: Wie feige war es, hier zu liegen und zu jammern!

Leise stand sie auf, kleidete sich im Dunkeln an. Vorsichtig bewegte sie sich durchs Zimmer, drückte die Türklinke hinunter und schlich ins Treppenhaus. Als eine Stufe knarrte, blieb sie erschrocken stehen: Ihr Herz klopfte zum Zerspringen. Endlich erreichte sie die Haustür. Sie schob den Riegel, so leise es ging, zurück, schloss lautlos die Tür hinter sich. Einen Augenblick später lief sie durch die finsteren, menschenleeren Straßen von Santa Fé.

Cathy war noch nie so spät allein in der Stadt gewesen; aufgeregt versuchte sie, sich in der Dunkelheit zurechtzufinden, sie blickte nervös nach allen Richtungen, ob ihr jemand folgte. Atemlos rannte sie durch die Nacht. Erst am Stadtrand ging sie etwas langsamer. Sie kannte die Wüste und wusste, dass sie dort in Sicherheit war. Nun hieß es, ihre Kräfte einzuteilen. Es war zu spät, Buster in der Poststation zu holen; auch wäre das zu sehr aufgefallen. So blieb nur der Weg zu Fuß, trotz der großen Entfernung. Cathy kannte eine Abkürzung: ein schmaler Pfad, der sich durch die Berge schlängelte. In einer Stunde würde sie wohl die Farm erreichen. Es war sehr kalt. Cathy band sich den Schal um den Kopf und begann zwischen Felsen und Geröll den steilen Aufstieg. Große fahle Wolken wanderten am Himmel. Immer wieder verschwand die dünne Mondsichel. Irgendwo rief klagend ein Tier: ein Koyote.

Als Cathy endlich die Farm erreichte, schienen nicht

eine, sondern mehrere Stunden vergangen zu sein. Ihre Knie zitterten vor Erschöpfung. Vorsichtig tastete sie sich bis zum Hof. Glücklicherweise besaßen die Barkers keinen Wachhund. Alles schien zu schlafen. Das Haus lag friedlich und ruhig. Cathy schlich sich zum Korral; Ruby und Lord standen schlafend in einer Ecke, doch Shadow wachte. In der Dunkelheit sah Cathy das Weiße seiner Augen leuchten. Er hob den Kopf und scharrte mit den Hufen. »Shadow, still, um Himmels willen!«, flüsterte Cathy. »Ich bin gekommen, um dich zu befreien. Du musst verschwinden, so schnell du kannst.«

Mit leisen, vorsichtigen Bewegungen öffnete sie das Tor, es knarrte kaum.

»Lauf, Shadow! Mach, dass du wegkommst! Geh zu Onathi zurück!«

Misstrauisch und ohne sich zu rühren, bewegte das Pferd die Ohren.

»Schnell, schnell!«, flüsterte Cathy.

Immer noch verharrte das Tier am gleichen Platz. Cathy bückte sich, hob einen Stein auf und schleuderte ihn dem Pferd entgegen.

»So verschwinde doch endlich, du Dummkopf!« Shadow schnaubte heiser; langsam trabte er auf das offene Tor zu. Er blieb einen Augenblick zögernd stehen, dann schritt er hindurch.

Cathy nahm einen zweiten Stein; er traf Shadows Flanke. Das Pferd zuckte zusammen, setzte sich in Trab. Erleichtert stellte Cathy fest, dass der Sand das Geräusch der Hufe verschluckte. Shadow hatte die Freiheit gewittert: Stolz hob er den Kopf. Seine Nüstern blähten sich. Einen Augenblick lang lief er unschlüssig im Kreis herum. Dann verfiel er in Galopp und jagte mit wehender Mähne in Richtung der Berge.

Seufzend strich sich Cathy das Haar aus der Stirn und knüpfte das Tuch fester. Sie hatte ihr Ziel erreicht, aber wie müde war sie! Sie hätte sich bäuchlings in den Sand legen und einschlafen können. Doch sie musste den Heimweg antreten. Lautlos schloss sie das Tor: Ihre Finger waren steif vor Kälte und sie hatte Mühe, den Riegel vorzuschieben. Ruby und Lord hatten sie erkannt; freundlich schnaubend folgten sie ihr längs der Umzäunung, blieben dann aneinandergedrängt stehen und starrten in die Nacht.

Als es über den Bergen dämmerte, erreichte Cathy die Stadt. Sie schwankte vor Erschöpfung und ihre Zähne schlugen aufeinander. Benommen wie im Traum ging sie dahin. Ihre Hände zitterten so stark, dass sie minutenlang daran arbeiten musste, die Haustüre zu öffnen. Dann war sie wieder im warmen dunklen Treppenhaus. Sie schleppte sich in ihr Zimmer hinauf, riss sich wie eine Schlafwandlerin die Kleider vom Leib und sank kraftlos ins Bett. Die Augen fielen ihr zu; sie schlief sofort ein.

21. Kapitel

Bis Anfang November blieb Cathy ohne Nachricht von Onathi. Sie machte sich große Sorgen, irrte mit leerem Blick und müdem Gesicht durchs Haus. Sie wurde immer magerer. Sogar Mrs Collins merkte, dass mit Cathy etwas nicht in Ordnung war.

»Wie nervös du bist! Höre doch auf, an deinen Fingernägeln herumzukauen!«

Cathy verbarg sofort die Hände hinter dem Rücken. Sie ging schweigend ihrer Arbeit nach, versuchte, ruhig und gleichgültig auszusehen. Doch sosehr sie sich Mühe gab: Alles war ihr zuwider. Nachts warf sie sich im Bett hin und her und fand keinen Schlaf.

Es ist irgendetwas passiert, ich spüre es! Sonst ließe

Onathi mich nicht so lange ohne Nachricht, seufzte sie, den Kopf ins Kissen vergraben.

Doch eines Morgens, als sie traurig und verlassen aus dem Fenster sah, stand der kleine zerlumpte Mexikaner am Gartenzaun und biss mit Heißhunger in einen Maisfladen. Das Fenster knarrte beim Öffnen und der Junge zwinkerte Cathy fröhlich zu.

Am Nachmittag bat Cathy Mrs Collins um die Erlaubnis, ausreiten zu dürfen.

»Etwas Bewegung wird dir guttun!«, meinte die alte Dame.

Priscilla loszuwerden, war nicht schwer: Cathy ließ eine Kette aus Glasperlen vor ihrer Nase hin und her baumeln. »Sie gehört dir, wenn du mich allein reiten lässt und in der Poststation auf mich wartest. Aber Mrs Collins darf nichts davon erfahren.«

Priscilla schwärmte für Schmuck und hasste Maultiere; sie versprach alles, wenn sie nur in Ruhe gelassen würde und die Kette behalten durfte.

Triumphierend ritt Cathy davon. Es blies ein kalter Wind; Buster kämpfte sich mit flach gedrückten Ohren gegen den Sturm. Zusammengekauert und schlotternd saß Cathy im Sattel.

Onathi sah sie schon von Weitem. Er kam ihr entgegen. Cathy sprengte im Galopp daher. Sie zog heftig an den Zügeln und sprang so eilig zu Boden, dass sie sich durch einen ungeschickten Tritt den Knöchel verstauchte. Mit schmerzverzerrtem Gesicht hinkte sie auf Onathi zu und fiel ihm in die Arme; er drückte sie so fest an sich, dass sie kaum atmen konnte. Der Knöchel schmerzte, sie hatte Mühe, aufrecht zu stehen.

»Au!«, stöhnte sie.

»Hast du dich verletzt?«, fragte Onathi besorgt. Er half ihr, sich auf einen Stein zu setzen, schnürte ihr den Stiefel auf und massierte wortlos und mit geübter Hand das angeschwollene Gelenk. Plötzlich hob er den Kopf.

»Cathy, ich habe eine schlechte Nachricht. Mein Vater ist vor zwei Wochen gestorben.«

»Gestorben?« Traurig dachte sie an den Greis mit dem friedlichen, gelassenen Gesichtsausdruck. Sie wusste, dass er seit Langem krank gewesen war.

»Ach«, flüsterte sie niedergeschlagen, »ich spürte die ganze Zeit, dass etwas Schlimmes geschehen ist!«

»Ja, wir haben harte Tage hinter uns«, sagte Onathi. Er atmete tief. »Sprechen wir nicht mehr darüber. Wir Indianer ehren unsere Toten durch Schweigen.«

Mit einem kleinen Stich im Herzen vernahm Cathy diese Worte. »Wir Indianer«, hatte er gesagt. Und sie, gehörte sie nicht mehr dazu?

»Aber . . . dann bist du jetzt der Häuptling?«, stammelte sie betroffen. Sie betrachtete Onathi von Fuß bis Kopf, um irgendeine Veränderung festzustellen. Sie fand keine.

»Ja«, sagte Onathi und das frühere spöttische Leuchten erschien wieder in seinen Augen. »Bist du enttäuscht, dass ich keine Federkrone trage?«

Cathy musste wider Willen kichern. Doch dann wurde sie wieder ernst und fragte: »Wie fühlst du dich als Häuptling?«

»Schlecht«, antwortete Onathi düster. »Die Verantwortung ist zu groß: Manchmal frage ich mich, ob ich mich dafür eigne.« Er machte eine müde Handbewegung: »Aber lassen wir das!«

»Erzähl von der Familie!«, bat Cathy.

»Mutter und Sarita geht es gut. Auch Naitsche hat Fortschritte gemacht. Ich glaube, es wird noch ein recht brauchbarer Bursche aus ihm . . .«

Plötzlich schlug sich Cathy an die Stirn.

»Und Shadow? Hast du Shadow wiedergefunden?«

Onathi runzelte erstaunt die Brauen.

»Woher weißt du, dass ich ihn verloren hatte? Ja, er ist von einem Luchs erschreckt worden; wir fanden die Spuren. Zwei Tage lang habe ich ihn vergebens gesucht, dann ist er von alleine zurückgekommen. Das arme Tier konnte sich kaum aufrecht halten. Wenn ich den Kerl jemals erwische, der ihn so zugerichtet hat . . .« Er hielt inne: »Doch erzähl du. Was ist passiert?«

Cathy sprudelte die ganze Geschichte heraus. Sie platzte noch nachträglich beinahe vor Wut. Onathi hörte ihr zu, mit zusammengekniffenen Augen und geballten Fäusten. »Kurz und klein schlagen könnte ich die Bande!«, zischte er. Langsam glätteten sich seine Gesichtszüge. Er nahm Cathy bei den Schultern: »Cathy, hast du das wirklich getan? Mitten in der Nacht bist du zu Fuß zur Farm gegangen?«

»Ja«, sagte Cathy. »Ich konnte nicht schlafen. Immer musste ich an Shadow denken . . .« Sie lächelte. »Aber es war nicht zu schwierig, ich kannte ja den Weg.«

Plötzlich beugte sich Onathi zu ihr hinab und legte seine Wange an ihre Hand.

»Wie kann ich dir je danken!«, flüsterte er. Er küsste sanft die warme Hand; dann begann er, sehr schnell und mit rauer Stimme zu sprechen: »Als du bei uns warst, schien alles viel einfacher. Als ob deine Gegenwart uns Glück gebracht hätte. Seit du weg bist, kommt ein Unglück nach dem anderen. Zuerst Vaters Tod ... ein paar Tage später verschwindet Shadow ... Dann versuche ich, den Stamm davon zu überzeugen, dass wir für den Winter Behausungen aus Holz und Steinen bauen müssen – und stoße auf einen Berg von Vorurteilen! Die Kinder langweilt es, lesen zu lernen. Sarita hat nicht deine Autorität. Unsere Felder haben in diesem Jahr wegen der Dürre fast nichts eingebracht. Ich musste mich mit den Angestellten vom Indianerbüro herumschlagen, damit wir Lebensmittel bekommen ...«

Er schüttelte niedergeschlagen den Kopf. »Ohne dich, Cathy, habe ich keine Lust an der Arbeit, noch an sonst irgendetwas; Cathy, ich brauche dich.«

»Auch ich brauche dich so sehr, nimm mich mit, bitte.«

»Nein, das geht nicht. Wenn ich dich zu mir nehme, beschuldigt man mich der Entführung und es gibt den schlimmsten Krach. Außerdem müsste ich zuerst eine halbwegs anständige Wohnung für dich bauen; du kannst nicht in einer Hütte wohnen. Und schließlich – es könnte immerhin möglich sein, dass du deine Meinung änderst ... es gibt genug nette Leute in Santa Fé ...«

»Jetzt hör auf damit!«, rief Cathy ungeduldig. »Ich bin nicht zu Scherzen aufgelegt.«

»Ich scherze nicht«, sagte Onathi. »Das ist eine sehr ernste Frage.«

Sie schaute ihn an, bemerkte in seinen Mundwinkeln den ihr so bekannten spöttischen Zug und lachte befreit auf.

»Geht es deinem Fuß besser?«, fragte Onathi. Cathy nickte; sie betrachtete Onathi mit großen Augen, ihr wurde plötzlich klar, dass ein Häuptling der Navajos ihr den Stiefel zuschnürte – ein ziemlich ungewöhnlicher Anblick! Onathi erriet ihre Gedanken und grinste.

»Starr mich nicht so entgeistert an!«, sagte er. »Ich habe mich nicht darum beworben, Häuptling zu werden!«

»Ein Häuptling ist aber eine eindrucksvolle Persönlichkeit!«, stammelte Cathy.

»Ich, eindrucksvoll? Sehr erfreut, das zu hören!« Onathi richtete sich auf und umarmte Cathy; seine Augen blitzten mutwillig. Gott sei Dank, er war noch immer der Gleiche. Für Cathy hatte sich nichts geändert und sie wusste, dass es immer so bleiben würde. Mit einem zufriedenen Seufzer lehnte sie den Kopf an seine Schulter.

22. Kapitel

Ende November brachte der Nordwind den ersten Schnee; wenige Tage lang waren die Straßen voller Matsch und Schlamm, dann fror es und wurde richtig Winter.

Traurig und unruhig irrte Cathy durchs Haus. Immerzu dachte sie an die Indianer in der Reservation. Jeden Winter gab es bei ihnen Hunger und Krankheiten; die Indianer durften nicht wie in früheren Zeiten auf die Jagd gehen und waren auf das Wohlwollen der staatlichen Verwaltung angewiesen. Cathy wusste, wie das war: Man versprach ihnen Lebensmittel und Medikamente, doch oft vergingen Wochen, bis die ersten Lieferungen eintrafen.

Es wurde ein sehr strenger Winter; der Blizzard wütete tagelang und im Dezember lag hoher Schnee. Die Postwagen verkehrten nicht mehr und das weite Land war unter einer weißen Decke erstarrt.

Einige Tage nach Weihnachten kam Collins ganz aufgeregt nach Hause und erzählte eine unglaubliche Geschichte. Der alte Matt Robertson, Arzt und gleichzeitig Apotheker von Santa Fé, war in der vergangenen Nacht aus dem Bett geklopft worden. Er hatte sich hastig etwas übergezogen und mürrisch die Tür geöffnet; zu seiner Verblüffung hatte er im Licht seiner Laterne einen Navajo aus der Reservation vor sich gesehen.

»Was soll das? Kannst du nicht lesen? Ich behandle weder Indianer noch Mexikaner noch Schwarze. Wende dich an eure Verwaltung.«

Anstatt zu gehen, drängte sich der Indianer rücksichtslos ins Haus.

»Sind Sie Arzt, ja oder nein? Was geht Sie die Hautfarbe an?«

Matt Robertson traute seinen Ohren kaum.

»Das ist die Höhe!«, fauchte er. »Verschwinde sofort! Ich bin einen solchen Ton von Leuten deiner Art nicht gewohnt und werde mich auch nicht daran gewöhnen!«

»Und ich bin nicht gewohnt, mich beleidigen zu lassen!«, entgegnete der Indianer.

Robertson machte eine Bewegung, um nach dem Gewehr an der Wand zu greifen, doch der Indianer war schneller. Er packte den Arm des Alten und drehte ihn auf den Rücken. Robertson stieß ein Grunzen aus, als er eine scharfe Dolchspitze unter seinem Kinn spürte.

»Es ist nicht sehr rühmlich, einem alten Mann mit einem Messer zu drohen«, sagte der Indianer halb laut. »Aber jetzt hören Sie zu! Ich habe heute Nacht einen Weg von dreißig Meilen im Schneesturm gemacht. Glauben Sie, Ihre Vorurteile würden mich beeindrucken? Ich heiße Onathi und bin der Häuptling der Navajo-Reservation. Meine Schwester ist schwer krank. Ich werde Ihnen schildern, was ihr fehlt, und Sie geben mir die notwendige Medizin.«

Robertson schluckte heftig. Im Halbdunkel sah er die entschlossenen Augen des Indianers.

»Was . . . was fehlt deiner Schwester?«, stotterte er. Onathi seufzte leicht auf und ließ den Arzt frei, behielt aber den Dolch in der Hand. Er beschrieb Saritas Krankheit. Robertson wusste sofort Bescheid.

»Deine Schwester hat eine Lungenentzündung. Ich habe hier, was nötig ist.«

Gefolgt von Onathi, schlurfte er zu seinem Medikamentenschrank, suchte einige Flaschen und Pulver heraus und reichte sie Onathi, der argwöhnisch die Aufschriften las und seinen Dolch wieder einsteckte.

»Ich danke Ihnen«, sagte er müde. »Entschuldigen Sie, dass ich so harte Methoden anwenden musste. Wie viel bin ich Ihnen schuldig?«

Robertson fiel aus allen Wolken. Zuerst drohte ihm dieser Bursche mit dem Dolch und jetzt entschuldigt er sich wie ein Mann von Welt! Etwas verlegen nannte er einen Preis. Onathi warf einige Münzen auf den Tisch.

»Das wird reichen«, sagte er. »Gute Nacht, Herr Doktor, tut mir leid, Sie gestört zu haben.«

Er wandte sich um und verließ das Haus. Entgeistert

starrte Robertson ihm nach. Wäre nicht das Geld auf dem Tisch gewesen, er hätte an einen Traum geglaubt. Nervös betastete er seinen Hals, wo er einen Augenblick vorher die Spitze des Dolches gefühlt hatte.

Kopfschüttelnd und empört hatte Mrs Collins der Schilderung ihres Mannes zugehört. Der arme, gute Robertson, welche Angst musste er ausgestanden haben! Man sollte diesen Wilden verbieten, die Reservation zu verlassen!

»Nicht alle Indianer sind so«, brummte Mr Collins.

»Doch dieser junge Mann, der in Tucson studiert hat und nun glaubt, sich alles erlauben zu können, ist ein schlechtes Beispiel! Er übt auf seinen Stamm einen schlechten Einfluss aus; seit ich Cathy dort herausgeholt habe, ist mir vieles klar geworden. Die beiden hängen irgendwie zusammen, das ist sicher.«

»Du wirst doch nicht behaupten wollen . . .« Der Hilfssheriff schaute gelassen zur Decke.

»Ich behaupte nicht, ich halte mich nur an Tatsachen.«

Während seine Frau betroffen schwieg, zündete er sich bedächtig eine seiner stinkenden Zigarren an.

»Glaube mir: Ich traue ihr nicht! Ich kann nicht vergessen, wie sie sich damals mir gegenüber bei den Indianern betragen hat. Es steckt sehr viel hinter diesem unschuldigen Engelsgesicht.«

Mrs Collins hatte ihre Fassung zurückgewonnen. Ihr Mann war wirklich zu argwöhnisch! Das hing wahrscheinlich mit seinem Beruf zusammen.

»Eine gute Erziehung kann Wunder vollbringen«, betonte sie. »Ich bin, offen gestanden, zufrieden mit ihr.«

»Hm …«, murmelte der Hilfssheriff. »Wie lange soll sie eigentlich noch hier im Hause bleiben?«

Mrs Collins faltete ihre langen, dünnen Hände. »Ich habe etwas ganz Bestimmtes mit ihr vor.«

Collins grinste. »Sie verheiraten?«

Seine Frau sah ihn überrascht an. »Wieso hast du das erraten?«

»Das liegt nahe!«, lachte Collins. »Sie ist schließlich alt genug dafür! Aber ich möchte wissen, welcher Mann bereit ist, ein Mädchen mit dieser … hm … wirren Vergangenheit zu heiraten!«

»Ihre Folgsamkeit und ihr gutes Benehmen in der letzten Zeit entschuldigen vieles«, sagte Mrs Collins und nahm ihre Häkelarbeit hervor. »Selbstverständlich kann sie nicht auf eine glänzende Partie rechnen …«

»So«, grinste Collins. »Hast du schon jemand in Aussicht?«

»Ja«, gestand Mrs Collins. »Ich denke an den jungen Stuart Barker. Er ist ein braver Bursche. Ich habe kürzlich mit seinem Vater darüber gesprochen. Er möchte, dass sein Sohn heiratet. Die Barkers sind ein bisschen gewöhnlich, aber fleißig. Cathy würde die Farm als Mitgift in die Ehe bringen. Was meinst du dazu?«

Collins schmunzelte zufrieden und faltete seine Zeitung auseinander.

»Keine schlechte Idee! Die Barkers haben Energie genug, um zehn solche Wildfänge zu bändigen. Außerdem würden sie sich über die Vergangenheit der Schwiegertochter keine Gedanken machen. Cathy ist robust und fleißig; es hat Arbeit genug auf der Farm. Wann soll die Hochzeit sein?«, fügte er nach kurzem Nachdenken hinzu.

»Ich denke, im Frühjahr«, meinte Mrs Collins. »Schließlich muss man den jungen Leuten etwas Gelegenheit geben, sich kennenzulernen.«

»Im Frühjahr, gut«, nickte Collins. »Hoffentlich ist Cathy einverstanden. Ich habe keine Lust, einen neuen Wutanfall über mich ergehen zu lassen . . .«

»Einen Wutanfall?«, staunte Mrs Collins. »Wie kommst du darauf? Ist Heiraten nicht der Traum jedes Mädchens?«

Mr Collins verzog zweifelnd das Gesicht. »Du kannst Cathy nicht mit anderen Mädchen vergleichen. Sie hat schon immer ihren Kopf durchzusetzen gewusst. Einen recht unangenehmen Willen hat das Fräulein!«

»Aber sie wird doch nicht in die Hand beißen, die sie nährt!«, rief die Dame dramatisch.

Collins hob die Schultern. »Du merkst es ja selbst. Alles, was wir tun und sagen, behagt ihr nicht. Von Dankbarkeit keine Spur. Mach dich auf Widerstand gefasst und fädle es vor allem vorsichtig ein. Nicht zu voreilig bitte, mit Geduld.«

»Überlass das ruhig mir«, erwiderte Mrs Collins spitz. »Ich habe viel mehr erreicht, als du vermutest.« Collins blätterte in seiner Zeitung und antwortete nicht. Auch Mrs Collins schwieg. Ihr war plötzlich etwas unbehaglich zumute, sie wusste nicht, weshalb.

Ich trinke zu viel Kaffee, dachte sie. Das macht mich so nervös.

23. Kapitel

Im Laufe des Winters war Cathy noch mehr gewachsen. Ihre Hagerkeit wurde durch das schwarze strenge Kleid betont. Auf ihrem Gesicht waren die Sommersprossen verbleicht. Sie wirkte ruhig, etwas kränklich und vor allem abwesend. Kein lautes Lachen mehr, kein fröhlicher, lebhafter Gesichtsausdruck. Irgendetwas in ihr schien gebrochen, sie lebte gefügig wie ein Vogel im Käfig dahin.

Anfangs Januar wurde das Wetter besser. Die grauen schweren Schneewolken verschwanden. Die weißen Berge funkelten im Sonnenlicht. Es blieb jedoch eisig kalt und ein trockener Wind fegte heulend durch die Straßen. Als Cathy eines Nachmittags vom Krankenhaus kam, schrie jemand hinter ihr: »Señorita! Señorita!«

Cathy fuhr herum. Es war der kleine Mexikaner, der in einem zerlumpten roten Poncho atemlos hinter ihr herrannte. Vor Aufregung wäre Cathy beinahe ausgeglitten. Sie packte den Jungen an den Schultern.

»Hast du eine Nachricht für mich?«

»Den ganzen Tag schon suche ich dich«, japste der Mexikaner. Der Atem stand in einer weißlichen Wolke vor seinem Mund.

»Der Señor wartet seit heute Morgen! Komm gleich, bevor es dunkel wird!«

Himmel!, dachte Cathy. In einer Stunde ist es Nacht . . .

»Schnell! Schnell!«, keuchte der Mexikaner. Cathy überlegte nicht lange, jede Sekunde war kostbar! Den Hut ins Gesicht gedrückt, einen dicken Wollschal um Mund und Nase geknotet, fing sie an zu laufen. Der Junge stolperte ihr prustend nach.

»Der Señor hat gesagt, ich soll dich begleiten. Zu gefährlich für dich, allein im Schnee!«

Onathi denkt an alles, dachte Cathy gerührt. Es war sehr mühsam, im hohen Schnee zu laufen; die Feuchtigkeit drang durch ihre Stiefel und sie rutschte dauernd aus. Sie schlotterte vor Aufregung und Kälte. Sie dachte an Onathi, der den ganzen Tag in der eisigen Luft auf sie gewartet hatte.

Hoffentlich komme ich nicht zu spät!

Als sie die Ruinen des alten Klosters erreichte, stand die Sonne blutrot am Horizont. Graue Nebelschwaden krochen durch die Dämmerung und es war so kalt, dass Cathy kaum die Finger bewegen konnte. Der kleine Mexikaner, der sie schweigend begleitet hatte, blieb stehen. »Ich warte hier«, sagte er zähneklappernd. Sie nickte zerstreut. Vorsichtig bewegte sie sich auf dem glatten, festgefrorenen Gestein. Im Schutze einer Mauer stand im Halbdunkel ein Pferd. Dann bemerkte sie die Gestalt eines Mannes, der sich langsam erhob.

Er trug einen weißen mexikanischen Poncho, dessen Fransen nass und schneeverklebt auf dem Boden schleiften.

»Onathi!«, flüsterte Cathy. Er kam näher und sie konnte endlich sein Gesicht sehen. Sie erschrak. So bleich und abgezehrt hatte sie ihn noch nie gesehen. Die dunklen, fieberglänzenden Augen lagen tief in den Höhlen. Trotzdem versuchte er zu scherzen: »Immer noch in Trauerkleidern, Cathy? Das steht dir gar nicht.«

»Onathi«, stammelte Cathy. »Was ist passiert? Bist du krank?«

Er hob die Schultern.

»Sehe ich so aus? Nun, ich habe etwas kalte Füße bekommen . . .«

»Es tut mir leid . . .«, stotterte Cathy. »Ich . . . ich wusste nicht, dass du . . .«

Er lächelte. »Was tut's? Für dich hätte ich es acht Tage lang hier ausgehalten! Mach dir keine Gedanken darüber. Wir haben andere Probleme.«

Er senkte den Kopf, biss die Zähne zusammen, dass seine Wangenmuskeln hervortraten. Er schien am Ende seiner Kraft zu sein.

»Sarita – Sarita wäre beinahe gestorben.«

Cathy presste die Hand auf den Mund. Mit weit aufgerissenen Augen starrte sie Onathi an.

»Nein – beruhige dich, es ist vorbei und es geht ihr wieder besser.«

»Wie . . . wie ist das passiert?«, murmelte Cathy und fühlte, wie die Kälte in ihren Körper drang. Onathi zögerte mit der Antwort. Plötzlich legte er seine Stirn an Cathys Schulter, wie ein Hilfe suchendes Kind. Zum ersten Male erlebte ihn Cathy in solchem Zustand. Vor Bestürzung brachte sie keinen Ton hervor. Dann hob Onathi den Kopf und begann, mit leiser Stimme zu erzählen: »Ihr junger Fuchs war ausgerissen. Bei der Suche nach ihm wurde sie von einem Schneesturm überrascht und flüchtete sich in eine Grotte, wo sie die Nacht verbrachte. Am anderen Morgen, als wir sie fanden, war sie halb erfroren. Hustenkrämpfe schüttelten sie. Das Fieber stieg immer höher. Meine Mutter versuchte es mit allen Heilmitteln, die sie kennt. Es war zwecklos. Sarita redete irr. Sie kannte niemand mehr von uns. Dann kamen Männer vor die Hütte und schlugen die Trommel, um die bösen Geister zu vertreiben. Ich glaubte, verrückt zu werden! Ich schickte die Trommler zum Teufel, sattelte Shadow und ritt nach Santa Fé; wie ich das in der Dunkelheit bei dem Schnee fertig gebracht habe, weiß ich nicht mehr. Ich klopfte den Arzt aus dem Bett – und dann sagte er mir, er behandle keine Indianer! Da habe ich die Nerven verloren und ihn mit meinem Dolch bedroht. Das Messer an der Kehle brachte ihn zur Vernunft . . .«

Mit grimmigem Lächeln sah er Cathy an. »Das erstaunt dich? Mich auch! Ich hätte nie gedacht, dass ich mich eines Tages wie ein Straßenräuber benehmen würde! Ich bekomme in der Stadt einen sehr schlechten Ruf! Bald wird man erzählen, ich würde die Postkutschen überfallen! Und das alles, weil meine Schwester im Sterben lag und weil der Arzt ein Schild ›Nur für Weiße‹ an der Tür hatte. Als ich meine Medikamente hatte, habe ich ihm das Schild zerschlagen.«

Cathy hörte erschrocken, wie mühsam Onathi atmete. Plötzlich trat er von ihr weg, vergrub die Hände unter seinem Poncho.

»Geh fort, Cathy. Lass mich allein! Du bist zu zart und fein, nichts für einen Navajo, der alte Männer mit dem Messer bedroht. Geh . . .!«

Als Cathy immer noch schwieg, fügte er erbittert hinzu: »Du verachtest mich, nicht wahr? Es geschieht mir recht.«

Cathy biss die aufgesprungenen Lippen zusammen. Sie konnte es nicht ertragen, Onathi so entmutigt zu sehen. Er hatte den Glauben an die anderen und, was viel schlimmer war, auch den Glauben an sich selbst verloren. Sie musste ihm helfen, aber wie? Wie schwach und hilflos sie sich fühlte! Um sie herum war nichts als Einsamkeit, Kälte und Dunkelheit. Und selbst Onathi . . .

Sie legte ihre steifen, kalten Finger auf seinen Arm. »Dich verachten?«, sagte sie traurig. »Du kennst mich schlecht. Wie kannst du so etwas denken! Ich liebe dich! Ich bewundere deinen Mut. Ich weiß, dass du trotz allem dein Volk liebst und stolz darauf bist, ihm anzugehören. Ich weiß auch, dass du ihm alles opfern würdest . . .«

Langsam wandte sich Onathi wieder Cathy zu, nahm sie bei den Schultern und sah sie an. Zu ihrer großen Erleichterung stand wieder das spöttische Lächeln in seinen Mundwinkeln.

»Was für eine Ansprache, Cathy! Bist du wirklich so klug und vernünftig geworden oder tust du nur so . . .?«

»Ich weiß nicht . . .«

Onathi nahm sie in seine Arme. Nach einer Weile sagte er: »Du hast recht, Cathy: Ich liebe mein Volk, wahrscheinlich gerade darum, weil ich seine Fehler und Schwächen sehe. Es gibt keinen Navajo, für den ich mich nicht verantwortlich fühlen würde, und das, Cathy, ist eine sehr harte Last!«

Cathy schluckte mühsam. »Ja . . . Ich weiß das alles . . .«

Sie zitterte vor Aufregung und Kälte. Onathi nahm ihre Hände und hauchte hinein, um sie zu wärmen. »Ist es jetzt besser?«, fragte er. »Komm an die Mauer, dort ist man vor dem Wind geschützt.«

»Ich . . . ich muss zurück!«, stammelte sie. »Mrs Collins bekommt Zustände, wenn ich unpünktlich bin!«

»Ach ja, Mrs Collins!«, grinste Onathi. »Wenn du weiterhin ihre Hüte trägst, siehst du ihr bald ähnlich!«

Cathy lachte. Dann wurde sie wieder ernst.

»Sei vorsichtig, Onathi. Ich will nicht, dass dir etwas passiert . . .«

»In unserer Lage kann nicht viel Schlimmeres mehr passieren«, sagte Onathi, »Keine warmen Kleider mehr, keine – ach, es ist zum Wahnsinnigwerden!«

»Könnte ich euch nur helfen! Aber ich besitze ja selbst nichts! Die Kleider, die ich trage, gehören nicht einmal mir. Von Taschengeld ist überhaupt nicht die Rede . . . Doch – warte. Etwas habe ich, das mir gehört!« Sie nahm ihren Wollschal ab und reichte ihn Onathi.

»Da – für Sarita! Ich habe ihn selber gestrickt! Sag ihr, dass ich viel an sie denke . . .!«

»Danke. Aber was wird Mrs Collins sagen?«

Cathy zuckte gleichgültig die Schultern.

»Ich werde ihr erzählen, ich hätte ihn verloren. Das kann vorkommen!« Sie griff sich an die Stirn und rief verzweifelt: »Ich komme mir so furchtbar egoistisch vor, weil ich warm angezogen bin und mich satt essen kann. Ich kann es kaum ertragen.«

Onathi nahm ihre Hände. »Du bist auf unserer Seite, das ist die Hauptsache«, sagte er lächelnd. »Doch mach dir keine übermäßigen Sorgen; ich schwöre dir, dass wir durchkommen werden – und wenn ich ganz Santa Fé das Messer an die Kehle setzen muss!«

24. Kapitel

Einige Wochen später war es ganz plötzlich Frühling. Eines Morgens öffnete Cathy ihr Fenster, sie sah eine Wolke blauer Schmetterlinge vorbeischaukeln. Sie atmete tief die würzige, noch kühle Luft. Nach diesem langen Winter hatte sie das Gefühl, ihr Blut pulsiere schneller durch die Adern. Sie griff nach der Bürste, strich gedankenversunken und glücklich durch ihre langen, glatten Haare. Als sie in den Spiegel schaute, sah sie ihre geröteten Wangen, ihre glänzenden Augen, in denen das Weiße wie Porzellan leicht bläulich schimmerte. Zum ersten Mal seit langer Zeit lächelte sie ihrem Spiegelbild zu. Freudig beschwingt kleidete sie sich an, ging voller Energie an die Arbeit. Selbst das Kochen fiel ihr heute weniger schwer als sonst und beim Geschirrspülen pfiff sie. Damit hörte sie aber rasch wieder auf: Mrs Collins sagte, ein gut erzogenes Mädchen pfeife nicht!

Am Nachmittag bat sie um die Erlaubnis, ausreiten zu dürfen. In Begleitung von Priscilla ging sie zur Poststation und sattelte Buster. Im Galopp ritt sie durch die Straßen; das Maultier trabte träge hinterher. Priscilla schrie aus Leibeskräften, Cathy solle warten, aber das Mädchen tat, als hörte sie nicht; sie war außer sich vor Freude über die reine Luft, den strahlenden Himmel, die Freiheit. Priscilla sah sie im sausenden Tempo verschwinden und nahm es gelassen; sie stieg ab, setzte sich auf einen Stein am Wegrand und wartete.

Als Cathy eine Stunde später verschwitzt und glücklich nach Hause kam, sah sie zu ihrer großen Überraschung Stuart Barkers Pferd, einen mageren braunen Rappen, mit hängendem Kopf am Gartentor stehen.

Was will denn der hier?, dachte sie ärgerlich. Der Tag hatte so schön begonnen und jetzt kommt dieser Waschlappen! Sie wollte schnell in ihr Zimmer verschwinden, doch als sie an der Salontür vorbeihuschte, kam Stuart Barker heraus. Er hatte sie wohl durchs Fenster gesehen.

»Guten Tag«, sagte Cathy unfreundlich. Sie verzieh ihm nicht, wie er Shadow behandelt hatte.

»Guten Tag, Miss Cathy«, stotterte Stuart verlegen. Er trug seinen Sonntagsanzug. Zögernd verbeugte er sich linkisch vor Cathy und überreichte ihr einen Veilchenstrauß.

»Das – das ist für Sie. Ich habe sie im Gebirge gepflückt . . .«

»Danke. Ich will sie in die Vase stellen.«

Sie wollte vorbeigehen, doch Stuart machte einen Schritt nach vorne und versperrte ihr den Weg.

»Miss Cathy . . .«

Cathy zog die Brauen hoch.

»Ja?«

Stuart schluckte krampfhaft. Sein Adamsapfel bewegte sich auf und ab.

»Ich wollte Ihnen etwas sagen.«

Cathy wartete und musterte ihn schweigend. Sie hatte kaum einen Blick auf die Veilchen geworfen.

Stuart fuhr sich mit der Zunge über die Lippen, brachte jedoch kein Wort heraus.

»Ach nein, es ist nichts!«, stammelte er und zog sich in den Salon zurück.

Eine Stunde später ging Cathy in den Salon, um die Lampe anzuzünden. Stuart war verschwunden. Mrs Collins saß mit nachdenklichem Gesicht über ihrer Häkelarbeit. Als Cathy wieder hinausgehen wollte, stieß sie auf der Türschwelle mit dem Hilfssheriff zusammen. Er legte seine dicken Finger auf ihre Schultern und schubste sie wieder ins Zimmer.

»Einen Augenblick, Miss O'Malley! Wir haben Verschiedenes mit Ihnen zu besprechen. Setzen Sie sich!«

Cathy schaute zu Mrs Collins, doch diese rührte sich nicht. Ihr Gesicht war unbeweglich, doch die Nasenspitze etwas gerötet. Zögernd und mit steifen Knien setzte sich Cathy auf den nächstbesten Stuhl. Sie blickte die Collins fragend an. Was wollen die bloß von mir?

Collins räusperte sich. Er begann mit seiner lauten Stimme: »Nur keine Aufregung! Wir haben eine sehr angenehme Nachricht für Sie: Stuart Barker hat um Ihre Hand angehalten.«

Cathy sah ihn empört an. »Was? Ich soll diese Schnecke heiraten!?«

Mrs Collins ließ die Häkelarbeit fallen. »Cathy! Etwas Haltung, bitte! Ich verstehe, dass diese Nachricht dich überrascht, aber das ist kein Grund, solche Ausdrücke zu gebrauchen. Du bist kein Kind mehr. In deinem Alter war ich schon verheiratet. Aus diesem und anderen Gründen haben wir beschlossen, dass es Zeit ist, einen Mann für dich zu finden, der für dich sorgen wird und dem du eine liebende und ergebene Gattin sein darfst.«

»Aber nicht Stuart Barker!« Cathy schüttelte den Kopf. Mrs Collins schaute zur Decke hinauf.

»Und warum nicht? Er ist ein liebenswerter junger Mann, ehrlich, fleißig . . .«

Cathy ballte die Fäuste. »Niemals werde ich Stuart Barker heiraten«, stieß sie hervor. »Und wenn er mich auf den Knien darum bäte!«

»Mein liebes Kind«, sagte Joe Collins, »genau das Gegenteil wäre angebracht.«

Cathy starrte ihn verständnislos an. Collins ließ sich Zeit und zog gedankenvoll an seinem Schnurrbart.

»Sie vergessen immer wieder, dass Ihre Lage als Waise und Ihre nicht ganz gewöhnliche Vergangenheit es Ihnen verbieten, besondere Ansprüche zu stellen. Die Barkers erweisen Ihnen die Ehre, Sie in ihre Familie aufzunehmen. Sie sind sogar bereit, Ihr damaliges Verschwinden zu vergessen. Dank dieser großzügigen Haltung haben Sie die Möglichkeit, ein würdiges Mitglied der Gesellschaft zu werden. Sie schulden den Barkers also Dankbarkeit und Anerkennung.«

Cathy warf den Kopf zurück. Sie war sehr blass.

»Nein, ich schulde ihnen überhaupt nichts. Weder ihnen noch sonst jemand.«

Collins seufzte. Er warf seiner Frau einen bedeutungsvollen Blick zu.

»Habe ich es dir nicht gesagt? Nichts von Sanftmut und Ergebenheit! Damals in der Reservation habe ich unser Fräulein ein für alle Mal kennengelernt!«

»Cathy, du hast den Verstand verloren!«, schalt Mrs Collins mit bebender Stimme.

»Mrs Collins«, flehte sie, »verstehen Sie doch, bitte . . .«

Mrs Collins drehte den Kopf weg.

»Schweig! Du weißt nicht, wovon zu redest. Jedes Mädchen ist glücklich, wenn ein anständiger junger Mann um seine Hand anhält.«

»Aber mich interessiert Barker gar nicht!«

»Genug davon!«, befahl Mrs Collins. Ihre knochigen Finger zerknüllten nervös die Häkelarbeit. »Am nächsten Sonntag wird Stuart Barker offiziell um deine Hand anhalten. Ich erwarte, dass du ihn mit Freundschaft und Respekt empfängst.«

Freundschaft! Respekt! So ein Unsinn! Cathy sah sich verzweifelt um. Auf dem Sofatisch stand eine kleine Porzellanfigur. Cathy juckte es in den Fingern. Mit welcher Wonne hätte sie dieses Figürchen an die Wand geschmettert! Sie presste die Hände ineinander, kämpfte um einen Rest von Fassung und Haltung.

»Geh in dein Zimmer hinauf«, befahl Mrs Collins

weiter. »Zur Strafe bekommst du kein Abendessen. Ich werde nachher hinaufkommen, um zu sehen, ob du Reue und Einsicht zeigst.«

Cathy senkte den Kopf. Sie öffnete den Mund, um etwas zu sagen, brachte jedoch keinen Ton hervor. Sie drehte sich um und rannte aus dem Zimmer. Die Tür schlug hinter ihr zu.

Joe Collins ging zu seinem Ebenholzkasten und suchte sich mit aller Sorgfalt eine Zigarre aus. Gemächlich sagte er: »Nun weißt du, wie sie wirklich ist: unbelehrbar und starrköpfig. Stuart Barker kann sich freuen. Ich würde so etwas nie heiraten!«

Die alte Dame machte eine abwesende Handbewegung. »Lassen wir das!«, antwortete sie leise. Sie sah plötzlich sehr müde aus.

25. Kapitel

Cathy stürzte die Treppe hinauf und schloss die Zimmertür mit einem lauten Knall. Atemlos lehnte sie sich dagegen. Entgeistert starrte sie ins Leere. Plötzlich brach sie in ein nervöses Gelächter aus. Sie sollte verheiratet werden! Und noch dazu mit Stuart Barker!

»Nein, unmöglich!«, sagte sie laut, zwischen den Lachanfällen. »Das ist ja ein Albtraum!« Ihre Augen füllten sich mit Tränen. Sie lief durchs Zimmer, ließ sich aufs Bett fallen. Mit hängenden Schultern saß sie da. Verzweifelt kaute sie an ihren Fingernägeln. Dann stieß sie einen Wutschrei aus. Nein und nein, so einfach ging es nicht. Sie würde fliehen! Sofort! Noch heute Abend. Zurück in die Reservation. Hier hatte sie nichts mehr zu gewinnen und nichts zu verlieren. Onathi allein konnte sie aus dieser verzwickten Lage retten.

Cathy ging zum Fenster, öffnete es und beugte sich hinaus. Das Zimmer lag im ersten Stock. Mit ein wenig Glück könnte sie, ohne sich die Knochen zu brechen, in den Garten springen. Hastig riss sie die Schranktüre auf, nahm ihre Habseligkeiten heraus und packte sie in einem Bündel zusammen. Dann wickelte sie sich einen warmen Wollschal um und setzte sich aufs Fensterbrett. Sie wollte gerade die Beine hinausschwingen, als sie auf der Treppe Schritte hörte.

Sofort riss sie den Schal herunter, versteckte ihr Bündel unter dem Bett und schloss eilig das Fenster. Als Mrs Collins das Zimmer betrat, saß sie ganz ruhig und teilnahmslos da.

In der Dämmerung erschienen die Gesichtszüge der alten Dame verschwommen und wächsern.

»Nun? Hast du es dir überlegt?«, fragte sie kühl.

Cathy wusste, dass es nur noch eine Möglichkeit gab: alles zu versprechen, was von ihr verlangt wurde, um ja keinen Verdacht zu erwecken. Mrs Collins wollte eine reuige und demütige Cathy. Gut, konnte sie haben.

»Ja, Mrs Collins«, hauchte sie. »Ich bitte um Verzeihung, dass ich unhöflich war.«

Das strenge Gesicht der alten Dame entspannte sich etwas. Sie setzte sich neben Cathy aufs Bett. Das Mädchen rührte sich nicht.

»Warum lehnst du Stuart Barker ab?«, fuhr Mrs Collins freundlich fort. »Junge Männer sind öfters linkisch. Als ich Joe kennenlernte, war er auch etwas unbeholfen ... und im Grunde ist er es geblieben. Solche Burschen geben gute Ehemänner ab.« Sie biss sich auf die Lippen, als hätte sie zu viel gesagt, und fügte trocken hinzu: »Du solltest dankbar und zufrieden sein. Wir wollen ja nur dein Bestes.«

Cathy antwortete nicht.

»Welches Mädchen könnte es wagen, sich der heiligen Pflicht der Ehe zu entziehen?«, sagte Mrs Collins dramatisch.

Kommt darauf an, mit wem!, dachte Cathy. Sich still verhalten, war noch immer die beste Methode gewesen, so hatte man später nichts zu bereuen.

Mrs Collins betrachtete ihr verschlossenes Gesicht und seufzte halblaut.

»Nun, Cathy, zeig etwas guten Willen! Du wirst sehen, es ist sehr schön, verheiratet zu sein.«

Hartnäckig schaute Cathy zu Boden. Mrs Collins seufzte wieder, erhob sich schwerfällig: Heute Abend war von dem Mädchen nichts mehr zu wollen. Ein Wunder, dass sie um Verzeihung gebeten hatte.

»Morgen beginnen wir mit der Arbeit an deiner Wäscheaussteuer«, sagte sie. »Wir werden sie ganz einfach und praktisch halten. Ein Spitzenbändchen um Kopfkissen und Nachthemdkragen wird genügen. Um Monogramme zu sticken, bleibt ohnehin keine Zeit.«

Kaum hatte Mrs Collins das Zimmer verlassen, atmete Cathy erleichtert auf. Sie horchte auf die Schritte der alten Dame, die sich auf der Treppe entfernten. Als nichts mehr zu hören war, nahm sie ihr Bündel, wickelte den Schal um ihre Schultern und öffnete das Fenster. Inzwischen war es Nacht geworden: Der Garten lag im Dunkeln. Cathy schwang sich aufs Fensterbrett, hielt sich an der Brüstung fest und ließ sich langsam hinabgleiten. Als sie einen Blick über die Schultern warf, erschrak sie: Es war noch verflixt hoch! Doch es gab kein Zurück mehr: Sie nahm ihren Mut zusammen und ließ sich fallen. Hart prallte sie auf den Boden auf. »Au«, murmelte sie betroffen. Mühsam rappelte sie sich auf: Glücklicherweise hatte sie sich nicht verletzt. Sie lief geduckt bis zum Gartentor, öffnete es und schlüpfte hinaus. Einen Augenblick später rannte sie in Richtung der Poststation. Ihre Absätze hämmerten auf den Holztrottoirs, die Leute drehten sich verblüfft nach ihr um. Mit verbissenem Gesicht, ohne nach rechts oder links zu schauen, lief Cathy weiter. Nur fort aus dieser Stadt!

In der Poststation herrschte Ruhe; nur aus dem beleuchteten Gastzimmer tönten vereinzelt Stimmen. Atemlos erreichte Cathy die Stallungen. Alles war dunkel und still. Die Stalltüre war schon geschlossen. Leise schob Cathy den Riegel zurück. Im warmen Stall roch es vertraut nach Pferden. Hier fühlte sie sich geborgen. Sie wusste, wo Buster untergebracht war, und tastete sich im Dunkeln zu ihm. Buster schnaubte leise, als das Mädchen ihm das Zaumzeug anlegte; ihn zu satteln, wagte sie nicht, man hätte sie hören können. Vorsichtig führte sie das Pferd zum Stall hinaus, seine Hufe klangen erschreckend laut auf dem harten Boden. Cathys Herz klopfte. Als sie gerade am Riegel der Stalltüre herumzerrte, trat plötzlich ein Mann aus der Gaststätte; ein Lichtstrahl fiel auf den Hof. Der Mann blieb stehen.

»Wer ist da?«, rief er argwöhnisch.

Cathy klammerte sich an Busters Mähne fest und schwang sich auf seinen Rücken.

»Was zum Teufel ist da los!«, brüllte der Mann und rannte auf sie zu. Aber schon hatte Cathy die Zügel erwischt und Buster fegte los; der Mann konnte gerade noch zur Seite springen. Mit hämmernden Hufen verschwand das Pferd in der Dunkelheit.

Die Nacht war kalt und hell, am Himmel funkelten Sterne. Cathy ritt in schnellem Trab durch den dicht bewachsenen Wald. Sie beugte sich tief auf Busters Hals, um nicht von den Zweigen gepeitscht zu werden. Endlich erreichte sie die alte Poststraße. Dort gab sie Buster die Zügel frei und galoppierte durch die Nacht, den Blick auf die helle, gewundene Straße gerichtet. Um Busters Kräfte zu schonen, ließ sie ihn abwechselnd wieder in Schritt oder Trab fallen; er durfte nicht zu schnell ermüden, denn der Weg war lang.

Gegen Mitternacht begann Cathy, die Erschöpfung zu spüren. Es war sehr kalt. Ihr Wollschal schützte sie kaum. Starr und fast gefühllos krampften sich ihre Finger um die Zügel. Doch was tat's? Sie musste durchhalten!

Stunde um Stunde verging; Buster hatte die Poststraße verlassen. Mit hängendem Kopf stolperte er durchs Geröll. Trotz der Kälte war sein Fell nass vor Schweiß.

Ein schmaler weißer Streifen zeigte sich am Horizont, ging langsam in ein zartes Grün, dann in Rosa über. Die Sterne verblassten. Als Cathy das Indianerdorf erreichte, dämmerte es. Eine dichte Nebeldecke lag über den Hütten. Im Korral wieherte ein Pferd, ein Hund bellte, ein anderer antwortete ihm. Nur mit größter Anstrengung hielt sich Cathy auf dem Rücken ihres Pferdes. Die Augen fielen ihr immer wieder zu. Sie empfand nichts als völlige Erschöpfung. Buster blieb plötzlich stehen; ein Zittern lief durch seinen Körper.

Cathy hob langsam den Kopf, strich sich die wirren Haare aus dem Gesicht. Ein Indianer stand mit ausdruckslosem Gesicht vor ihr und versperrte ihr den Weg. Cathy hätte ihn kennen, grüßen müssen, aber sie stammelte nur: »Da bin ich wieder«, und glitt vom Pferd. Der Indianer fing sie in seinen Armen auf und trug sie zu den Hütten.

26. Kapitel

Als Cathy die Augen aufschlug, lag sie auf einer bunten Decke in der Hütte. Melida und Sarita saßen neben ihr. Die Gesichter der beiden Indianerinnen schienen blass und ausgemergelt. Sie bewegten sich kaum. Alles Leben schien sich in ihre großen dunklen Augen zurückgezogen zu haben. Selbst bei Sarita war kaum mehr etwas von ihrer früheren Lebhaftigkeit zu spüren. Sie wirkte kraftlos und erloschen.

»Ich – ich bitte um Entschuldigung, dass ich so plötzlich gekommen bin«, seufzte Cathy. »Es blieb mir aber nichts anderes mehr übrig!«

»Wir sind glücklich, dass du da bist«, sagte Melida mit sanfter, etwas brüchiger Stimme. Auch Sarita lächelte – es war aber nur ein Abglanz ihres früheren, strahlenden Lachens. – Sie legte einen Arm um Cathy's Schultern und presste ihre Wange an ihr Gesicht.

»Ich hatte solche Angst, dich nie wiederzusehen! Wie hast du es angestellt zurückzukommen?«

»Ich bin durchs Fenster geflohen!« Cathy schaute Melida zu, wie sie ruhig und geschickt Zweige brach und ein Feuer entfachte. Wie vertraut ihr alles war!

»Erzähle, du musst alles erzählen«, bat Sarita. Sie schien nur noch aus Haut und Knochen zu bestehen.

»Man will mich verheiraten«, sagte sie düster.

Sarita runzelte verblüfft die Brauen. »Man will dich verheiraten? Mit wem?«

Cathy erzählte die ganze Geschichte. Sarita hörte ihr voller Spannung zu. Hie und da prustete sie vor Vergnügen. Es ist fast wie früher!, dachte Cathy.

»Wo ist Onathi?«, fragte sie.

»Er war hier. Du hast geschlafen«, sagte Sarita. »Er kommt bald wieder.« Sie senkte traurig den Kopf. »Onathi hat große Sorgen. Er ist nicht mehr wie vorher . . .«

»Ich weiß«, flüsterte Cathy und wurde rot. Sarita schüttelte heftig den Kopf.

»Es ist viel schlimmer, als du dir vorstellen kannst! Onathi hat alles getan, um den Navajos zu helfen. Ihm verdanken wir, dass wir überhaupt noch am Leben sind. Doch schau dir die Männer unseres Stammes an! Sie stehen herum, untätig und wie gebrochen. Sie träumen mit offenen Augen. Sie können sich nicht umstellen, sie wollen nicht einsehen, dass die Vergangenheit tot ist und nur noch die Zukunft uns helfen kann . . .«

Sie schwieg niedergeschlagen. Ihre Lippen zitterten. Cathy nahm ihre Hand, drückte sie fest.

»Bitte, weine nicht«, flehte sie mit rauer Stimme. »Wenn du weinst, muss ich auch weinen und dann habe ich überhaupt keine Kraft mehr!«

Saritas Augen glänzten matt im Halbdunkel. »Bitte, bleib bei uns! Ich glaube, nur du könntest ihm helfen!«

»Wie gerne möchte ich das!«

»So bleib doch hier!«

Cathy ließ den Kopf hängen. Sie hatte Angst. Sie war ausgerissen und hatte geglaubt, so Stuart Barker aus dem Weg gehen zu können. Aber jetzt begannen neue Sorgen! Wenn Collins sie wieder mit Polizeigewalt aus dem Dorf holte, konnte Onathi nicht das Geringste für sie tun! Nur noch zusätzliche Scherereien hatte sie ihm gebracht. »Hab keine Angst«, tröstete sie Sarita, als hätte sie ihre Gedanken erraten, »Onathi wird dich nicht im Stich lassen!«

Cathy ging zum Bach, der durch die Schneeschmelze über die Steine rauschte. Sie zog Schuhe und Strümpfe aus, krempelte die Ärmel hoch und stieg ins eiskalte Wasser. Sie wusch sich Gesicht und Hände. Das prickelnde Bergwasser vertrieb die letzte Müdigkeit: Sie fühlte sich erfrischt und wie neugeboren. Als sie ihr Haarband zusammenknotete, hörte sie Hufgetrappel. Langsam richtete sie sich auf. Onathi galoppierte zwischen Bäumen und Gestrüpp den Berghang hinunter. Als er näher kam, zügelte er sein Pferd. Wortlos stand Cathy da und ließ die Arme hängen. Onathi stieg aus dem Sattel. Auch er schwieg. Mit ruhigen Schritten ging er zu dem Mädchen, hob die Hand, berührte ihre Schultern, ihr Gesicht. Dann zog er sie an sich. Cathy schloss die Augen. Sie war glücklich und zufrieden wie noch nie in ihrem Leben.

Onathi sprach zuerst: »Was ist das für eine Geschichte, Cathy? Man will dich verheiraten? Wer ist der Auserwählte?« Cathy lachte nervös, strich sich die feuchten Haare zurück.

»Stuart Barker, stell dir vor! Morgen, nein heute schon sollte ich beginnen, meine Aussteuer zu nähen! Es war Zeit, dass ich ausriss.«

Onathi verzog das Gesicht.

»Die Collins haben alles eingefädelt!«, erklärte Cathy aufgebracht. »Sie sagten, ich müsse Barker auf den Knien danken, dass er bereit sei, mich zu heiraten.«

Onathi zuckte zusammen; in seinen Augen flammte die Wut. Doch gleich wurde sein Gesicht wieder ausdruckslos und gelassen. Wozu sich auflehnen? Cathy war wieder zurück und alles andere war unwichtig.

Cathy schien seine Gedanken zu erraten.

»Wenn ich in der Reservation bleibe, müssen wir jeden Tag damit rechnen, dass Collins mit der Polizei ankommt!«, seufzte sie mutlos.

»Ja«, brummte Onathi.

Gedankenversunken starrte er vor sich hin. Sein Gesicht wirkte düster und verschlossen. Schüchtern fragte Cathy: »Was sollen wir tun?«

Er warf ihr einen schnellen, funkelnden Blick zu. Plötzlich, zu ihrer größten Überraschung, lachte er laut auf. Cathy starrte ihn an. Wie lange schon hatte sie ihn nicht mehr so lachen gehört!

»Hast du eine Idee?«

»Hm, du überschätzt mich«, grinste Onathi. Er zog

Cathy zärtlich an sich und fuhr mit der Hand durch ihr feuchtes Haar.

»Morgen reiten wir weg.«

»Wohin?«, fragte Cathy verblüfft.

»Zur Kirche natürlich, wir heiraten!«

Cathy glaubte, nicht recht gehört zu haben.

»Was?«, stotterte sie. Onathis Augen blitzten schelmisch. »Hast du eine bessere Lösung vorzuschlagen?« Cathy trat einen Schritt zurück, stieß an einen Fels und setzte sich wortlos darauf. Onathi beugte sich zu ihr. Er hatte aufgehört zu scherzen. Sein Gesicht war ernst und bewegt. Schweigend schauten sie einander an. Dann sagte Onathi sanft: »Früher, wenn ein Navajo ein Mädchen, das er liebte, heiraten wollte, legte er am Abend vor ihrer Hütte Geschenke nieder. Mein Stamm ist heute sehr arm, und was ich dir geben kann, ist sehr bescheiden.«

Er hob die Arme und löste Cathys Haar, dass es ihr seidig glänzend auf die Schultern fiel. Dann nahm er sein buntes Band mit dem Türkis ab und befestigte es um Cathys Stirn.

»Nur die Frau des Häuptlings hat das Recht, einen Türkis zu tragen. Nimm diesen, als Zeichen meiner Dankbarkeit und Zuneigung.«

Er nahm Cathy in die Arme. »Ich habe Tag und Nacht gekämpft. Ich wollte Zeit gewinnen. Warum, wofür? Auch in zehn Jahren wird sich nichts an unserer Lage geändert haben. In fünfzig Jahren vielleicht, aber dann ist es zu spät. Warum also warten? Was gehen uns die Menschen an? Nur wir zählen, Cathy, wir allein und unsere Liebe.«

Er spürte, dass Cathys Wangen feucht waren.

»Du weinst?«

Cathy schüttelte heftig den Kopf. Tränen rollten über ihre Wangen.

»Nein, doch – ja . . .«

Sie hob die Hand und tastete nach dem Türkis auf ihrer Stirne. Ihre Augen strahlten.

»Dann darf ich hierbleiben? Niemand wird das Recht haben, mich wegzuholen?«

»Niemand«, versicherte Onathi. »Morgen reiten wir nach Santa Fé zur spanischen Mission. Dort wohnt ein Priester, Pater Santiago, den ich gut kenne. Er wird uns trauen. Danach . . .« Er machte eine Pause und fügte hinzu: »Danach gehst du zur Familie Collins . . .«

»Aber sicher nicht!«

»Doch, um ihnen unseren Trauschein zu zeigen. Dann können sie nichts mehr gegen uns unternehmen.«

Cathy hob seufzend die Augen zum Himmel.

»Also gut, wenn das sein muss, gehe ich hin – aber zum letzten Mal in meinem Leben!«

»Ich hoffe sehr!«, grinste Onathi.

Cathy lachte. Dann griff sie nach Onathis Händen und legte ihr Gesicht hinein.

»Ich kann es kaum glauben! Ich darf bei dir, bei euch allen bleiben! Ich darf reiten, soviel ich will, und im Fluss schwimmen – und ich brauche kein Korsett mehr zu tragen . . .«

»Und auch keine Hüte mehr.«

»Du wirst mich brauchen können«, fuhr das Mädchen eifrig fort. »Ich kann Holz hacken, das Feld bestellen . . . Ich werde die Kinder lesen und schreiben lehren. Auch von Krankenpflege verstehe ich etwas! Sogar kochen kann ich . . .«

Sie stockte atemlos. Plötzlich wurde ihr Gesicht wieder ernst.

»Onathi . . .«, flüsterte sie. »Schwör mir, dass du mich nie wieder verlassen wirst.«

»Ich schwöre es«, sagte er und legte beide Hände auf ihre Schulter. »Und du wirst nicht mehr in einer Hütte wohnen. Ich habe begonnen, ein Haus zu bauen. Wir werden es gemeinsam beenden.«

27. Kapitel

Früh am folgenden Morgen brachen sie auf. Sie ritten ohne Eile, rasteten immer wieder und waren gegen Mittag in Santa Fé. Sonntäglich gekleidete Leute bummelten in den Straßen und blickten ihnen neugierig nach. Die beiden achteten nicht darauf.

Vor der spanischen Mission hielten sie an. Onathi half dem Mädchen vom Pferd. Mit ihren langen dunklen Haaren sah Cathy aus wie eine Indianerin.

Der Sakristan erschien und fragte, was sie wollten.

»Heiraten«, sagte Onathi und blickte den verdutzten Mann fest an. Die Messe war eben aus und so warteten sie gleich in der Kapelle auf Pater Santiago. Er war ein großer stattlicher Mann mit einem strengen Gesicht. Doch seine Augen strahlten Wärme und Güte aus. Als er Cathy sah, musterte er sie misstrauisch.

»Mädchen«, sagte er dann, »behaupte nicht, du seist Indianerin.«

Cathy zuckte zusammen. Was geschah, wenn er sich weigerte, sie zu verheiraten, nur weil sie weiß war?

»Doch«, rief sie aus. »Natürlich bin ich es.«

Pater Santiago runzelte die Stirn.

»Hören Sie gut zu, Fräulein«, sagte er. »Dies ist nicht der richtige Augenblick, um zu lügen.«

Cathy wurde rot bis hinter die Ohren. Verzweifelt schaute sie Onathi an. Der junge Indianer presste die Lippen zusammen. »Ist das überhaupt wichtig, Herr Pater?«

»Natürlich ist es wichtig«, erwiderte der Priester. Er wandte sich wieder Cathy zu. Ängstlich umklammerte sie Onathis Hand. »Zuerst möchte ich allerdings wissen, wer Sie sind. Wie heißen Sie? Wo sind Ihre Eltern?«

»Meine Eltern sind gestorben. Ich habe im Reservat gelebt und . . .«

Pater Santiago beobachtete sie mit wachsendem Interesse. »Vielleicht ist es das Beste, wenn Sie mir alles erzählen. Fangen Sie ganz vorne an!«, meinte er.

Dies ermutigte Cathy und sie erzählte dem Pater, zuerst zögernd, dann immer sicherer, die ganze lange Geschichte. Als sie Onathi erwähnte, schaute der Pater erstaunt auf.

»Sie sind also der junge Navajo-Chef? Ich habe schon von Ihnen gehört.«

»Offensichtlich ist mir mein Ruf vorangegangen«, lächelte Onathi.

»Ja. Aber er ist nicht gerade schmeichelhaft«, gestand der Pater. »Man sagt, Sie seien disziplinlos, aufrührerisch . . .«

»Ich weiß, Herr Pater. Aber allein verantwortlich bin ich nicht dafür.«

Der Priester lächelte.

»Das kann ich mir denken und ich mache Ihnen auch keine Vorwürfe. Ich mag die Indianer gern«, sagte er nach einem kurzen Schweigen. »Ihr ungerechtes Los beschäftigt mich sehr. Das Leben in diesen Reservaten hat die Indianer verdorben. Männer wie Sie müssen diese armen Menschen aus ihrer Gleichgültigkeit herausreißen und ihnen zeigen, dass das Leben noch einen Sinn hat.«

»Das ist eine schwierige Aufgabe und ich vermag auch nicht viel«, sagte Onathi düster. »Wie kämpft man zum Beispiel gegen diese Trägheit?«

»Mit dem Willen, der Ausdauer und der Begeisterung der Jugend«, antwortete Pater Santiago. »Das sind die besten Waffen.«

Der Priester blickte vom jungen Mann zum Mädchen hinüber. Wie rührend die beiden aussehen, dachte er. Sie wollen nur das Beste und doch stoßen sie auf so viele Widerstände.

»Habt ihr an die Schwierigkeiten gedacht, die eure Heirat mit sich bringen kann?«, fragte er.

»Ja, Pater«, sagte Onathi und hielt dem strengen Blick des Priesters stand.

28. Kapitel

Cathy und Onathi traten aus der Kapelle. Auf der Schwelle blieben sie stehen, geblendet von der hellen Frühlingssonne. Cathy atmete tief. »Ich glaube, ich träume«, rief sie plötzlich aus. »Es kann einfach nicht wahr sein! In ein paar Minuten wache ich bei Mrs Collins auf und dann ... scheußlich!« Schnell kniff sie sich in den Arm.

»Du bist wirklich eine misstrauische Person«, lachte Onathi.

»Nein. Aber ich weiß schon gar nicht mehr, wie es ist, glücklich zu sein.« Cathy drehte sich um und schaute zu Onathi auf. Da legte er behutsam seinen Arm um ihre Schultern und für eine lange Weile standen sie so da, schweigend und glücklich. Dann gingen sie langsam zu den Pferden.

»Und jetzt auf zur letzten Hürde!«, rief Onathi und half Cathy in den Sattel.

Sie ritten zum Haus von Mrs Collins. Sie redeten kein Wort, nur ab und zu drückten sie einander kurz die Hand.

»Ich warte vor dem Haus«, entschied Onathi.

»Vor dem Haus?«, fragte Cathy ganz entgeistert. »Aber . . . wenn man dich sieht?«

»So sieht man mich eben. Sind wir verheiratet? Ja oder nein?« Als sie in Sichtweite des Hauses kamen, zügelte Cathy plötzlich ihr Pferd. Ihre Augen wurden groß und ängstlich.

»Um Gottes willen«, stammelte sie. »Die Barkers sind da. Ihr Wagen steht vor dem Haus. Was machen wir jetzt?«

»Dann haben wir die ganze Gesellschaft ja beisammen«, sagte Onathi. »Das hat auch sein Gutes. Es tut mir leid, Cathy, aber du musst in den sauren Apfel beißen.«

Cathy nickte. Krampfhaft hielt sie den Trauschein in der Hand, der ihr die Freiheit garantierte. Und doch stiegen die beiden zögernd von den Pferden.

»Sei vorsichtig, Cathy«, bat Onathi. »Rufe mich, wenn sie dir Schwierigkeiten machen.«

Cathy nickte wieder. Schnell verbarg sie ihr Gesicht an seiner Brust.

»Ich liebe dich . . .«, flüsterte sie.

Dann wandte sie sich ab und eilte auf das Haus zu. Sie durchquerte den Garten und stieg schnell die Treppe hoch. Vor der Tür zum Salon hielt sie an. Ihr

Herz hämmerte zum Zerspringen. Mit zusammengebissenen Zähnen klopfte sie an. Dann stieß sie die Tür auf.

Alle waren da: Mrs Collins steif wie ein Stock auf dem Sofa, ihr Mann mit einer stinkenden Zigarre im Mund, das Ehepaar Barker in engen altmodischen Sonntagskleidern und daneben ihr Sohn, der sich eben nervös in den fettigen Haaren kratzte. Mit offenen Mündern starrten sie das Mädchen an. Mrs Collins fand als Erste die Sprache wieder.

»Cathy O'Malley«, schrie sie außer sich. »Woher kommst du? Du siehst ja aus wie . . .« Ihre Stimme überschlug sich.

»Mrs Collins«, sagte Cathy mit leiser, zitternder Stimme. »Ich kann Stuart Barker nicht heiraten. Ich habe mich eben vermählt. Hier ist die Urkunde.«

Sie ging durch das Zimmer auf Mrs Collins zu und streckte ihr den von Pater Santiago unterzeichneten Ausweis entgegen. Mrs Collins nahm ihn, setzte ihre Brille auf und hielt ihn dicht an die kurzsichtigen Augen. Es war totenstill im Zimmer. Dann ließ sie den Arm sinken und starrte wortlos von einem zum andern.

»Sie hat diesen Indianer geheiratet!«, sagte sie tonlos. Ungläubiges Entsetzen lähmte für einige Sekunden die beiden Familien. Dann schrie Geraldine Barker: »Sie ist verrückt . . . das Mädchen ist verrückt!«

Endlich schien auch Stuart zu begreifen, was vor sich ging. Schwerfällig stand er von seinem Stuhl auf und ging auf das Mädchen zu. Sein Gesicht war aschfahl geworden. War das wirklich Stuart? Cathy zweifelte.

In diesem Moment sprang Joe Collins auf und stürzte auf sie zu. »Du schamloses Mädchen«, schrie er und versetzte ihr zwei so schallende Ohrfeigen, dass Cathy taumelte und gegen die Wand flog. Doch sie stand sofort wieder auf. Mit einem Mal war sie ganz ruhig und gefasst.

»Das hätten Sie nicht tun sollen, Mr Collins«, sagte sie nur. Dann ging sie auf die alte Dame zu, die reglos zugesehen hatte, und nahm ihr die Urkunde aus der Hand. »Auf Wiedersehen, Mrs Collins«, sagte Cathy und höflich fügte sie hinzu: »Ich danke Ihnen für alles, was Sie für mich getan haben.«

Sie ging zur Tür, öffnete sie. Niemand hielt sie zurück, nicht einmal Collins. Draußen rannte Cathy die Treppe hinunter. Da hörte sie plötzlich ein Geschrei hinter sich, jemand folgte ihr. Keuchend stürzte sie in den Garten. Ein Glück, dort stand Onathi und wartete.

»Schnell! Sie sind hinter mir her!«

Doch als Cathy sich in den Sattel schwingen wollte – ihre Hand umklammerte schon den Sattelknopf, der linke Fuß stand im Steigbügel –, da rief eine scharfe, zornige Stimme hinter ihr: »Halt!«

Cathy drehte den Kopf und erblickte Stuart Barker. Er hielt sein Gewehr im Anschlag und zielte auf sie.

»Rührt euch nicht vom Fleck!«

Langsam und drohend kam er näher. War dies der schüchterne, hilflose Junge, der ihr Veilchen gebracht und eine Liebeserklärung zu stottern versucht hatte? Hass und Eifersucht verzerrten sein Gesicht. »Ich werde es nie zulassen, dass eine dreckige Rothaut ein weißes Mädchen berührt!«, schrie er. »Ich lege dich um! Ich leg euch beide um!«

Er war jetzt ganz nahe. Gegen ihren Willen wich Cathy zurück. Da spürte sie Onathis Hand auf ihrer Schulter.

»Ich leg dich um!«, wiederholte Stuart.

Entsetzt schaute Cathy um sich. Mrs Collins und die Barkers kamen aus dem Haus und standen feindselig hinter Stuart. Neugierige Nachbarn spähten aus den Fenstern, unzählige Kinder, wie aus dem Boden geschossen, waren plötzlich da.

»Kommt schnell! Hier gibt's was!«, schrien sie.

Stuart stand breitbeinig vor Onathi und starrte ihn unschlüssig an. Die Hand des jungen Indianers glitt langsam zu seinem Dolch. Das ist das Dümmste, was ich machen kann, durchfuhr es ihn. Solange ich ruhig bleibe, wagt er nicht zu schießen.

»Ich werde dich töten«, murmelte Stuart, seine Stimme war kaum mehr hörbar. Onathi bewegte sich nicht. Sein Gesicht war hart und unbeweglich wie Stein.

In diesem Augenblick begegnete Cathy dem Blick von Mrs Collins. In den Augen der alten Dame las sie Abscheu und Verachtung, aber auch unendlichen Schmerz. Ganz automatisch ging Cathy einen Schritt auf sie zu, dann noch einen. Plötzlich fühlte sie Mitleid mit diesem müden, traurigen Gesicht, das sie zum ersten Mal ohne die Maske von Dünkel und Selbstgefälligkeit sah. Mrs Collins war nur noch eine alte, verbrauchte und traurige Frau.

»Mrs Collins«, stotterte Cathy und ihre Stimme tönte schwach und klein wie die eines Kindes. »Mrs Collins, Sie waren gut zu mir. Vielleicht hätte ich Sie sogar lieben können, wenn Sie mich ein einziges Mal so angeschaut hätten wie eben jetzt.«

Bittend schaute Cathy die alte Frau an.

»Mrs Collins, wenn Sie ein Herz haben, so sagen Sie Stuart, er soll sein Gewehr herunternehmen. Lassen Sie mich gehen ... bitte! Ich möchte so gerne glücklich sein. Es gibt doch nichts Schlimmeres auf der Welt, als einen Menschen zu heiraten, den man nicht liebt!«

Mrs Collins antwortete nicht. Hatte sie überhaupt zugehört? Nichts verriet, dass sie sie verstanden hätte. Ihre Augen blieben starr auf Cathy gerichtet. Lange sagte sie nichts. Dann unvermittelt: »Nehmen Sie das Gewehr herunter, Stuart Barker!«

Stuart fuhr zusammen. Die Waffe zitterte in seinen Händen. »Nein«, stammelte er. »Nein, Mrs Collins. Das kann ich nicht.«

»Nehmen Sie das Gewehr herunter«, wiederholte die alte Dame leise, aber bestimmt.

Stuart verzog seinen Mund, es sah aus, als breche er gleich in Tränen aus. Langsam senkte er sein Gewehr. Mit einem verzweifelten Schluchzen stellte er es ab, lehnte sich gegen den Wagen und verbarg sein Gesicht in den Armen.

»Vielen Dank, Mrs Collins«, sagte Cathy lächelnd. Dann wandte sie sich um und eilte zu Onathi.

Sie schwangen sich auf ihre Pferde und niemand versuchte, sie aufzuhalten. Sie wendeten und im Galopp ließen sie die letzten Häuser von Santa Fé hinter sich. Vor ihnen lag die weiße staubige Landstraße. Weit am Horizont verlor sie sich im Gebirge.

Federica de Cesco

Shana, das Wolfsmädchen,

und der Ruf der Ferne

Die junge Solistin Shana steht unmittelbar vor ihrer ersten Tournee, als ihr Dorf von der Regierung bedroht wird. Schweren Herzens lässt sie ihre Heimat, die First Nations und ihren Freund Mike Eagle Wind zurück und macht sich auf nach Europa. Ausgerüstet mit ihrer geheimnisvollen „Wolfsgeige" erwartet sie dort eine große Karriere – und der Musiker Valeri, der in Shana bald tiefe Gefühle weckt.

Arena

Auch als E-Book erhältlich

240 Seiten • Gebunden
ISBN 978-3-401-05760-6
www.arena-verlag.de

Federica de Cesco

Das Mondpferd

Unter dem Einsatz ihres Lebens rettet Anga den verletzten Schimmel Khan. Anga würde das edle Tier gerne behalten, doch Bantje, Sohn des mächtigen Mongolenfürsten, erkennt in Khan sein Pferd. Die beiden beschließen, um den Schimmel zu kämpfen, doch noch vor dem Ende des Wettkampfs bricht ein gewaltiges Erdbeben aus ...

144 Seiten • Arena Taschenbuch
ISBN 978-3-401-01988-8
www.arena-verlag.de

Federica de Cesco

Solal, das Feuerpferd

Leonie lebt mit ihrer Großmutter in einem südfranzösischen Dorf. An die Ablehnung der Nachbarn hat sie sich gewöhnt, denn seit Generationen sagt man den Frauen in ihrer Familie geheimnisvolle Hexenkräfte nach. Doch sie selbst scheint die Begabung gar nicht geerbt zu haben und sucht verzweifelt nach ihrer eigenen Bestimmung – bis sie eines Tages auf ein geheimnisvolles Pferd stößt ...

Arena

224 Seiten • Arena Taschenbuch
ISBN 978-3-401-50466-7
www.arena-verlag.de